Ayase & Takagi
「将校は高嶺の華を抱く」

将校は高嶺の華を抱く

北ミチノ

キャラ文庫

この作品はフィクションです。
実在の人物・団体・事件などにはいっさい関係ありません。

目次

将校は高嶺の華を抱く……5
将校は愛に抱かれる……169
あとがき……348

口絵・本文イラスト／みずかねりょう

将校は高嶺の華を抱く

日課にしている夕方の素振り五百回を終え、床の水拭《ふ》きに取りかかっていたところだった。

剣道場の外に軍靴の足音を聞き、高城勇士《たかぎゆうし》はぱっと顔を上げる。

「失礼いたします。少尉殿、書状が届いております」

部下である軍曹が、表に面した引き戸を開けて入って来た。「ご苦労」と袴《はかま》の裾《すそ》を払って立ち上がり、一通の軍用封筒を受け取る。

（いったい何だ……？）

さっと裏表を見やる。軍務に関することだろうが、こういった形式で届けられるのは珍しい。

「他に何か変わったことは？」

「ありません。皆、いつものように夕飯中であります」

そういえばそんな頃合いだったなと、己の腹時計も騒いでくる。剣に集中していると、つい時間を忘れがちだ。

「貴様も早く戻れ。食うものがなくなるぞ」

「はッ。承知いたしました。ご用があれば何なりとお申し付けくださいッ」

敬礼ののちに立ち去って行く軍曹を、ほほ笑んで見送る。清掃も鍛錬のひとつであるから
「我々にやらせてください」という軍曹たちからの申し出も、ありがたく断ることにしている

のだ。毎日の素振りなど自分が個人的に行っているに過ぎないのに、まったく部下には恵まれたものだと思う。

それはさておき――と、一人になったところで封筒の封を切る。多少の心構えをしながら用《よう》箋《せん》を開くと、頭に朱書された一文が、目に大きく飛び込んできた。

〈本件一切他言無用ノ事〉

思わず顎を引いてしまった。威圧感すら発しているそれを、息詰めてまじまじと見つめる。

どうやら相当の重要事らしいが、心当たりはまったくない。栄えある大和皇国《やまとこうこく》の陸軍将校として皇軍兵士たちを預かる立場ではあるが、肩書きとしては一介の、二十三歳の歩兵少尉に過ぎないからだ。

勤務態度に落ち度はなかったかと今さら省みるが、しかし臆している場合ではない。ぐっと口許《くちもと》を結び直し、意を決して本文に目を通していく。

その日の夜半、人目につかぬよう宿舎を抜け出し、書状で指定された邸《やしき》へと向かう。勤務している第三連隊からは、都電と徒歩で一時間もかからない距離だ。

間もなく三月に入ろうというのに、帝都は厳しい寒気に包まれていた。しかし緊張しているせいか、さして寒さは感じない。外套《がいとう》の襟を立て、白い息を吐きつつ閑静な屋敷町を歩いて行く。

和風建ての一軒家が見えてきた。玄関で案内を請うと、奥の離れに付属している控えの間に通される。

畳の上で襟を正す。ひとつ息をついてのち、意を決して襖《ふすま》を開ける。

「高城少尉、お呼びにより参りました」

軍服の広い胸を張り、最敬礼する。と、上座からすぐさま「うむ、時間通りじゃな」と声がかかった。

「寒い中、急に呼び立ててすまぬな。さ、入るがよい」

下っ端兵士へも決して声を荒らげないと評判の久我山《くがやま》少将は、そのとおり温厚な面差しをした人物だった。陸軍の大幹部だが直属の上官ではないので、今日が初対面になる。

腹に力を込めたまま、畏《かしこ》まって室内に入る。少将といえば、普段はまず接する機会のない、遥《はる》か雲の上の存在だ。何の用事にしろ、決して失礼のないように——と気を引き締めていると、久我山の横にもう一人、卓を共にしている軍服姿の人間がいるのに気づいた。

(えっ、……)

どき、と息を飲む。それが誰であるかを見とめた瞬間、思わず、場を忘れて目を真円に見開いてしまった。

綾瀬《あやせ》基己《もとき》中佐。近衛《このえ》第一師団、宮城《きゅうじょう》連隊長。

彼の濃藍《こいあい》色の軍服の胸には、軍内でも選り抜《え》きである近衛を示す金の兵科徽章《きしょう》が、暁の星のごとく輝いている。しかしそれ以上に眩《まぶ》しいのは、雪華と見紛《みまご》う色白い端整な貌《かお》だ。切れ長の眦《まなじり》に繊細な鼻梁《びりょう》は五年前のあの時よりも凛々《りり》しく、よりいっそうの艶《つや》と麗しさが加わっている。

息を詰めたままで、相手を凝視する。どうして彼がここにと、動揺のあまり唇が半分開いてしまう。

「伝えていなかったが、綾瀬中佐も、今夜ここに同席してもらう。構わぬかな」

「はっ……はい！　自分は構いません」

声をかけられ、慌てて返事をする。しまった、大幹部の前であることが頭から飛んでいた。ひっくり返った声が滑稽《こっけい》だったのか、綾瀬がふっ、とかたちのいい口許を上げた。瞬間、発火したように頬が熱くなる。そして同時に、五年前のあの光景が——今も決して忘れられないあの一夜が、眼裏《まなうら》に鮮烈に蘇《よみがえ》ってきた。今も繰り返し繰り返し、夜ごとに思い返してやまない、濃厚な蜜のようなあのひとときが。

久我山は幸いにして、こちらの驚きを既知ではない人物がいたことによるものと取ったようだ。何も知らない久我山はさらに、綾瀬に向かって問う。

「中佐は、高城少尉と面識があったかかな？」

「ええ、昔に一度」

ごくあっさりと、綾瀬が答える。何を言い出すのかと肝を潰《つぶ》すが、彼は小憎らしいほど涼やかな表情で続けた。

「少尉が士官学校の生徒だった頃に、少しだけ話をしたことがあります。ですが少尉の名前は、軍の剣道番付に何度も載っていますから」

実家が剣道場を営んでいるので、剣道は少年時代からの唯一の特技にして趣味だ。腕に覚えある若手将校は大勢いるが、その中でもどうやら五傑入りを果たしているらしい。

さらりと告げられたひと言を受け、心臓が甘苦しいほどに震えた。見ていてくれたのか、自分の努力を——と舞い上がりそうになる。が、いや待てと、その気持ちをぎゅっと引っ込める。

綾瀬はきっと、白々しい初対面の挨拶を省きたかっただけなのだろう。そのとおり、表情はとっくにつれないものに変わっており、余計な話はするなとでも言わんばかりだ。しかし、そんな素っ気ない態度を取るということはつまり、彼もまた〈あのこと〉を忘れてはいないということになろうが……。

久我山に改めて座布団を勧められ、落ち着かない気持ちでそこに腰を下ろす。

意識しまいとは思うが、顔はやはり上げられなかった。綾瀬が座しているのは、卓を挟んでちょうど向かい側だ。彼と今、同じ室内にいる。そう思うだけで、心は正直にかき乱されてしまう。同じ陸軍でも彼とは勤務場所が異なるので、偶然すれ違うことすらも今までなかった。

茶を運んで来た女中が下がったところで、久我山が話し出す。

「こうして二人に拙宅まで運んでもらったのは、他でもない。現在の厳しい社会情勢にも絡むことで、極めて重要な話があったからなのじゃ」

大幹部の険しい顔つきを見、浮ついた気持ちを瞬時に引き締める。今はとにかく、〈他言無用ノ用件〉を伺うことが優先だ。

世界的な金融恐慌の影響で、皇国もまた先の見えない不況に陥っている。帝都では失業者が続出、地方の農村部でも、貧困に苦しむあまり幼子を間引いたり、娘を身売りに出したりして糊口《ここう》をしのいでいる有様だと。軍人としても当然、この悲惨な状況は無視できるものではない。

「それを受けて陸軍ではこの頃、〈櫻会《さくらかい》〉という組織が活動を始めておる。この会については承知であるか？」

「はい。名前だけなら聞いております」

軍内には時事研究会のようなものがいくつかあり、〈櫻会〉もそのひとつだ。最近になって結成された団体で、特に血気盛んな将校たちが集まっているらしい。これからの国家改革案などを掲げて、毎夜のごとく熱い議論を闘わせていると聞いている。

「若い彼らが皇国民のために身を尽くそうとするのは大いに結構じゃが……しかし、少々気になる報告も上がってきておる」

久我山が、厳しい面持ちを作る。

「とある席で、櫻会の者が演説しておったらしい。ろくな経済政策を取らない時の政府から、政治権力を奪取すべきだと。言い方は相当に過激で、聞いていて末恐ろしさすら感じるほどだったそうじゃ。だからもしや、彼らは武力での政権転覆……クーデターでも企《たくら》んでおるのかもしれぬ」

「そんな……！」

衝撃のひと言を聞かされ、思わず目を見張る。と、綾瀬も静かに口を切った。はっとしてそちらに向き直る。

「クーデター云々《うんぬん》はまだ未確定の情報だが……櫻会を統率している日下部《くさかべ》大尉は、よく言えば熱血漢だが、頭に血が上ると何をしでかすか分からないところがある。ゆえに、憂国の情を強めるあまり、何か極端な手段を画策していないとは言い切れまい」

凛然《りんぜん》たる表情と口調に、思わず引き込まれる。彼の話しぶりからすると、事態はとっくに見過ごせないところまできているようだ。

深呼吸して話を整理する。櫻会の面々が皇国の現状を憂う気持ちは分かるが、武装蜂起まで目論《もくろ》むとはおおごとに過ぎる。軍の力を、非合法的に使うべきではない。自分とて、皇軍将校の一人だ。もし彼らがよくない方向へと足を踏み出しかけているならば、何としてでも思い留《とど》まらせなければなるまい。

久我山が場の様子を見、言った。

「わしは、彼らが何を考え、何を画策しているのか把握しておきたいのじゃ。しかし、憲兵や特高警察には任せておけぬ。憲兵たちの中にも櫻会に同調する者がいるようであるし、何かと荒っぽい特高にかかっては、彼らをろくに調べもせず、思想犯として監獄送りにしてしまう恐れもある。陸軍のことは陸軍で解決すべきだとも思うしの。そこで、……」

綾瀬が、話の続きを譲られる。彼は身を正し、久我山には先に伝えていたのだろう〈計画〉を、こちらに説明してくる。

「実は、会の中心人物の一人である鰐淵《わにぶち》中尉から、櫻会に加わらないかとの誘いを受けている」

ぎょっとまぶたを見張り、相手を見つめる。

「鰐淵中尉とは以前、将校同士の意見交換会で話をしたことがあったから、そこを見込まれたのだろう。彼らはわたしの加入によって、桜にちなみ〈五桜《ごおう》〉と名乗りをあげる算段らしいぞ。だからせっかくだ、ご招待を受けて、櫻会の内部を探ってきてやろうと思う」

「――それは、あまりにも危険すぎやしませんか？」

考えるより先に言葉が飛び出した。自分より四階級も上である綾瀬に反論するなどもってのほかだ。が、彼が心配なあまりつい言い返してしまった。

案の定、綾瀬が面食らった顔をする。その柳眉《りゅうび》がたちまち寄っていくのを見、焦りながらも弁解する。

「そ、その……彼らがもし本気でクーデターを計画しているのなら、共にことを行う人物は徹底的に調べ上げるはずです。ですから、少しでも怪しまれたら、中佐殿の身が……」

するとと相手はすぐに、不敵な笑みを湛《たた》えて言う。

「心配には及ばない。わたしとてそれくらいは警戒している。敵の懐に飛び込んでこそ得るものもあろう。それに、あえて中枢人物へと接近した方が話も早いからな」

「しかし……」

危険なことには変わりはない。敵方への潜入など、正体がバレたら一巻の終わりだ。すると、

「であるから、少尉にもひと役かってもらいたいのじゃ」と久我山の声がかかった。

「高城少尉には、綾瀬中佐の補佐に当たってもらいたい」

話の矛先を自分に向けられ、思わず鼓動が跳ねる。

「中佐一人だけで調査を行うのは骨じゃろう。それに少尉は、五桜の一人である岡《おか》大尉とは顔見知りじゃな？　二人とも連隊は違えど、何度か剣を交えていたはずでは？」

「はい。岡も軍の剣友会の一員ですから、多少は付き合いがあります」

だから自分がこのたび呼ばれたのかと、遅まきながら理解する。内密に調査をするならば、顔見知りの人間などがそれとなく話を聞き出した方が近道だ。

久我山はこちらを見据《みす》え、皺《しわ》深い手を組んで言った。

「偶然とはいえ、少尉は五桜の面々とは少なからず縁がある。そこを見込んで頼みたいのじゃ。どうかの？　皇軍の安寧のために、任務に身を投じてはくれぬか？」

そう問われ、心中にいろいろな意味で嵐が吹き荒れる。自分などに務まるだろうか。それに、この件を引き受けたら当然、あの綾瀬と行動を共にすることになる――

「――承知しました。誠心誠意、勤めさせていただきます」

だが、出した答えはそれだった。こちらの内情はどうあれ、軍では上官の命令は絶対、もとより、否を言える立場ではない。

最敬礼で応えると、久我山はゆったりと破顔した。

「うむ、期待しておるぞ。難しい仕事になろうが、二人でどうか、協力して事を成し遂げて欲しい」

綾瀬も、颯爽《さっそう》と敬礼を返す。

「承知いたしました。必ずや成果を得て参りましょう」

そう宣言するものの、彼がこちらを見ることは一切なかった。意図してのことだろうが、落胆の気持ちが正直に胸を塞《ふさ》ぐ。しかし――同時にふつふつと沸き立つものも感じ、深い呼吸で胸をこっそり膨《ふく》らませる。

五年前のあの時以来、ひとときも忘れられなかったひと。自分などには決して、手が届くはずもないと思っていたひと。だが、再び逢《あ》いまみえることとなった絶好のこの機会を――決して逃したくはない。

任務を差し置いて浮かれている場合ではないのだが、心の中で何度も拳《こぶし》を握る。しかしそのように一人で意欲を燃やすさまも、綾瀬は涼やかな横顔ですべて見透かしているような気がしないでもなかったが。

綾瀬と初めて出逢ったのは、五年前、十八歳の夏のこと。

当時はちょうど、陸軍士官学校の予科から本科に上がった頃だった。本科からはいよいよ〈士官候補生〉として扱われ、皇国の神聖君主である大皇陛下に仕える軍人となるべく、さらに厳しい訓練が課せられる。夏恒例の全校合宿もそうだ。海近くの宿屋に泊まり込み、行軍訓練から銃器演習や模擬戦などを、炎天下の中一週間に亘《わた》ってこなす。

その日は、八粁《キロ》もの遠泳を無事に終えたのち、朋友たちと浜辺に上がって焚《た》き火を囲んでいた。訓練の合間のこうした気楽な時間は、何よりの息抜きだ。

皆が褌《ふんどし》一丁のまま、思い思いに語らい合う。すると向かい側の朋友が「なあ」と口を開いた。

「見たか？　今日見学に来ていた、綾瀬中尉の姿」

皆が一斉に「おう、おう」と話に乗ってくる。高城もその姿を思い返しつつ、軽く身を乗り出した。

「見たも何も、真っ先に目に入ってきたわい。さすが陸軍の華、噂《うわさ》以上の麗しさだったな」

本日は将校たちが学校視察に訪れており、朝の訓示の際に一同を紹介されたのだった。綾瀬は二十三歳、新進の中尉だと。確かに、凜々しい姿はまるで白鷺《しらさぎ》が舞い降りたかのようだった。普段自分を含めて色黒の男ばかり目にしているせいか、きめ細やかな白い肌はことにまぶしく映った。

「だがそんな見た目に反して、術科では負けなし、荒馬を駆れば射撃もこなす、居合い術だって相当な腕前だと聞いたぞ。おまけに父伯爵は華族院の重鎮で、親類縁者は大銀行や有名商社を経営してるときてる。生まれ育ちからして違うじゃないか」

綾瀬家は古くは武家で、現在は特権階級である華族として名を轟《とどろ》かせている。そういえば腰に佩《は》いた剣も、家紋が印された由緒ありそうなものだった。彼だけは政財界に進まず、武を恃《たの》みとして大皇陛下へ奉公する道を選んだのだろうか。

と、一人が「なあ、知ってるか？」と意味深に声を潜めた。

「聞いた話だがな……綾瀬中尉殿は、気に入った新兵や士官候補生に声をかけて……〈お手ほどき〉をしてくれるんだと」

皆が「何ぃ⁉」と色めき立つ中、高城も、驚きにぎょっとまぶたを見張る。お手ほどきとはつまり……その……、房事のあれこれを？

反射的に頬が火照るが、しかし、横にいた朋友が冷静に突っ込む。

「おい、それを言うなら逆じゃないのか。どう見たって、中尉殿の方が稚児になってあれこれされる側だろう」

「それが違うんだなあ。麗しの中尉殿は、ご自分の方から若馬に跨《また》がるのがお好きで、食指が動いた男がいれば、向こうからお誘いをかけてくるんだとか」

話の流れに頭が追いつかず、思わずぽかんとしてしまう。男ばかりの学校なので、上級生が念友となって下級生を教え導く——つまり、稚児にして性交を伴う深い付き合いをする——ことは伝統的に行われている。が、お稚児さんの方からお相手を食いに……否、迫っていくというのは初耳だ。

「中尉殿が陸軍幼年学校に入学した時、たちの悪い上級生が、その美貌に目を付けて中尉殿を手籠《てご》めにしようとしたらしい。しかし中尉殿は相手をぎっ、と睨《にら》みつけ、果敢にもこう言い放ったんだと」

——黙って貴様の好きにさせるとでも思ったか？

「そして、上級生を押し倒して、逆に相手を骨抜きにしてやったらしいぞ。その上級生、中尉殿に搾り取られてひいひい泣きよがっていたとか」

周囲が歓声を上げる中、またまたしても度肝を抜かれてしまう。大した人だ。上の者には絶対服従と士官学校時代から叩《たた》き込まれるのに、逆に相手をとっちめてしまうとは。

「こんな話もあるぞ。今年の卒業後の追い出し会で、ある候補生が中尉殿に空き部屋に連れ込まれて、新品の筆を下ろさせてくれたそうだ。何でも『これも上官の務めだから、貴様は黙って従うがよい』と言って」

「はっはあ、そりゃあ名将だの！」

斜め前の朋友が、にやつき顔で盛んに手を叩く。

「我々常に、『上官の命令は絶対』ときつく叩き込まれておるものな。それは断れんだろう。おまけに、あれだけの美人だからな」

「まったくだ。ありがたくご指導を受けるしかないな」

朋友らはさらに、綾瀬に関する噓《うそ》か本当か分からない噂をやんやと言い立てる。だがしかし、話半分くらいに聞いておいた方がいいなと、高城はこっそり苦笑をこぼした。娯楽の少ない士官学校生活なので、話に盛大な尾ひれがついて一人歩きすることはよくあるからだ。

その日の夜のこと。

七日間に亘った過酷な合宿も本日で終わりとあって、夕食には牛鍋がふるまわれた。大喜びする一同にさらに、食後、宿周辺の盛り場へ遊びに出てもよいという破格のお許しも出た。

士官候補生たる者あくまでも節度を持って云々、という、教官による長い訓話が終わるなり、皆がこぞって町中へ飛び出して行く。しかし高城は「俺は遠慮しておく」と肩を竦《すく》め、残念顔を向けてくる朋友らを一人で見送った。

「ふう、……」

がらんとした部屋で荷物整理をし、ついでなので皆の布団も敷いてしまう。と、早々にやることがなくなってしまった。なので手持ち無沙汰《ぶさた》に任せて、浴衣《ゆかた》姿で廊下に出てみる。

建物内は閑散としていた。縁側の沓脱《くつぬ》ぎ石、その上にあった下駄をつっかけて裏庭に出、竹製の長椅子に一人で腰を下ろす。

「……、」

再びため息がこぼれた。高台にある宿屋なので、生け垣の向こうに夜の海が見渡せた。遥か遠くでは、夜釣りらしき小さな灯《あか》りがちらちらと揺れている。

そのまま、ぼんやりと夜闇を見つめていると、

「一人か？　高城候補生」

ふいに声をかけられ、尻から飛び上がってしまう。縁側を見て仰天した。そこには浴衣姿の綾瀬がおり、こちらを見てほほ笑んでいたからだ。

「あ、っ……」

とっさに立ち上がろうとしたものの、完全に脚を投げ出していたので機敏に動けなかった。動揺するあまり下駄をひっくり返してしまい、さらに焦りが増す。

「も、申し訳……」

「ああ、よいよい。今は自由時間なのだからな。敬礼も不要だ」

しかし綾瀬は鷹揚《おうよう》な調子で庭に降り立ち、するりと横に身を寄せて来た。思ってもみない状況に泡を食ってしまうが、せめてもの心遣いとして長椅子を半分譲る。

「出掛けなかったのか？　せっかくの機会だ。遠慮しなくてもよかったのだぞ」

「いえ、自分は、そんな気になれませんで……」

「そうか。……ああ、ここは気持ちがいいな。潮風が通り抜ける」

「はい、そうでありますね」

我ながら、かなりぎくしゃくした受け答えになる。まさか、昼間さんざん聞いた噂の主と最接近することになるとは。彼は間近で見ても白磁の細工物のような麗々たる顔立ちをしており、上官であることも相まって緊張が加速していく。

そういえば見学の将校たちも、今夜一泊すると聞いていたのだった。綾瀬は絣《かすり》の浴衣姿で、石鹸《せっけん》だろうか、湯を使ってきたばかりらしい甘やかな匂いが鼻腔《びこう》に漂ってき、妙にどぎまぎしてしまう。

それはともかくと、高城はひとつ深呼吸した。何か話をすべきだろうか。しかし、上官にみだりに話しかけるのも……と逡巡《しゅんじゅん》していると、

「……今日の試合は残念だったな」

相手の方から口を切ってきた。言葉どおりのその表情にはっとし、わずかにまぶたを伏せる。

午後はあのあと、海辺から地元の国民学校の体育館に移動し、そこで剣道大会と相成ったのだった。選抜者による個人戦、同期である根岸《ねぎし》候補生と三本勝負に当たり、二本目を取られて負けた。

たちまち悔しさが蘇り、ぐっと唇を噛《か》む。

根岸は学科も術科もそれなりに成績はいいが、性格が陰険なので同期生からは敬遠されている。友人などははっきり「あのネギ野郎は好かん」と言ってはばからないほど。

自分としては、寝部屋も違うし交流もないのでどうとも思っていなかった。しかし先日、術科であえて剣道ではなく柔道を選択していたこちらを、根岸が陰で「唯一の取り柄を活《い》かさぬとは馬鹿な奴《やつ》だ」とあざ笑っていたのを聞いてしまった。

選択は自由であるし、何を言われても構わないが、心に嫌なしこりは残った。それがつい、本日の剣にも出てしまったらしい。加えて、先に打たれた相手の籠手《こて》が嫌に痛かったので、何としても取り返さんと気合いが空回ってしまい——つまりは、余計なことを考えすぎて、冷静な気持ちを保てなかったのだ。

試合が終わった瞬間、身に溢《あふ》れてきたのは己への情けなさだった。負けたこと以上に、集中できなかったのがまず悔しい。剣が鈍ったのは自分自身の屈託のせいだと、それがはっきりしている分だけ余計に腹立たしかった。

悶々《もんもん》とした思いはいまだ治まらず、だから町へ出る気にもならなかったのだ。朋友たちは憂さ晴らしをしようと誘ってくれたが、結局断ってしまった。彼らの気遣いを感じて、さらに己が不甲斐《ふがい》なくなったから。

「……はい」

かなり間を置いたのち、ひと言だけ答える。両の拳を無意識に、開いた膝の上で握り締めながら。

綾瀬が、気遣い顔でそっと口を開く。

「そう気を落とすな。根岸候補生とはこの先、また剣を交える機会もあろう。その時までに成長していればいい話だ」

「……はい」

神妙に頭を下げるが、まさか彼から励まされるとは思わず、内心では気まずいような心地に駆られた。よりによって上官に変なところを見せてしまった、気を遣わせてしまったと、かえって申し訳なさが込み上げる。たかが一度の負けなのに、まったく、情けないことだ。

その時、綾瀬がすっと身を乗り出してきた。驚く間もなく、腕に熱い手のひらが触れてくる。

「貴様の鍛錬は、この腕を見ればすべて分かる」

怯《ひる》んだが相手は構わず、曲げた肘の上にぴたりと手を沿わせてきた。夏のこととて、浴衣の両袖を肩までまくり上げていたのだ。

「ほら……貴様にとっては見飽きた腕なのだろうが、もう一度よく見てみたらいい」

凜とした視線が、こちらに強く注がれる。そのまなざしに導かれるがままに目を落とすと、己のむき出しの腕がそこにあった。

肘の部分は幅広く張り、大樹のような腱《けん》がくっきりと浮き出ている。ただでさえ地黒いのに日焼けも加わって色は真っ黒、擦《す》り傷や打ち身のあとも、あちこちに散らばっている。

まったくもって無骨な腕だと苦笑したくなるが、しかし綾瀬は、

「身体《からだ》は嘘をつかんだろう、ほら」

と、一番太い部分を手で軽く摑《つか》んでくる。

「よほど剣を振らなければ、これほど頑強にはならない。今までどのくらい己を鍛えてきたのか、頭では忘れても、この身体にはしっかりと刻まれているではないか」

彼の真剣な表情に、とくん、と胸が跳ねた。極めて端整な顔立ちのせいで怒っているようにも見えるそれだが、その分、鋭く真っ直《ます》ぐにこの胸を射抜いてくる。

「貴様のことだから、休憩時間や休日にも鍛錬に励んでいるのだろう。そうだな?」

問われるがままに「はい」とうなずく。子供の頃からの習慣ということもあって、朝晩の素振りだけは陸士に入っても欠かしていない。校庭の端で飽かず汗を流しているこちらを見て朋友たちは呆《あき》れ顔をしたが、今では好きにさせてくれている。我ながら愚直だとは思うが、身体がそうしたいと勝手に動いてしまうのだ。

うなずいたこちらを見、綾瀬がふっ、と目許を緩めた。一転して柔らかになったそれに、驚いてまぶたを見張る。

（――…………笑った）

変貌が大きかったからか、それとも、あまり笑ったりする人ではないと、勝手に思い込んでいたからだろうか。彼の表情に意表を突かれ、思わずそれに釘付けになってしまう。

どれだけ努力したかなどは、自分一人が知っていればいい――そう思って日々孤独に己を鍛えていたが、賞賛の言葉は思いがけなく胸に沁《し》み入ってきた。厳しいばかりの士官学校生活なので、これほど温かな言葉をかけられたのは久しぶりのことだった。

遅れてやって来た嬉《うれ》しさを噛み締めながら、綾瀬の顔を改めてこっそり見やる。

外見や生まれ育ちからすると、気位が高くて近寄り難い人なのかと思っていた。だが、違った。おそらく偶然行き合っただけにしろ、落ち込む一候補生にこれだけ熱のこもった言葉で励ましてくれる将校など、なかなかいるものではない。

照れ臭さに鼻の下をこするこちらを、綾瀬は慈しむようなまなざしで見守ってくれた。ああ、と感じ入る。心根はきっと、温かく優しい人なのだ。

綾瀬は、さらに続けて言った。言葉も態度もいつしか、ぐっと砕けたものになっていた。

「我々は見学の立場上、特定の候補生に肩入れはできないのだが、今日の試合、わたしは最初から、貴様を応援しようと決めていた」

「……なぜですか？」

意外なことを言われて驚くと、相手は愉快そうにほほ笑んだ。

「簀《す》の子だ」

「え？」

「試合前、水飲み場の簀の子を直していたろう」

思い出す。開始前の時間調整の際、外に水を飲みに行ったことを。そこはわずかな時間で喉を潤そうとしている候補生でごった返しており、ようやく蛇口が開いた頃は開始時間の直前、居残っているのは高城一人になっていた。

手早く水分補給し、体育館へ戻ろうとする。が、その時、大勢に踏まれた足許の簀の子が乱れていることに気づいた。

特に何も考えず、さっと袴の身を屈《かが》める。角を揃《そろ》えて簀の子を整え、そして、早々にその場をあとにした。開始時間も迫っていたし、周囲には誰もいないと思っていたのだが、そんな姿を綾瀬は目撃していたというのだ。

「……」

嬉しいというよりも意外の念にかられ、瞬きを繰り返す。これといって大層なことをしたという意識はなく、ただ、長年の習慣で行ったにすぎなかったからだ。しかし綾瀬には感じるものがあったらしく、高揚した面持ちで続ける。

「感心したぞ。ああいう時にこそ、飾らない己が出るものだ。そのように実直な心根を持つ貴様を応援したいと思っても、何の不思議もなかろう」

熱っぽい言葉に面食らいながらも、おずおずと頭を下げる。

「ありがとうございます。祖父と父が、小さい頃から指導してくれたおかげです」

「謙虚なことだな」

相手は肩すかしを食らったのか、少々不満げに唇を尖《とが》らせる。

「だがそれも、貴様らしくていいぞ」

今度ははっきりと、綾瀬が笑いかけてきた。ぱっと花が咲き開いたような眩しさに打たれ、まばたきすらも吹き飛んでしまう。胸にも差し込みに似た感覚が走り抜け、何だこれはと己の反応に途惑う。が、それでも、彼から目が離せない。

綾瀬は気にした様子もなく、こちらの豪腕をぽんぽんと叩き、再度の笑みを添えて念を押してくる。

「だから、もうくよくよと落ち込むな。貴様なら必ずや、雪辱を果たすだろう。ここで挫《くじ》ける男ではあるまい。そうだな？」

「……はい！」

一本芯《しん》の通った声が出た。そのとおりだ。いつまでもいじけてはいられない。それに、言葉を尽くして激励してくれた綾瀬の前で、これ以上みっともないところは見せたくない。

しゃんと背筋を伸ばすこちらの目の輝きに合わせ、綾瀬も安心したようにほほ笑んでくれる。上官としてではない、きっと素のままの彼の表情。それに接していることが嬉しくて、きゅうと甘く胸が締め付けられる。

「よしよし、その意気だぞ、高城候補生。……それにしても、貴様は本当にいい身体をしているな」

話題を変えつつ、相手はなおも愉しそうに、ぺたぺたとこちらの腕を触ってくる。そこで気づいた。彼の手のひらにも、自分と同じようになかなかの堅い手まめがあることに。

「わたしは筋肉が大きくならない体質のせいか、いくら鍛えてもこうはならないのだ。羨《うらや》ましいぞ。この腕ならば見ただけでも敵は怯むだろうな」

「左様でありますか。支給のシャツが、そこだけきついのが難ですが」

答えつつも、ふと思う。軍隊は男の世界なので、綾瀬はきっと見た目で侮《あなど》られることも多かったのではないだろうか。事実、候補生たちからあることないこと噂されているのだし。家柄などもうるさく揶揄《やゆ》されるはずだから、そんな中で毅然《きぜん》と前を向き続け、手まめができるほどの努力を重ね続けるのは、並の苦労ではあるまい。

僭越《せんえつ》な想像を重ねる中、綾瀬はなおも延々と腕を触り続けていた。彼と話し続けられるのは嬉しいが、そんなに筋肉が羨ましいのだろうか。二の腕までも遠慮なく揉《も》み込まれると、さすがにくすぐったい。

「これだけの豪腕ならば、女の細腰など片腕だけで引き寄せられるだろうな。がっしりした腕に抱かれて、ついよろめいてしまう者がいるかもしれぬぞ」

「……はあ」

そんなものだろうかと首を傾《かし》げる。と、気のない返事を察したのか、綾瀬がじっとこちらをのぞき込んで問うた。

「何だ。貴様、童貞か？」

あまりに率直に切り込まれ、思いきり頬が赤くなる。

そういうことに興味がないわけではない。今日の浜辺でのひと幕のように、朋友らが猥談《わいだん》に盛り上がっていれば耳を傾けるし、おかげで知識だけならそこそこある。いつかその機会に至った時のことを妄想し、一人で悶々と身体を熱くさせてみたりもする。

だが、まだ一応は学生の身分で、しかも、その身を軍人として皇国に捧《ささ》げるべしと日々叩き込まれているからか、どうも積極的にその気が湧いてこないのだ。朋友たちの中には遊郭《ゆうかく》へと度胸試しに行ったり、甘味処の娘など適当な相手に関係を迫ったりと色事に余念がない者もいるのだが、自分としてはそこまで行動はできなかった。そもそも、心に想《おも》う相手もいない。

「ふむ、そうか」

返事がないことを返事と取ったのか、綾瀬がつぶやいた。相変わらずこちらの腕に手を置いたまま、きりりとした顔つきで続ける。

「いつか出逢う相手に操を立てておくのもよいが、適当に遊んでおくのも悪くはないのではないか？　でないと、好いた相手の前でいらぬ手間を取るぞ」

「ええ、まあ……」

そう言われると心苦しい。いつか情を交わす相手には、この腕の中で蕩《とろ》けるほど幸せな気持ちになって欲しいからだ。経験もないくせに、高望みだろうか。それにそのためには、多少の鍛錬が必要なわけなのだが。

綾瀬はなおも、あけすけに問うてくる。

「腕だけでなく、せっかくいい身体をしているのに、勿体《もったい》ない。知らないのは女だけか。男も？」

「はあ、まあ、……はい……」

見栄を張っても仕方ないので、正直に答える。こんな大柄な男をどうこうしようとする上級生はいなかったし、自分としても下級生の念友となることはなかった。後輩たちは可愛《かわい》いので面倒見てはいたが、欲情の気持ちまでは湧かなかったのだ。

相手がじっとこちらを見つめ、つぶやく。

「そうか、貴様は本当にまっさらなんだな」

……いつの間にか、綾瀬の身体がずいぶんと接近していたことに気づく。もし彼が野生の獣だったら、こちらはその牙の射程内に入っているといった案配だった。しなやかで美しく、妖しい色香を宿した生き物。

相手と再び、視線が結い合ってしまう。どくん、と胸底が跳ね、鼓動がにわかに騒がしくなってゆく。

昼間の話が脳裏をよぎる。まさか、あの大げさな噂はすべて本当のことなのだろうか。綾瀬中尉はその身体で、若桜たちの花を摘み取って――

「……っ⁉」

あっと思ったその時だった。視界を素早く塞がれ、唇に何か熱いものが押し当てられる。

それが綾瀬の唇なのだと気づいた瞬間、頭の中が白く大きく爆《は》ぜた。あまりの衝撃に身が強《こわ》張《ば》ってしまい、抵抗できずされるがままになる。

「ッ、んっ……ッ、……！」

と、柔らかな唇が角度を変え、あわいを割ってきた。そこからさらに熱いものが入り込んでき、たちまち息の根が止まりそうになる。

舌だ、綾瀬の。それは生き物のようにねっとりと蠢《うごめ》き、こちらを熱くかき乱してくる。信じられない、接吻《せっぷん》でこのようなことまでするとは。舌は舌のみならず口内までをねぶってき、巧みなそれにたちまち翻弄されてしまう。

どれだけそうしていたのだろうか。ふっと唇がほどけ、相手が身を離す。

途端、肩から全身からいっぺんに力が抜けた。何ということだ、場所も立場も何もかも忘れて、綾瀬との口づけに溺《おぼ》れ込んでいた。

「はー……、はぁー……、はーっ……」

呼吸すらもしていなかったことにようやく気づき、胸を上下させて酸素を取り込む。相手はそんなこちらを見、口許だけでふっと笑った。

「初々しいことだな」

余裕たっぷりの態度で指摘され、頭がかっと火照《ほて》る。図星だからだ。正真正銘、生まれて初めての口づけだった。まだ、頭がくらくらするほど。

だがそんな綾瀬も、両の頬をうっすらと上気させていた。艶が滲《にじ》む表情と、赤味を増した唇、妖しく濡《ぬ》れた瞳――

それらを目の当たりにした瞬間、今までに経験したことのないおののきが身の裡《うち》を震わせた。頭はまだ混乱しているのに、理性だって何をやっているんだと警告しているのに、もっと大きな衝動がそれを凌駕《りょうが》していく。

「こちらへ来い」

促す言葉に、ふらりと立ち上がってしまう。考えるよりも早く、身体の方が先にそう動いたのだ。熱で吹きこぼれそうな頭と身体を抱え、綾瀬のあとをついて行く。

庭から上がって連れて行かれたのは、客室の端にある布団部屋だった。暗い廊下の奥にあるので、まず人目にはつかない場所だ。

綾瀬は重い引き戸を内側から閉め、頭上にひとつ垂れ下がっている裸電球を、ぱちりと点《つ》ける。

昏《くら》い灯りが点《とも》る中、向かい合った浴衣の胸を軽く押された。それだけの仕草でも、もはや操り人形のように、背後の布団の山にすとんと腰が落ちてしまう。

口で息をしていると、綾瀬がそして、膝で悠々《ゆうゆう》と上に乗って来た。濡れた唇を、妖しく艶めかしく笑ませながら。

「……っ、」

迫力に圧倒され、ぞくぞくしたものが背筋を駆け登ってゆく。再び口づけを仕掛けられれば思考に甘く霞《かすみ》がかかり、されるがまま綾瀬を受け入れてしまう。

「んっ、んふ……んぅ……」

先ほどよりもさらに濃厚な動きで、舌が舌をねぶってきた。加えて、浴衣に割り入ってきた細い手が、厚い胸板を愉《たの》しげにまさぐってくる。こそばゆさで興奮が加速し、鼻での呼吸が分かりやすく増大していく。

綾瀬の唇は頬やまぶたや耳たぶにも躍り、尖らせた舌先がつぅ、と耳のふちを攻撃してくる。むず痒《がゆ》い愉悦に上半身をよじっていると、浴衣の上からさっそく股間《こかん》を摑まれた。

「ッう、……」

ぎくりと硬直してしまう。そこはすでに熱く芯を持ち、頭をもたげんと臨戦態勢を取り始めていた。本当に、身体は嘘をつかない。

「――、」

と、綾瀬が軽くまぶたを見張った。彼は浴衣の合わせに手を突っ込んでき、褌越しにそこをまさぐる。そしてきゅう、と口角を上げると、耳許に囁《ささや》きを落とし込んできた。

「貴様、なかなかの大筒ではないか」

かっと頬が発火する。そのとおり、自分の逸物は大きい方に属するらしい。寮の共同風呂で入浴する際、わざわざ見物に来る候補生までいて困っているのだ。

羞恥《しゅうち》でもじもじしていると、綾瀬は布地越しに盛んに手を使い、遠慮なく質量を確かめてくる。そして――たぶん無意識なのだろう、彼がちろりと唇を舐《な》めた。瞬間、脳髄にまで電流が走り抜ける。

濡れた肉色にひらめく舌。下腹にどっ、と熱塊が生まれ、それはそのまま勢いよく股間に流れ込んでいく。

「ふふ……」

綾瀬は吐息を弾ませながら、はちきれそうになっている褌の前袋を寄せた。と、赤黒い雄茎がぶるんとまろび出てくる。我ながら、呆れるほど大きくなっていた。

あからさまなほどに勃起《ぼっき》した己がいたたまれず、思わず目を逸《そ》らす。するといきなり、ぬるりとした何かに先端を含まれた。

「は、ッあ……!?」

驚くあまり尻から飛び上がってしまう。屈み込んできた綾瀬がその口中に、肉竿《にくざお》をすっぽりと含んでしまったからだ。濡れた粘膜に吸いつかれ、衝撃のあまり視界が瞬く。

「っあ、そっ、そんなッ……」

おろおろと呻《うめ》く。風呂には夕食前に入っていたが、そんな場所を舐めるなんて信じられない。引き離そうかと思ったが、みだりに相手の頭になど触れられず、手を空中でまごつかせる。

「ぁ、あっ、うあっ……」

そうこうしているうちに、鋭く張った雁首《かりくび》のくびれを、舌でれろれろとくすぐられる。強烈すぎる快感に、腰が正直に悶《もだ》えた。綾瀬はそして、逸物を舐め食《は》みながら、下にある玉嚢《ぎょくのう》も手で刺激し始める。

そこを水枕のごとく弄《もてあそ》ばれ、「んうぅ」と喉奥で呻く。男なので、定期的に厠《かわや》の個室にこもって処理するのだが、合宿中はなかなかその機会を見つけられなかった。厳しい訓練ですっかりよそに追いやられていた情欲が腰を突き上げてき、溜《た》め込んだ淫蜜が急に騒ぎ始める。

「うぁ、あ……、ひ、っ……」

猛攻する舌のせいで早くも絶頂が襲ってき、じりじりと腰がよじれた。我ながら早すぎる。

それに、綾瀬の口の中に放出するわけにはいかない。

「ぁ、あぁっ……だめ……だめですっ……」

腹筋をひくつかせて訴えるが綾瀬は聞かず、頭を上下させてますます口淫を激しくしてくる。

そしてとどめとばかりに先端を咥《くわ》え込むと、音を立ててぢゅうッと吸い上げてきた。

「あ、……ぅあぁっ！」

とっさに、彼の頭を摑んで引き離す。だがそれがよくなかった。勢いよく迸《ほとばし》った淫液が相手の顔を叩き、白い頬にどろりとしたたり落ちる。

「あ、……」

ざあっと血の気が引いた。何てことをしたんだと慌てふためき、布団に三つ指をつく。

「も……申し訳ありませんッ！」

「……」

綾瀬はまぶたをぱちくりさせつつ、無言で袂《たもと》から手拭《てぬぐ》いを取り出す。あっけに取られた顔がいたたまれず、「自分に拭かせてくださいッ」とそれを強引に奪い取る。

悔恨に胸を潰しながら、頬にへばりついた粘液を慎重に拭い取っていく。珠《たま》の肌だ、ごしごしと荒っぽくは拭けなかったのだ。

清拭《せいしき》を終えたのち、乱れた布団の上に正座して沙汰を待つ。何という粗相をしたんだと、脚の間でへにゃりと萎《な》えてしまった逸物と共にうなだれる。

生きた心地もせず上体を屈めていると、相手がぽつりとつぶやいた。

「……可愛《かわい》らしい奴よ」

恐る恐る、顔を上げてみる。と、そこには妖しくほほ笑む綾瀬がいた。ぞく、と身震いするほど凄艶《せいえん》な笑みだった。

硬直していると、乱れた浴衣もそのままに、彼がほほ笑んで身を寄せてくる。

「大げさに気に病むな。仕方がなかろう、何もかも初めてなのだから。それに、そういう新鮮な態度を取られると、逆に興奮してくるではないか」

そして、舌舐めずりするかのような視線でこちらを射抜く。

「そんな貴様をますます、この手で男にしてやりたくなったぞ」

そうはっきり宣言すると、有無を言わせない顔でのしかかってきた。状況に追いつけずうろたえるこちらを仰向《あおむ》けに押し倒し、改めて脚の間に覆い被《かぶ》さってくる。

「ちゅ、中尉殿っ……」

「余計なことは考えずともよい」

命令さながらの口調で言われると、抵抗の芽がぺしゃりと潰れてしまう。綾瀬は逸物を再び手中にすると、それを咥え込み、唇と舌とで再びねっとりと舐めしゃぶっていく。

「あ、そんな……ぁっ、ひっ……あぁ……」

あたふたとまごつくものの、達したばかりの肉茎は敏感で、たちまち硬さを取り戻し始める。

まだ一度吐精しただけなので、十二分に元気だ。唇の裏で強く吸着されると、腰がよじれそうなほど熱い快感が走った。気持ちよさに脳髄を絡め取られ、もうそれだけしか考えられない。

踵《かかと》で布団をかき回していると、ふと口淫が途絶えた。綾瀬が口許を拭って身を起こし、こちらの胴を大きく跨ぐ。

ごく、と喉が上下した。いよいよ交合せんとする体勢に、胸底が大きく波打つ。

自分だけが大の字で寝転がっているのが忍びなく、半裸の上体をどうにか起こす。綾瀬は「律儀な奴よ」とほほ笑み、向かい合って肩に手を添えてきた。そして後ろ手に褌を緩め、細腰を股座《またぐら》に重ねてゆっくりと下ろしてくる。

陰になっているので見えないのだが、己の切っ先に何か肉質のものが宛てがわれるのを感じ、背筋が興奮でおののいた。男同士ではそこを使うのだとは知っている。しかし、本当に入るのだろうか。鼻で息をしながら、綾瀬の動きを固唾《かたず》を飲んで見守る。

「ん、んっ……」

かたちのいい眉を歪《ゆが》め、綾瀬が短い吐息をつく。彼が細腰を揺するたびに熱い粘膜が先端を覆い始め、はっ、はっ……とこちらの呼気も小刻みになってゆく。

彼が深く息を吐き、腰をよじるように沈めた時――

「……ッ、！」

切っ先がすぼまりを割った。それがそのまま、ずぶりと中に埋まり込む。

「っ、……！　あ、っ……！」

熱くきつい鞘《さや》にみちみちと呑《の》み込まれ、全身が総毛立った。すごい、本当に入るなんて。驚異と歓喜に打たれ、怒濤《どとう》のような震えが腹筋から胸底を突き上げてくる。

「ふう……。ふふっ、さすがに大物だな」

綾瀬が汗を噴いた顔を上げ、不敵な笑みを浮かべながらこちらをのぞき込んできた。濡れ濡れと潤んだ瞳に囚《とら》われ、背筋を戦慄《せんりつ》が走り抜ける。もう抗《あらが》えない、完全にこの瞳の虜《とりこ》だった。

「どうだ。快《よ》いか？　高城候補生」

「は、はひ……はい、っ……」

すっかり乾いた唇で答える。うなずくことしかできないほどの快感だった。綾瀬は口角を上げ「わたしも快いぞ」と、今一度腰をよじって刀身を咥え込んでくる。

「さあ、共に愉しもうではないか。男同士なのだ。遠慮はいらぬぞ」

そう言うが早いか、自ら積極的に腰を遣い始めた。鞘肉でねっちりと己を食い締められ、喉声がこぼれた。すごすぎる。そこからかたちもなく蕩《とろ》け出してしまいそうだ。

「ッ、ふっ……うぅっ……」

下になっている腰が、自然と大きく浮き上がる。と、綾瀬が「あぁッ」と眉根を寄せた。

「っ、……快い……そこ……」

「こ、ここ……？」

吐息を喘《あえ》がせながら、その辺りをぎこちなく突いてみる。奥にいい箇所があるらしいということを朋友らの猥談から思い出し、探り探り腰を使って、そこを刺激してやる。

「あ、あぁん……快い……」

綾瀬が背を反らして喘ぐ。肩にまだ引っかかっていた浴衣が、片方だけはらりと落ちた。引き締まった裸身があらわになる。雪華のように白い胸板を彩るのは、二顆《にか》の桃色の肉粒。左右ともぷくりと充血し、甘い芳香を放たんばかりだった。

その香気に誘われ、おののく身を乗り出してみる。すごく美味《おい》しそうに見えたのだ。舌を出して恐る恐る含んでみると、綾瀬がびくりと肩を跳ねさせる。

「あ、快い……そこも……」

絶え入るような声でねだられ、鼻息の荒さが増した。小さな肉芽に舌を這《は》わせると、きゅう、と肉鞘も淫猥に収縮して下を刺激してくる。

その反応がたまらず、舌遣いにも自然と力が入る。自分が綾瀬を気持ちよくさせているのかと思うと、興奮のあまり目が眩《くら》んでしまいそうだった。

「ぁ、あ……あぁン……」

「ふっ、んん……、ふぅう……」

腰を揺すりながら乳首をちゅぱちゅぱと舐め続けるうち、勢い余って相手を押し倒してしまう。綾瀬は構わない様子だった。だから湧き返る熱情に任せ、汗を散らして痩身《そうしん》に乗り上げる。

そして自由になった腰で、奥処をずん、と突く。

「あ！　ああっ……！」

綾瀬がのけぞった。眉根を寄せ、美しい貌を愉悦の蜜に蕩けさせる。

「ああ、すごい……快い……もっと……」

ねだる言葉のとおり、細くしなやかな脚がしかと腰を抱えてきた。いやらしすぎて、頭が沸騰してしまいそうだ。

腰遣いが一気に荒々しいものになり、誰に教えられるでもない本能のまま、狂おしいほどに綾瀬を貪《むさぼ》る。猛獣のごとく呼気を弾ませ、激しい抽挿《ちゅうそう》を繰り返していく。

「あっ、あ、快い……快いっ……！」

腹の下で裸身をくねらせる綾瀬を組み敷いていると、欲情があとからあとから溢れ湧いてくる。それに任せて腰を振りたくればさらに相手が喘ぎ、悶え、のたうつのだから、もう、きりがない。汗を噴いた肌肉同士がぶつかり合い、ひっきりなしに濡れた音を立てる。

「あ、ぁ……あぁっ……」

「ふッ、あぁっ、……ッ、く……！」

腰を打ち付けながらも、身を屈めて綾瀬の唇を食む。淫猥に喘ぎ続けるそれを眺めていたら、どうしてだか、そうしたくて堪《たま》らなくなったのだ。

めちゃくちゃに舌を遣い、塩辛くも甘美な口づけを堪能する。これほどそそる果実があろうか。思いに任せて唇を吸い、舌を絡めるほどにしかし、飢え、渇き、心が痛いくらいに疼《うず》いて引き攣《つ》れ、もっともっとと求めずにはいられなくなってしまう。

「んむ、……ふぅう……」

「んン、っふ、んぅっ……」

気持ちいい。たまらない。ああ、このままずっと、綾瀬と繋《つな》がり合っていられたら――しかし、その思いむなしく、逆巻くような絶頂がやってきた。大波に追い立てられ、極みへと駆け上がる。

「あぁあっ……！」

頭が白く弾《はじ》け、腹の奥で熱塊が爆ぜた。そのまま綾瀬を抱きしめ、最奥に勢いよく放つ。

「～ッ、……っ……！」

びく、びく、と臀《しり》と太腿《ふともも》が痙攣《けいれん》する。単なる射精を越える、それは圧倒的な感覚だった。欲情の液ではなく、己のすべてを注ぎ込んだかのようだった。

「はぁっ……、はぁっ……」

汗びっしょりの身体で、そのまま倒れ伏す。まるで嵐のようなひとときだった。激しく喘ぐ胸以外、指一本も動かせそうにない。

俯《うつぶ》したまま呼吸を整えていると、綾瀬が胸を押しのけてゆるりと身を起こした。慌ててよける。しまった、のしかかられて重かっただろうか。

だが相手は悠々と汗を拭い、口許に淫猥な笑みを浮かべてみせる。そして敷布に肘をつけると、浴衣を捲《まく》り上げてこちらに白い臀を突き出す。

「ほら、……もう一度だろう?」

妖しく綻《ほころ》んだ菊襞《ひだ》を眼前に見、喉奥がぐっと詰まった。自分を誘う肉花が、みだらに口を開けている。逸物がたちまち漲《みなぎ》り、ぐんと天を突いた。

疲れも忘れて膝で立ち上がり、相手の細腰をわし摑む。中心を一気に突き上げれば「ああッ」と綾瀬が奔放な声を上げ、むしろこちらを鼓舞するかのように喘ぐ。

「あぁ、快いっ……そこ、もっと……」

「はァ、あぅ、あっ、あぁっ……!」

あとはもう獣のごとくだった。呼気を荒らげ、我すら忘れて情交に溺れ込む。綾瀬はまるで、みだらな蜜を湛えた至高の果実だった。それを食らい、舐め吸い、啜《すす》り、声も汗も涸《か》れるほどに、とことんまで貪り続けた。


東の空が白んでくる頃、やっと綾瀬の身体を放した。

「はぁー、はぁー……、……」

精も根も尽き果てた身で、どう、と横ざまに倒れる。途端、猛烈な眠気が襲ってきた。無理もない、ほとんどひと晩中励んでいたのだ。体力には自信があったが疲労困憊《こんぱい》、特に、下半身の重だるさがただ事ではない。

たちまち霞《かす》んでいく意識の中で、小さな衣擦《きぬず》れの音がした。綾瀬が畳に落ちた帯を拾い上げ、早々に身支度を整えているらしい。

「……、く、……」

その音を耳だけで聞き、ほとんど動かない指をどうにかそちらへ伸ばそうとする。だって、このままじゃ終われない。このままあっさりと、別れて他人で終わらせられるはずがない。

「……次は、本当に好きになった相手と抱き合うがいい」

綾瀬の声が降ってきた。それをまともに受け止めた心臓が、ぐしゃりと音立てて押し潰される。

まるで、自分が〈踏み台〉かのように言わないで欲しい。そんな風に思えるわけがない。この一夜を、ただの戯れの一夜になんてできない――

ぎりぎりと歯ぎしりしながら俯していると、彼が、すっと立ち上がる気配がした。

「高城、貴様はいい男だ。わたしをここまで満足させてくれたのだからな。だから自信を持て。経験を積めばきっと、男として軍人としてさらに成長できるはずだ。……もう、聞こえていないか」

聞こえています、と言い返そうとしたが、眠気のせいで声も出せない。こちらを思いやってくれる言葉ではあるのに、ちっとも嬉しくはなかった。このまま終わってしまいたくはないと、胸がじりじり焼け焦げていく。

「愉しい一夜だったぞ。だが……すべては夢だ。目覚めた時には、すっかり忘れているがいい」

畳を踏む音が聞こえる。あれだけ熱く抱き合ったというのに、足取りは信じられないくらいあっさりしたものだった。浴衣に包まれた細い背中が、明け方の夢のように遠ざかる。

（あ、……）

待って——

心臓がすり潰されそうだ。待って欲しい。あまりにも薄情じゃないか。残り香すらかき消して、自分を一人置いて行かないで欲しい——

力を振り絞って手を伸ばす。必死に縋《すが》った指先が浴衣の裾に触れ、それをはっしと掴む。しかとたぐり寄せ——たと思ったのだが、布地の感触は指先にしかない。そこだけで、ようやっと浴衣をつまんでいるらしい。

無念さに悶える。想いに反して力が、情けなくもまったく入らない。もしかして、この感触だって夢の中で感じているだけかもしれない。嫌だ、そんなのは嫌だ。

「……、」

綾瀬が立ち止まる。何らかの感情を含んだため息が、こちらに向けて小さく落ちてくる。

馬鹿なのかと思っているだろう。ああ、そうだ。そのとおりだ。だけど、でも、それでもいいから——

彼が屈む気配がした。細い指がそっと、未練がましい指に重ねられる。綾瀬はそして、聞き分けのない幼児をたしなめるがごとく、こちらの指をやんわりとほどいてしまう。

「……悪かったな」

彼はそうつぶやいたのだろうか。一本一本ほどかれた指はぱたりと敷布に落ち、もう動かすこともできなかった。足音が遠ざかると同時にそして、意識はあっけなくそこで途切れてしまった。

真夏の夜の夢か、それとも、むせるほどの花吹雪に翻弄されたのか。

目覚めた時には、寝乱れた自分の他は見事に何も残っていなかった。そう、髪のひと筋、汗のひとかけらさえも。

たまらない喪失感を覚え、高城は一人うなだれた。胸に食い入る切なさからすれば、早朝点呼に間に合わず教官からこっぴどく説教されたことなど、蚊に刺されたに等しかった。

我ながら、単純な性格だと思う。たった一夜で綾瀬に心奪われ、完全に骨抜きにされてしまったのだから。そして、自分の助平ぶりにも呆れ果てる。こんなところで己の卑小さを知り、そして、初めて識《し》った恋とその苦さにも打ちのめされ、頭も身体もどうにかなってしまいそうだった。

文字通り寝ても覚めても、あのひとのことが頭から離れなかった。また逢いたい、抱きしめたい、どうかもう一度弄んで欲しいと、そんな錯乱したことさえ考えた。

だが相手は陸軍の華、自分のような平民風情が手を伸ばしても、容易に届かないほど高みにいる存在だ。さらに、夏が終わってすぐ、彼は推薦を受けて陸軍大学校へ進んだ。そしてその後、同盟国の大使館付きの駐在武官となり、遥か遠い西域の大陸へと派遣されてしまった。その知らせを聞いた時は、文字どおりその場にへたり込んでしまいそうになった。

陸大を出たということはすなわち、将来の将官位、参謀本部入りを約束されたも同じこと。つまり、陸軍はおろか国の中枢となり、大皇陛下の側近として仕える未来も、あのひとには待っているのだ。

考えれば考えるほど切なくなり、とりあえず、朝晩二百回ずつ行っていた素振りを五百回ずつに増やし、叶《かな》わぬ想いを厳しい鍛錬にぶつけてみたりした。せめてあの麗しい姿だけでも、もう一度垣間《かいま》見ることができないかと夢想しながら——

だからきっと、当時の自分が知ったら仰天するだろう。稀《まれ》なる巡り合わせによって、その綾瀬と共に極秘任務に就くことになるのだから。

高城が勤務する歩兵第三連隊の連隊場には、陸軍内でも一番広い柔剣道場が付属している。夜も明け切らぬ早朝、その建物からは勇ましいかけ声が響いていた。有志らによる居合いの寒稽古だ。素足に道着姿で巻き藁《わら》に向かい、寒さを吹き飛ばす勢いで真剣をふるう。

瞑想《めいそう》ののち、真剣の手入れをしてお開きになる。高城はそこでつと正座から立ち上がり、斜め前にいる人物にそっと近づいた。〈五桜〉の一人、岡大尉だ。

「岡、元気だったか？　相変わらず、剣の手入れが丁寧だな」

「おう、高城か。久しいな」

相手が、太い顎をぱっと上げて破顔する。岡は気の向いた時にしか稽古には参加しないのだが、今日は運良く足を運んでくれたようだ。さりげなく相手の横に陣取り、まずは雑談を交わしていく。

「なあ、岡。貴様が週末に兵士たちと行っている山歩きだが、俺も参加していいか？」

「おう。何じゃ、いきなりじゃな」

岡が瞬きする。が、特に不審な顔はせず「大歓迎じゃぞ」とこちらの肩をばん、と叩いてくれる。

「今週は白龍山《はくりゅうざん》へ行くぞ。雪があって寒いが、ご来光は格別じゃ。どうした、高城。急に山歩きに目覚めたか？」

「まあ、そんなところだ」

気まずさを押し隠しながらうなずく。と、その時、横にいた下士官の一人が「あのう」と話しかけてきた。

「お話が聞こえたのですが、自分も参加してよろしいでしょうか？」

思わぬ展開にうろたえる。何も知らない岡が「おう、もちろんじゃ」とうなずいてしまったので、周囲にいる他の兵士らも「自分も」と続々参加を申し込んでくる。

「そうか、そうか。皆山が好きか。いいぞ。親睦《しんぼく》のための集まりなんじゃからな。楽しい一日にしようぞ」

胸を叩く岡の横で、少々落胆してしまう。山歩きを利用して相手に接近しようと思ったのだが、あまりに人数が増えてはその機会を得られないかもしれない。

だが、としかし、すぐに気持ちを切り替える。

彼に直接話を聞くのもいいが、周囲の者たちにもさりげなく岡の様子を訊《き》いてみればいい。そうだ、木を隠すなら森の中、人を隠すには人の中、だ。

「おうい、高城」

下士官らを引き連れて道場を出て行こうとした岡が、笑顔で声をかけてきた。

「食料はきちんと持参するんじゃぞ。米でも芋《いも》でも何でもいい。でないと、山で現地調達することになるからのお」

がっはっは、と大笑し、彼は自分の宿舎へ戻って行った。何の屈託もない笑顔に打たれ、つい小さくうつむく。

（……すまん、岡）

悪気があって相手を探っているわけではないのだが、やはり後ろめたくはなる。しばらくはしんどい気持ちが続くなとため息をつきつつ、しかし、あえて心を鬼にする。

先日聞かされた、岡たち〈櫻会〉が企んでいるかもしれないクーデター計画。岡はあの通り人望が厚いし、もし彼が決起するならば、危険を犯してもついて行くという兵士も多いはずだ。だからこそ——道を踏み誤る前に止めなくてはならないのだ。

外の流し場に出て冷水で顔を洗ううち、広い空が白々と明けてきた。

演習場の向こう、宮城を取り囲むこんもりした杜《もり》にも朝陽《あさひ》が差し始める。その中には、綾瀬が統括する近衛第一師団の庁舎もある。

非番でなければ間もなく出勤の時間だろうな——と彼の姿を思い浮かべつつ、石造りの流し場に飛び散っている水を拭う。ついでに、石鹸箱の乱れも直していると、

「……早朝から熱心なことだな」

いきなり声をかけられぎょっとする。見れば、流し場の正面にある木立の陰、そこから、中

佐の肩章をつけた軍服の肩がのぞいていた。

見えない相手に敬礼しかけるが、ぐっと右手を押さえて何事もないふりを装う。〈極秘任務〉に就いている以上、接触を他人に知られてはならないからだ。周囲に人はいないが、演習場の端には早朝の駆け足訓練に出てきた新兵の姿も見える。

そういえば綾瀬から「何かあればわたしから連絡する」と言われていたのだった。どきどきしながら、水場の整頓を続けるふりで相手が話し出すのを待つ。

「……それにしても、あの時からまったく変わっていないんだな、貴様は。感心したぞ、昔と同様に……」

「は、？　……」

小声なので聞き取れなかった。しかし綾瀬は「いや、何でもない」と遮《さえぎ》り、そして、いきなり告げた。

「ところで例の件だが、今夜さっそく、櫻会の会合がある」

「……自分も行きます！」

「馬鹿者」

つい身を乗り出してしまうが、相手からぴしゃりと一喝《いっかつ》される。

「わたしと貴様との繋がりを知られるわけにはいかんだろうが。これはただの報告であって、同行を求めたのではない」

「……はい。失礼しました」

神妙に頭を下げる。どうも綾瀬のこととなるとつい、前のめりになりすぎてしまう。

「貴様には、他にやって欲しいことがあるのだ。五桜の一人である藤川《ふじかわ》少尉の、身辺を調査して欲しい。貴様らは陸士の同期だろう？」

「はい。班が一緒になることはありませんでしたが、交流はありました」

「ならば、小手調べにはちょうどよかろう」

不敵な台詞《せりふ》で肩を揺らし、綾瀬は続ける。

「それと悟られぬよう、周囲の人間も使って聞き込み調査をせよ。情報は書類にまとめて、近衛師団にあるわたしの執務室宛てに送れ。差出人は、古い友人の名を貸してやる。控えや下書きは残さず、必ず火にくべて処分するように」

素直にうなずきながらも、少々の不満が込み上げてくる。言われたことはすべて、士官学校でも教わる諜報術《ちょうほうじゅつ》の初歩の初歩だ。何だか、過保護すぎる親から出かける支度を一方的に整えられてしまった心地がする。

「ああ、そうそう」

無意識に唇を結んでいると、ふと思い出したように彼が付け加えた。

「何者かが、執務室のわたしの机を盗み見た形跡がある」

思わず「えっ、……」と息を飲む。

久我山から任務を命じられたのは数日前のことだが、〈敵〉はすでに動いているというのか。

しかし、宮城の杜の敷地内にある近衛師団に潜入するなど、そう簡単にはできないはずだが……。

「敵も間抜けではあるまい。貴様もせいぜい気をつけろ」

それだけ言うと綾瀬は、脇に従えていた馬の手綱を取った。ひらりと鞍《くら》に跨がり「やあッ」と声をかけ、近接している馬場へと駆けて行く。

鮮やかな騎乗姿を引き止めることもできず、肩を落としてため息をつく。

ただ用件だけを告げて去っていった姿を反芻《はんすう》すると、何とも言えない味気なさが込み上げてくる。さっきの「小手調べ」という言いぶりだって、自分を完全に下っ端に見ているとしか思えない発言だった。

悔しいが、しかし——実際はその通りだ。

綾瀬の中ではきっと、自分はまだまだ頼りない新兵程度の存在なのだろう。加えて、五年も前にお情けを与えた犬に今さらまとわりつかれては、鬱陶しく感じて当然だ。だがもちろん、ここであきらめるつもりはない。

ばちんと頬を叩き、気合いを入れる。そのためにはまず、言われたことを完璧以上にこなそう。足手まといにも絶対にならない。つれない相手のおかげで燃え立つ闘志を、しかと胸に留めて励みとする。

その日の勤務を終えたのち、連隊宿舎から外に出る。綾瀬からは拒否を食らったが、やはり、櫻会の会合に潜入してみようと考えたからだ。

休憩中、将校らがよく使う都下の料亭に「今夜そこで陸軍将校の会合がないか？」と片っ端から電話をかけてみた。すると一軒、外苑《がいえん》裏の小料亭〈よし乃《の》〉が該当した。すかさず隣室を押さえてもらい、そこから壁越しに会合を盗み聞きしようという寸法だ。

軍服に外套を羽織って外へ出る。と、表門の前で二人組とすれ違った。そのうち一人に既視感を覚え、足がぴたりと一瞬止まる。

陸士時代の同期の、根岸だった。なぜここにと、無意識に口許が硬くなる。

根岸もまたこちらに目を向けたが、すぐに視線を外して連れと共に敷地内へと入って行った。何か、薄汚い野良犬でも見たかのような表情を残して。

むっとしながら軍帽を被り直し、大股でその場をあとにする。陰険で小狡《こずる》い目つきは昔とまったく同じだ。しかし、奴の胸で揺れていた金色の飾緒《しょくちょ》――副官緒とも呼ばれるそれが眼裏に焼き付いてしまい、非常に面白くない気持ちにとらわれる。

根岸は現在、何と、綾瀬の秘書役ともいえる副官を務めているのだ。

どういった意向でそれと決まったのか、話を聞いた時は猛烈な悔しさに駆られた。奴を知る同期などは「よっぽど上手く取り入ったのさ」「あの猫被りめ」と非難してやまなかったし、自分としても陸士時代の因縁があるから腹が立つことしきりだった。ちなみにあの剣道大会以来、根岸と再戦する機会には恵まれず、こちらが負けを喫したままの恰好《かっこう》になっている。それがまた、苛立《いらだ》ちを煽《あお》ってやまないのだ。

副官には副官補もついているから、綾瀬が根岸と常に二人っきりということにはならないだろうが、それでも面白くなさは否めない。しかし詮ないことをくよくよと悩むのはやめ、暮れてきた道の先を急ぐ。

置屋や仕出し屋が立ち並ぶ閑静な一角、〈よし乃〉とほの明るく灯る軒燈の脇を潜《くぐ》る。記帳はもちろん偽名で行った。

部屋に入る前にそっと隣室をうかがうと、襖越しに複数人の声が漏《も》れ聞こえていた。会合は予定通り始まっているらしい。中には綾瀬もいるはずだ。

手酌で済ませるからといって給仕を断り、火鉢の火加減を確かめて、床の間横にある違い棚を開ける。そこの内部に熱した火箸《ひばし》で小さな穴を開け、隣をのぞき見る算段だった。料亭には非常に申し訳ないのだが、これも任務のためだ。

棚にごそごそと頭を突っ込む。と、奥の方から何やら、ごく細い明かりが漏れていることに気づいた。

（……ん？）

目を凝らすとそこには、ちょうどこちらが開けようと思っていたほどの小さな穴が穿《うが》たれていた。のぞいてみると、上手い具合に隣室の様子が目に飛び込んでくる。

さては、と苦笑する。以前に何者かが、ここで出歯亀行為を――芸者と戯れる客の姿でも盗み見ていたのかもしれない。ともかく、その穴を利用して隣室の様子を覗《のぞ》いてみる。

〈五桜〉を構成するのは以下の五人だ。筆頭になっている日下部歩兵大尉に、岡歩兵大尉、藤川騎兵少尉、鍔淵憲兵中尉、そして、今回参入した綾瀬。同じ都下に置かれた歩兵連隊でも日下部は第一、岡は第二連隊に所属しているので、第三連隊の高城とは別になる。

五人は卓を囲み、すでに真剣な面持ちで話し込んでいた。綾瀬もまた、場に合わせた表情で彼らにうなずきを返している。

難《なじ》なく馴染んでいる彼の様子を見、ほっとした。なので、五人の傍らのもう一人――着流し姿で鎮座している蓬髪《ほうはつ》の人間を、息詰めてそっと窺《うかが》う。

神原岳仁《かんばらがくじん》。五桜および櫻会の、一種の指導者のような人物だ。

軍人ではなく、巷《ちまた》では思想家、社会活動家として知られている。若い頃から海外を放浪し、現地の市民運動や民権活動に参加していたそうだ。その経験をもとに書いた著書『国家改革論』の中で、東域の恒久平和を打ち立てるためには大和皇国が主体となるべし、と主張している。五桜たちはこれに感化され、神原を「先生」と仰いで精神的支柱としているようだ。

神原は、白髪交じりの蓬髪の隙間《すきま》から、孫でも眺めるようなまなざしで将校たちを見守っていた。若き日の、革命に燃える己をそこに見ているのかもしれない。顔の下半分が厚い髭《ひげ》に覆われているせいで、一見すれば少々胡散臭《うさんくさ》い人物にも見えるのだが。

「……長引く恐慌が国民たちを苦しめているのに、政治家たちはろくに動こうとしない。幕僚連中も同様だ。奴らは財閥と結託して、ひもじさに耐える国民をよそに、甘い汁をすすることしか考えていないではないか！」

発言しているのは日下部だ。怒りに燃える彼の口吻《こうふん》に、思わず肩を竦める。

幕僚とは、軍の中枢部にいる参謀将校たちだ。五桜の主張によれば、社会不安が解消されないのは、幕僚連中や腐敗した政治家たちの悪政のせいだと。だからそれを倒して新たな軍事政権を打ち立てることが、皇国の改善に繋がるのだと。

「小作農家は皆、明日をも知れない生活を送っているんだ。軍が提案した、汪華《ワンファ》国の農地を開拓して食糧難を改善するという計画も、一向に進んでいない。このままでは国が危ういぞ。だからこそ誰かが、いや、俺たちが立ち上がらなければ……」

口角泡を飛ばして話し続ける日下部を見つめる。彼は極貧家庭から苦学して陸士に進んだというから、困窮《こんきゅう》に喘ぐ農民たちの苦しさは他人事《ひとごと》ではないのだろう。

自分も少尉として、日々兵士の指導に当たっているが、下級兵たちの中には農村出身者も多い。以前彼らから真剣な顔つきで「戦地に派遣されるのはいつでありますか？」と訊《たず》ねられたことがあった。意図を聞いた時は絶句した。自分が戦死すれば、故郷の家族に恩給が出るからだと。つまりそれだけ、貧しさは苛烈《かれつ》なものになっているわけだ。

――しかしだからといって、国内の行き詰まりを汪華を侵略することで解消しようという案には、わたしは反対だ。

綾瀬の声が、ふと蘇った。あの日久我山邸で、櫻会に潜入するに当たって打ち合わせをしていた際の発言だ。

汪華国は、海を挟んで隣に位置する大国だ。広大な国土を持っていることから、十五年前、領土拡大を狙《ねら》う皇国が攻め入り、その一部を割譲させることに成功した。

現在は講和条約を結んで両国の関係は落ち着いているが、今も何かと、汪華に対して優位を気取りたがる幕僚は多い。現地の開拓事業もそのひとつだ。食糧の生産拡大という名目で、多数の皇国人を彼《か》の地に移住させることを、政府ぐるみで推奨している。

――五桜たちも、貧困打破のために開拓事業には賛成のようだが、やっていることは他国の侵略だ。隣国を支配下に置いて利潤を得ようとするなど、良識を持って考えれば許されることではない。

言われてみれば当たり前のことを、綾瀬は険しい顔で述べていく。

――幕僚たちの多くも、西域の列強と肩を並べるために汪華への侵略を押し進めようとしているが、海の向こうにある、皇国の数十倍の国土を持つ国を運営していくのは容易なことではない。事実、現地では何度も、抵抗勢力による反乱が起こっている。軍では都合良く握り潰しているがな。

知らず知らずうなずきながら、綾瀬の話に深く聞き入る。久我山もまた、苦い顔をしながら聡明《そうめい》な中佐の話を静聴しているようだった。

――であるから現在、皇軍の一個師団を現地に駐留させて反乱勢力を抑えているわけだが、このせいで膨大《ぼうだい》な出費と人的資源が嵩《かさ》んでいる。だから汪華にかまければかまけるほど、国力が富むどころか削《そ》がれていくだけだ。そんな時に、もし敵対国と戦争になったら、我が国は一体どうなる？

戦争――と聞き、にわかに身の裡に震えが走った。決してありえないわけではない仮定を、綾瀬は厳しい面持ちで続ける。

――もし開戦したとすれば、新たな兵士が必要になる。貧困で痩《や》せ細った国内へ強引に召集をかけてみろ、労働力である男手を失った農村は、今度こそ破滅だ。それすなわち、皇国の滅亡だぞ。そんな事態は、断じて招いてはならない。今はとにかく、この未曾有《みぞう》の不況を緩和させるための政策を取ることだ。汪華から皇軍を引き上げて余計な軍事費を削り、その分を経済復興に回した方がよい。クーデターに頼って国を変えようとするのは、あまりにも危険すぎるだろう。

明晰《めいせき》な論理に、高城は心の底から感じ入った。彼は一度、駐在武官として国外に出ているから、これだけ広い視点で物事を考えられるのだろうか。それにしてもしかし、軍人なのに軍事費を削減しろという主張は、悪い幕僚たちが聞いたら目を白黒させるだろう。

バァン、と卓を叩く音で我に返る。慌てて穴の向こうに目を凝らすと、日下部が両の拳で卓を殴りつけたところだった。

「今の幕僚連中の態度は、大皇陛下をも蔑《ないがし》ろにしているとしか思えん！　だからかくなる上は、不逞《ふてい》の輩《やから》を我々が排除して……」

「まあ、まあ。少し落ち着かんか」

口調のあまりの激しさに、岡が日下部を宥《なだ》める。日下部の背後に控えていた神原も、「排除とは穏やかではないな」と、血気に逸《はや》る将校をたしなめる。

その時だった。日下部のちょうど真向かいに座っていた綾瀬が「貴様の主張はよくよく分かった」と口を開いたのだ。彼が何と発言するのか気にかかり、思わず土壁に額をくっつける。

「心は熱く燃やしてもいいが、頭を逆上させては手を誤るぞ、日下部大尉。国ひとつを変えるには、冷静さも必要だ」

しかし日下部は「ふん」と鼻を鳴らして綾瀬を睨みつけた。無礼な態度に、高城はむっと眉をしかめる。

「生まれながらにして持てる者らしい、余裕のある態度だな。綾瀬中佐。貴様、明日の食い物や、住む場所の心配をしたことはあるのか？」

日下部の出自からすれば、綾瀬のような特権階級の人間にはひと言もの申してやりたいだろう。一触即発の空気にはらはらするが、しかし綾瀬は相手を見、涼やかな口調で言った。

「人間、生まれ落ちた場所ですべてが決まるわけではなかろう」

一拍置き、彼が続ける。

「わたしは確かに、華族家の一員として生まれた。しかし、自分の境遇に甘えたつもりは一度もない。大尉、貴様が、苦学に苦学を重ねて将校となったようにな」

日下部がぐっと詰まる。他の五桜たちも息を飲む中、綾瀬はさらに言葉を重ねる。

「貴様からすれば、わたしのような者は幕僚連中の方に近く見えるのだろうな。だが、それは違うぞ。わたしはむしろ、一部の幕僚たちの堕落ぶりが目に余るから、こうして会に参加させてもらったのだ。国家の危機に、地位や身分などは関係ない。だからこそ貴様たちは、所属や階級を超えてここに集まっているのではなかったのか？」

じっと綾瀬を見つめていた日下部が「ふん」と再び鼻を鳴らし、とりあえずはおとなしく座布団に座った。周囲の五桜たちも、初心を思い出したかのように表情を和らげる。

場の空気が上手いことほぐれ、さすがだと高城もほっと息をつく。そして、綾瀬の発言を今一度噛みしめる。あの台詞は口先だけのものではなく、彼の心にある本音、軍人としての信念に違いない。

「そうだぞ、日下部。意志が強いのが貴様のいいところだが、誰にも彼にも食ってかかるものじゃない」

その時、綾瀬の肩にぽん、と手を置いた者がいた。鍔淵憲兵中尉だ。

気安い仕草にむっとし、つい相手を睨む。わざわざそうする必要があるのか。しかも、綾瀬との距離が妙に近くないか。

鍔淵は、能力を買われて歩兵から憲兵に転科した人物で、なかなかの切れ者だという噂を聞いている。綾瀬を櫻会に誘ったというだけあって、彼の隣にぴったりと張り付くように陣取っている……ように見えてしまうのは、自分のつまらない妬心《としん》のせいだろうか。

綾瀬はしかし気にしていない様子で、真剣な面持ちで話し出す。

「さっきも言ったとおり、陸軍上層部は貧困に喘ぐ民を無視し、派閥抗争に精を出してばかりなのだ。農村の窮乏などそっちのけで、己の地位を固めることしか頭にないらしい」

「何という連中か」と岡が鼻息を荒くする。

「同じ陸軍同士で抗争するなど馬鹿馬鹿しい。地位や権力が何じゃ。そんなもので争う幕僚連中なぞに、政権を任せてはおけん」

と、今まで黙っていた藤川少尉が身を乗り出してくる。

「だがしかし、幕僚が全員とも奸賊《かんぞく》というわけでもあるまい。例えば、中立派にいる久我山少将などに、意見書をしたためてみるのはどうだ？　血気に逸りすぎると、無用の犠牲を出すことになってしまうぞ」

彼は五桜の中でも穏健派らしい。そんな藤川を後押しするように、綾瀬は続けた。

「久我山少将とは、わたしも少しながら交流がある。何ならわたしから、意見書を渡す機会を作ることもできるぞ。それに、幕僚たちを悪者と決めつけるのはよくない。彼らは大皇陛下から信頼されているゆえ、重臣としての地位を得ているのであって、……」

五桜たちと綾瀬の主張は異なるところも多いのに、綾瀬は実に自然にこの場に溶け込み、不審に思われない程度に意見を述べている。きっと、事前に念を入れて櫻会の主義主張を調べ尽くしていたに違いない。

そうやってそつなく〈任務〉をこなしている彼を見ているうち、わざわざ危険を犯して覗き見に参上した自分が急に滑稽に思えてきた。違い棚から頭を抜き、大きくため息をこぼす。凝った肩を揉みつつ、改めて決意する。収穫はあったのだし今後は余計な真似《まね》はよして、自分の仕事をしっかりこなそうと。

適当に覗き穴を埋めて証拠隠滅し、外套を着込んで襖を開ける。と、廊下に出て思わずぎょっとまぶたを見張った。

廊下の奥――すなわち、五桜が使っている部屋の前で、一人の男が何やら辺りをはばかる様子で佇《たたず》んでいたのだ。洋装にくたびれたコートを羽織り、頭には、顔を隠すかのような鳥打ち帽。

高城も目をむいたが、相手も驚いたようだった。男は眼上の庇《ひさし》を下ろし、そそくさとこの場を立ち去ろうとする。

「ちッ、部屋を間違えたな……」

明らかに不審なつぶやきに「おい」と声をかけるが、男は応えず、足早に廊下の角を曲がって行った。不審な奴、とすかさず走り出す。勘定は先に済ませていたので、玄関を飛び出し猛然と男を追う。

「待てッ！」

外はすでにとっぷり暮れていた。鍛えた足で疾駆し、見る間に相手との距離を縮める。そして男の右腕と衣服をがっちり摑み、身動きを封じる。

「痛《いて》ェ！　離してくれよ、俺ァ何も、咎《とが》められるようなことはしてな……あれ？」

もがく男が、鳥打ち帽の下からこちらの顔を見定めてくる。

「お前……もしかして高城か？」

「……野村《のむら》？」

いきなり名を呼ばれて驚くが、そこでようやく気づいた。幼馴染《おさなな じ》みの野村だ。家が近所で、道場での剣道仲間でもあった。

「おい、何だよ、久しぶりじゃねェか。どこの悪玉憲兵かと思ったぜ。元気だったか？　高城よぉ」

野村はさっそく、昔と同じ人懐こい顔で話しかけてくる。

「中学以来か？　お前は中退して士官学校に入っちまったからなァ。ははッ、その恰好、すっかり立派な青年将校じゃねェか」

旧友の顔に懐かしさが弾け、口許が綻ぶ。喋《しゃべ》り好きで陽気なところは、小さい頃からちっとも変わっていない。

「ところで野村、貴様……いや、お前はあそこで何をしていたんだ？」

野村はちょっと考え「立ち話も何だ」と通り向こうを指す。幼友達がもしや何か知っているのかと、固唾を飲みながら相手について行く。


路地裏にあった小料理屋、そこの縄暖簾《なわのれん》を二人でくぐる。

馴染《なじ》みの店のようで、野村《のむら》は「奥を借りるぜ」と、障子で仕切られた四畳半にさっさと上がり込んだ。こちらもそれに倣《なら》う。

簡単な料理と酒が卓に揃《そろ》ったところで、相手が名刺を手渡してきた。〈帝都日報社会部記者〉と印字してあるそれに驚いてしまう。

「実業学校を出てから、商社に勤めたって聞いてたが……」

「いやァ、このままずっと算盤玉《そろばんだま》を弾《はじ》き続ける生活をするのかと思ったら空《むな》しくなってよ。たまたま募集が出てた帝都日報に飛び込んだんだ。まァ、それが正解だったってわけよ」

稼業がすっかり板に付いた笑いを、野村はこぼす。

「いやしかし、偶然とはいえ、お前とここで再会したのも何かの縁かもしれねェな。辿《たど》れる糸なら蜘蛛《くも》の糸でも辿れってのが、ブン屋の信条なんだ。だから、少し協力してくれねェか？」

「ああ、俺にできることなら。ということは……何か陸軍がらみなんだな？」

陸軍がらみというか、まさか、五桜に絡む何かではないのか。であれば、捨て置けるわけもない。

「秘密は守るから安心してくれ。さっき思い切り腕をひねり上げた詫《わ》びもしたいし」

「何、いいってことよ。お前の口の堅さは信用してらァ。中学の時、銭湯の女湯をのぞいた俺を見逃してくれたのもお前だしな。あん時ゃ本当に助かった」

野村は笑い顔を作るが、すぐにそれを引き締める。そして、声の調子を変えてつぶやいた。

「――とある賭博《とばく》場の用心棒をしてた男が、殺された」

固唾《かたず》を飲むこちらに断ってから、煙草《タバコ》に火を点《つ》ける。

「その男、ヤクザがらみの仕事やジゴロ紛《まが》いのこともしててよ。だから、誰にいつ背中から刺されたっておかしくはねェ野郎なんだが……とある筋から、ちょっと気になる情報を摑《つか》んでな」

野村は煙を吐き出し、にわかに声を低めた。完全に事件記者のそれになっている表情を、息詰めて見守る。

「殺された男は、陸軍のとある偉いさんを強請《ゆす》ってた節がある」

頬を強張《こわば》らせるこちらの反応を見、さらに続けていく。

「仮に某氏としとこうか。殺されたその男、どっかから聞きつけてきた某氏の結構な羽振りのよさに疑問を抱いた。いくら陸軍の上層部といえど、あれほどまでに景気よく金を使えるのは、こりゃァ、どっかに太い金蔓《かねづる》でも持っているに違いない……」

「……誰かから賄賂《わいろ》でも受け取っているんじゃないかと、勘繰ったんだな？」

話を咀嚼《そしゃく》し、少々のしかめっ面であとを引き取る。

さっき日下部《くさかべ》も息巻いていたが、一部の幕僚と財閥との癒着《ゆちゃく》疑惑は常にある。というのも、はっきり言ってしまえば、戦争にでもなれば財閥のようなところが儲《もう》かるからだ。武器弾薬などの必要性から軍需産業が盛んになって、懐は大いに潤う。それを狙《ねら》って幕僚陣を金で唆《そその》かそうとする財閥も、ないではないようだ。まったく、商売のためならば手段を選ばないのか。

野村は煙草でこちらを指し、得意げにつぶやく。

「陸軍の〈お得意さま〉といえば、十倉《とくら》財閥だろう？」

否定も肯定もできず、ただ小さく口許《くちもと》だけを歪《ゆが》める。まあ、知っている人は知っていることだ。なぜなら、陸軍が駐屯している汪華《ワンファ》での経済利権を、十倉財閥が裏でほぼ独占しているのだから。

「陸軍に入り込むのはちょいと難儀だ。だから今、十倉財閥の方からあれこれ探ってるところなのさ。その過程で、最近の、十倉財閥の一番のオトモダチについても知った——神原岳仁《かんばらがくじん》さ。お前も、名前くらいなら知ってるな?」

「ああ。まさか、財閥とも繋《つな》がりのある人間なのか?」

今さっき見た、蓬髪髭《ほうはつひげ》もじゃの男を思い返す。大して発言もせず、浮世離れした風体であの場に座していただけだったので、人となりが今ひとつ分からない人物だった。

「何者なんだ? 神原というのは。こう言っては何だが、五桜《ごおう》たちを煽動《せんどう》しようって腹がなくはないように思えるんだが」

「そこまでは俺も分からねェよ。まァ、正直言って胡散臭《うさんくさ》い奴《やつ》ではあるけどな。神原についても調べてるが、若い頃から海外で放浪生活を送ってたせいで、素性を知る人間が少ねェんだ。ここ数年は汪華で政治団体の顧問をしてたらしいが、いつ皇国に戻って来てたのかも不明さ。……それはさておき、その神原センセイに、十倉財閥からかなりの額が渡ってることが判明したんだ」

どういうことかと首を傾《かし》げる。野村は紫煙を吐き出しつつ、言った。

「そりゃァもう、働かなくても華族並みに暮らせるくらいの額だぜ。だがこれは、さほど後ろ暗い金じゃねェ。〈相談料〉という名目になってる。十倉の幹部たちは汪華進出のため、現地に人脈がある人物を囲っておきたいんだろうよ。で、神原といえば、青年将校たちとも関わりが深いだろ？　ほら……また、陸軍が絡んできた」

猟犬のような顔つきをする野村を前に、意外なことで繋《つな》がっていた話をまとめる。

「つまり神原は、十倉財閥から得た金で、櫻会《さくらかい》に資金援助しているかもしれない……ということか？」

「そうそう。その奴らが今日、〈よし乃《の》〉で会合を開くって小耳に挟んだから、こっそり出向いてみたってわけよ。それにしても陸軍は、ますます十倉財閥に足を向けて寝れねェなァ。ははッ」

「それは言わないでくれ。櫻会はともかく、財閥と癒着しているのは、本当にごく一部の悪い幕僚連中だけなんだから……」

苦々しい気持ちで訴えると、野村は「分かってらァ」と紫煙を吹かす。

「神原センセイが、自分の〈お小遣い〉を何に使おうと勝手だしな。で、話が逸《そ》れたが、俺が追ってるのはあくまでも、陸軍の某氏の方だ。こいつの方も十倉財閥とはよろしくやってるに違いねェが、もしそいつが、自分の悪事に勘づいた奴を裏で葬ったってんなら、相当の悪党だぜ。……ところで高城、お前の方は何を追いかけてやがんだ？　料亭でしっぽり遊ぶようなタマじゃねェだろ、見るからに」

幼馴染みは、何もかもお見通しでくっくっと笑う。こうなれば、話せるところを話すしかない。だが野村との思いがけない再会は嬉《うれ》しかったし、何よりも、捨て置けない情報を得た。その礼を尽くすつもりで、言える範囲のことを選び選び話していく。


「――よくやってくれたな、高城。礼を言うぞ」

書棚越しに綾瀬《あやせ》は、こちらにだけ聞こえるよう声を絞って礼を伝えてきた。高城は畏《かしこ》まり、並んだ本の背表紙の隙間《すきま》から目礼を返す。

仕入れた情報をさっそく伝えたところ、綾瀬から、軍人会館の中にある図書室に呼び出されたのだ。周囲では勉強熱心な将校が軍関係出版物の頁《ページ》を繰ったり、卓を囲って雑談に興じたりしていた。

目立たない奥の書架、向こうにいる綾瀬は、適当な本を手許で広げつつ、続けた。

「十倉財閥の金が、神原を通じて五桜の活動資金になっているというのは興味深い話だ。革命の理想を実現するためには確かに、多少の金も必要になるわけだからな」

少々生臭い話をつぶやく綾瀬に、苦笑交じりのうなずきを返す。世知辛いというか、何というか。

「その、幼馴染みの新聞記者氏には礼を言っておいてくれ。間接的にだが、情報提供してくれて助かったと」

「はい。あの、ですが……提供を受けて本当によかったのでしょうか？」

もぞもぞと問うと、彼が「なぜだ？」と本から顔を上げる。

「すでに報告しておいて何なのですが、その、野村は言ってみれば、外部の人間です。だから……」

それに気づいたのは、報告の手紙を書き上げたあとだった。ある意味〈飛び道具〉である新聞記者から情報をもらってきたなどと報告したら、あとあと、情報源について何か突っ込まれてしまうのではないか。その報告を上げた綾瀬が。

「何だ、そんなことか」

たどたどしく説明すると、相手は一笑に付すかのように言った。

「広く情報を集めるのは悪いことではないだろう。少将閣下はそのために、わたしたちを組ませたはずだ。それに……貴様の友人ならば信用できる。そうだろう？」

「……恐れ入ります」

最後のひと言に、胸をつん、とつつかれ、くすぐったさが込み上げる。態度は相変わらず冷淡だが、綾瀬は多少はこちらを信頼してくれているらしい。そうだ、彼は冷たいばかりの人ではない。

「謎の幕僚氏の収賄疑惑と、それに絡んでいるらしい男の死亡事件も興味深いが、今は残念ながら、それに関知している余裕はない。我々が追うべきは五桜の方だからな。であるから貴様も、この一件は腹に収めておいてくれ。少将閣下には報告申し上げておくがな」

「承知しました」

芯《しん》ある声で返答すると、綾瀬もまた小さくうなずいてくれた。彼は他の一冊を抜き出し、またぱらぱらとめくり始める。

「ところで例の件だが、〈改装〉の話がいよいよ具体的になってきている」

〈改装〉……すなわちクーデターだ。ぴりっと身を強張らせ、耳で続きを追う。

「だがまだ、決行の日時や細かい動きなどは未定だ。慎重派の藤川《ふじかわ》少尉が、無血革命も訴え続けているからな。しかし、日下部大尉がとりあえずの襲撃目標として名前を挙げたのが、この五人だ」

綾瀬が本を閉じて横にし、すっと差し出してくる。受け取ったその中には、ごく小さな紙片が一枚入っていた。手許で隠して目を走らせる。

「っ、……」

戦慄《せんりつ》に息が詰まった。標的になっているのは、首相に侍従長、内大臣、蔵相、教育総監……皆が皆、国の重責を担う要人ばかりだ。

「……海軍出身者が多いですね？」

綾瀬が、よく気づいたとばかりに口角を上げる。

「健軍以来、海軍は上層部で強固な派閥を築き上げているからな。そういった排他的な人事が腐敗の温床であるのだから、一掃するべきだと」

陸軍と海軍は、伝統的に仲がいいというわけではない。護《まも》る領域が違うので、常に防衛費を奪い合っている間柄だからだ。よって幕僚の一部も、陸軍派閥と海軍派閥に分かれて醜くいがみ合っていると聞いている。皇国は海に囲まれた島国であるから、「皇国の真の守護者は我々だ」と豪語する海軍が、陸軍にとっては業腹でならないのだ。なので、五桜らの言い分は一応は理解できた。

「ところで先日、会合のあとに、鰐淵《わにぶち》から個人的な誘いを受けた」

「……は？」

いきなり話題が変わったのと、聞き捨てならない話をさらりと告げられたので、声がついひっくり返る。

綾瀬は一人、何やら愉快そうに続けた。

「鰐淵に〈そういう意図〉があってわたしを櫻会に誘ったのは初めから分かっていた。奴め、わたしが思惑どおりに入会を果たしたものだから、いよいよ本音を取り繕わずに迫って来ることにしたらしい」

「な、な、なっ……」

あまりの発言に、わなわなと口許が震える。では、鰐淵の奴は完全に私情でもって入会を持ちかけたのか。どうりで、あの時嫌に綾瀬に密着していたと思ったのだ。

綾瀬はさらに、豪胆な調子で言った。

「せっかくだから、奴の誘いに乗ってやろうと思う。その上であいつを籠絡《ろうらく》して、〈改装〉のことなど考えられなくしてやるのもいいかもしれぬな」

「だ、……駄目ですよ！」

その籠絡のためにどんな手段を使うのかを想像し、頭が沸騰しそうになった。あの乳白の裸身をくねらせて鰐淵に迫る彼の姿が眼裏《まなうら》に浮かび、つい場を忘れて身を乗り出してしまう。

「一体どこに誘われたのですか？　自分も、今度こそついて行きます。中佐殿にばかり危険な真似《まね》をさせるわけにはいきません」

棚を圧する勢いで申し出ると、綾瀬は何か考えている顔をした。ややののち、

「……いいだろう」

口許に浮かんだ不敵な笑みに、ごくりと息を飲む。

「そうまで言うならついて来るがいい。たまにはああいったところに行くのも、貴様にとってはよい社会勉強となるだろうからな」

翌日、深夜、都内某所。

地味な洋装に身を包み、迷い迷いしながらもどうにか、指定された〈館〉にたどり着く。

見た目は何の変哲もない洋館だ。しかし、ここの敷地だけ町並みからぽつんと離れているの

が、何やら曰《いわ》くありげだった。

——会場はその都度変わるが、とある秘密の〈倶楽部《クラブ》〉があるのだ。刺激を求める紳士淑女のための、な。

綾瀬曰く、鍔淵は、そこへ行こうと誘いをかけてきたのだという。たまにはお堅い軍人としての身分を忘れ、ひと晩楽しく飲み明かさないかと。

もちろんただの倶楽部ではないし、鍔淵の台詞《せりふ》を額面どおりにも受け取れない。だが綾瀬は構わず、あえてそれに乗ってやることにしたようだ。まったく大胆不敵なことだ。

念のため周囲を見て回ってから、鉄の門扉を潜《くぐ》る。玄関扉の重々しいノッカーを叩《たた》き、教わっていた符丁を告げる。と、案内嬢が現れ、恭しく中に通された。

「こちらをお着けください」

手渡されたのは、目許を隠すだけの装飾的な仮面だった。ぎょっとするが、ここの〈掟〉らしい。繻子《しゅす》に金糸の縁取りがされているそれを、黙々と装着する。

さらに奥、突き当たりの厚い扉へと案内される。開けられたその向こうは——別世界だった。わざと照明を絞った大広間、あちこちに置かれた長椅子の上で、大勢の人間が蠢《うごめ》いている。鼻を突く熱気、酒の匂い、紫煙と脂粉の香り。渦巻く喧噪《けんそう》と頽廃的《たいはいてき》な雰囲気に圧《お》され、高城は一瞬立ち尽くす。

長引く不況のせいで、都市部ではこういった享楽的な倶楽部が流行《はや》っているらしい。朋友らに付き合って料亭やバーにはそこそこ行ったことがあるが、ここまでいかがわしい場所は初めてだ。

　思わずきょろきょろしていると、別の扉から二人の男が入って来た。綾瀬と鰐淵だ。もちろん仮面を付けているが、見知った二人なので分かる。

　と、綾瀬の服装を見て仰天した。艶《つや》のある黒銀の毛皮の外套《がいとう》に、腿《もも》に張りつくほど細身の黒いズボン。足許は、踵《かかと》が鋭く高い黒革の長靴。鰐淵がごく普通の三つ揃いだからか、全身から豪奢《ごうしゃ》さと過激さ、そして妖しさが立ち上らんばかりだ。

　勤務中は絶対お目にかかれない姿に、ただただ呆然《ぼうぜん》としてしまった。場に合わせて選んだのだろうが、何というか、反則なくらい似合っていて、ぞくぞく……いや、くらくらしてしまう。

　しかしかぶりを振って気を引き締め、観葉植物の陰に立ち、長椅子に掛けた二人の会話に耳をすます。

　綾瀬は鰐淵がバーカウンターから持って来たグラスを手に、とりあえずは和やかに談笑を始めた。なので、二人の周囲に目を移してみる。

（ん……？）

　と、その時だった。彼らの斜め後方の小ボックス席、そこで一人グラスを傾けている若い男性客に、ふと既視感を覚える。

（……根岸《ねぎし》？）

まさかと思ったが奴だ。顔の輪郭や、常に人を食ったようなあの口許は根岸に違いない。簡素な洋装に同じ仮面を付け、退屈そうに脚を組んで座っている。

こういう場所を好む人物とも思えないが、何をしに来たのか。視線の先を辿ってみると、しかし、ぎくっと息を飲む。それが、綾瀬に強く注がれているように見えたからだ。まさか、気づかれたか？

慌てて一歩を踏み出しかけるが、相手の方が先に動いた。根岸はふいに立ち上がると、持っていたグラスをカウンターに戻し、つまらなそうな顔で広間から出て行く。

「すまん、通してくれないか」

人混みをかき分けてあとを追う。何とか廊下に出てみるが、相手の足の方が速いせいで見失ってしまった。外に出たのだとしたら、行方を追うのは困難だ。

（くそっ……）

あいつ、本当に何をしに来たんだと首を傾げるが、あの根岸のことだ。もし綾瀬に気づいていたとしても、自分の上官の不行状など人に言いふらさないだろう。だから、今はとりあえず捨て置くことにする。

一応辺りを見回ってから、大広間に戻る。あまり綾瀬のそばを離れていたくはなかった。と、二人の様子を見て驚愕《きょうがく》する。鍔淵はここぞとばかりに綾瀬に接近し、長椅子の背もたれに腕を回して彼を抱き込まんばかりだったからだ。

「どうだ。貴様は、こういったところは好きだろう？」

綾瀬はグラスを手にし「ああ、嫌いではないな」と言葉どおりの涼しい顔をする。

「だろうな。目がいきいきしているぞ。……そんな貴様は、やはりとても魅力的だ」

鰐淵がぐい、と腕を狭めようとする。だが寸前で、綾瀬が身を躱《かわ》した。瞬間、上体を覆っていた黒銀の毛皮がめくれる。

「……！」

思わず目をむく。黒い毛皮の裏は、燃えるような真朱の繻子。しかし何よりもまぶしいのは、綾瀬の白い素肌だ。裸の上半身に直接、毛皮を羽織っていたらしい。

同じように驚いた鰐淵を見、綾瀬は不敵に笑う。一頭の美しい獣が、そこにいた。黒、白、紅——鮮やかな色彩の対比に目が眩《くら》み、下腹が真っ正直にどくりと呼応する。

「たまらないな」

鰐淵が息を飲むのが聞こえた。舐《な》めるように白肌を見つめる視線に胃の底がじりつくが、己とてそこは同じだ。邪《よこしま》な感情で綾瀬を見てしまったことが後ろめたく、そしていたたまれなくなる。

「さすがは陸軍の華、その芳香には誰もが酔い痴《し》れよう。なるほどこれは……真壁《まかべ》中将もよろめくな」

「真壁中将？」

いきなりその名前を出され、綾瀬同様に眉をひそめる。

真壁中将も陸軍の大幹部で、久我山《くがやま》少将と同じように中立派に属している。何かの折に数度見かけただけだが、歳《とし》は五十の半ば、比較的早く将官位に駆け上がった人物だというから、その分やり手の幕僚なのだろう。

「とぼけるなよ。中将が貴様を狙っていることは、貴様とて気づいているんだろう？」

薄ら笑いする鰐淵に、思わず眉が寄った。幹部までもが綾瀬に目をつけているのかと、小憎らしさに唇を噛《か》みしめる。

「本人は上手《うま》く隠しているのだろうが、匂いで分かるさ。噂《うわさ》だが、見目のいい青年将校をあの手この手で呼び寄せ、地位を利用して関係を迫ってくるらしいぞ」

「……確かに、とある会食の席で、別室に招かれたことはある」

綾瀬が平然とうなずいた。思いもかけない暴露に衝撃を受け、前のめりで話に耳を傾ける。

「『佐官位の将校から、現在の社会情勢について意見を聞く』という名目でな。通された部屋には、高価な葡萄酒《ぶどうしゅ》や、様々な珍味佳肴《かこう》が取り揃えられていた」

戦慄に息を飲む。真壁の腹は承知していたようなのに、綾瀬は果敢にも受けて立ったらしい。

そういったことも彼にとっては、刺激的な遊びのひとつなのだろうか。自分の身体《からだ》ひとつで突っ込んでいくことに、何の恐れも感じないのか。

「だが、そういう気は一切なかったから、わたしなりの意見をまくし立てて退室してやった。

中将閣下は可哀想《かわいそう》に、目を白黒させておられたが」

「なぜだ？　お相手してやれば、あとあと出世にも役立つだろう？」

「さすがに、そんな手段で身を立てたくはないな。それに、腹に一物抱えた男とは、今ひとつ行為を愉《たの》しめぬ」

「なるほどな。いや、そもそも、貴様ほど有能ならば、身体を使ってまで上官に取り入る必要などないか」

　相手をさりげなく持ち上げる台詞を、鰐淵は臆面もなく吐く。

「行為の際は割り切って、というのも賢明な心得だ。遊びは軽やかに、その場限りのものが望ましい。だが……」

　鰐淵がずい、と相手に身を寄せる。

「貴様には、そのような気安い気持ちで迫るのではないんだ」

　いよいよ接近してきた相手を、綾瀬は脚を組んだまま見つめ返した。満更でもなさそうなその顔を、はらはらした思いで見守る。それすべて鰐淵を騙《だま》すための演技……であると信じたい。

「やれやれ、大した憂国の志士だな」

　綾瀬が、相手に思い切り呆《あき》れ顔を向ける。

「大一番が待ち受けているかもしれないのに、このようなことにうつつを抜かしていてもよいのか？」

「それはそれ、だ。維新を行うならば成功させたいし、貴様の身体も欲しい」

「ふふ、野心が大きくて結構なことだ」

と、綾瀬がすっと腕を伸ばした。そして献上された品を見定めるかのように、眼前にある鰐淵の顎を細い指ですくい上げる。

自分のそこにもくい、と指が触れたようで、高城は身を強張らせた。腹の底が、勝手にぞくぞくとおののく。あの夜と同じ、高慢な態度があまりにも蠱惑的《こわくてき》にすぎて、見惚《みと》れてしまうほどだ。だが……。

「……、」

悩ましい吐息を吐き出し、彼をつい恨みがましい目で見つめてしまう。

こちらが自分に釘付《くぎづ》けになっていることは分かっているだろうに、なぜ綾瀬はこのような言動を取るのか。暗に「わたしに追い縋《すが》っても無駄だぞ」と告げたいのか。そのために、わざわざここに同行させたのだろうか。

胃がずしんと重くなる。鰐淵を煽《あお》りつつもさらりと躱す台詞はそのまま、高城を寄せ付けまいとするそれのようだ。

「……鼻っ柱の強い男もまた、嫌いではないぞ」

今宵《こよい》の獲物をじっくりと検分しつつ、綾瀬がつぶやく。

「愉しませてくれるんだろうな？　ありふれた趣向では、わたしは満足しないぞ」

「ああ、忘れられない夜にしてやろう」

悪い笑みを浮かべてのしかかろうとした鰐淵をしかし、綾瀬は組んでいた脚を屈曲させて阻止した。そして、よく磨いた長靴の先で、軽く足蹴《あしげ》にし始める。簡単に触れさせてたまるか、という顔つきだ。

「ふふ、どうした？　好きだろう？　手強い相手が」

高い踵や尖《とが》った爪先を駆使し、綾瀬は繰り返し鰐淵の手を払う。鋭い爪で鼠《ねずみ》をお手玉にする、まるで性悪の美猫だ。

高城は無意識に唇を噛み、自分の胸をぎりぎりと掻《か》き毟《むし》る。まるで自分が弄《もてあそ》ばれているようなのに、見れば見るほど苦しくなるのに、それでも目をそらせない。

いい加減に焦《じ》れたらしい鰐淵が、「くそっ」と低い声で告げた。

「調子に乗っていられるのも今のうちだぞ、綾瀬中佐」

階級をつけて呼ばれた彼の顔が「何？」とにわかに強張る。

「今はせいぜいそうしているがいい。今夜、床にみっともなく這《は》い蹲《つくば》るのは貴様だ。見ものだな、その時が……」

口許をにやつかせ、鰐淵がつぶやく。その手が尻のポケットを探り、相手には見えないようにして何かを取り出した。手錠だ。

「手入れだ！」

一歩踏み出したと同時に、扉口で大声が上がる。見ると、憲兵らしき一団が足音を鳴らして乱入して来た。室内が騒然とし、歓楽に溺《おぼ》れていた人々が大慌てする。

綾瀬も急ぎ立ち上がろうとしたが、その腕を鍔淵が摑んだ。そして取り出した手錠で、長椅子の肘掛けに彼を括《くく》り付けようとする。

それで悟った。手錠からの一連の行動。さては鍔淵は、綾瀬を〈罠《わな》〉に嵌《は》めようとしたのか。

「やめろ！」

手近な卓上にあったアイスペールを振りかぶり、鍔淵の頭に被《かぶ》せて視界を奪う。そして体当たりして床に転がし、頭を花台の下に強引に押し込んで身動きを封じる。

「こっちです！」

綾瀬の手を引いてごった返す広間を飛び出し、廊下を走り抜けて通用口から外に出る。建物の周囲をひと周りしておいたおかげで、迷わず大通りに出られた。その道中で、仮面をむしり取る。

深夜の誰もいない路上で流しの車から降り、宮城《きゅうじょう》の目立たない門から近衛《このえ》師団の庁舎へと向かう。二階にある綾瀬の執務室、応接のための長椅子に、まずは彼を座らせる。

うつむく相手の顔色がすぐれないようだったので、身を屈《かが》めて訊《き》いてみる。

「大丈夫ですか？」

「……、ああ」

そうは言うが、心中は穏やかなはずがない。灯油式の暖房器具をなるべく綾瀬に近づけてやり、廊下の端にあった給湯室で沸かしてきた湯を、湯呑《ゆの》みに入れて差し出す。

「飲んでください。ただの白湯《さゆ》ですが、身体を温めれば気持ちも落ち着くでしょう」

綾瀬はそれを、両手で包むようにして受け取った。脇に控えながら見守る。やがて彼が、ふうっ……と息をついて苦々しい顔をする。

「――やられたな。鰐淵の奴め」

うなずきつつ、奴のあくどいやり口を振り返る。

おそらく今夜の捕り物は、鰐淵がすべて仕組んだものだ。奴は自分の息のかかった憲兵たちにいかがわしい倶楽部に踏み込ませ、その場で綾瀬を拘束しようとしたのだろう。そういえば、ちらちら何度も腕時計を確認していたような気がする。

そうやって獄に放り込んだ綾瀬に解放をちらつかせて脅迫し、強引に肉体関係を結ぶつもりだったに違いない。鰐淵も当然あの場から逃げ出しただろうが、今頃は地団駄踏んでいるのではなかろうか。

「しかし――くそっ、わたしにも油断があった。ああ、忌々《いまいま》しい。顔面を一発、蹴り飛ばしてやればよかった」

強気な発言にさすがだと苦笑し、部屋の隅の衣装棚に手をかける。今夜はそれほど冷え込んでいないが、毛皮だけでは寒いに違いない。

「……高城」

はっと振り向く。と、こちらを真摯《しんし》に見つめる彼がそこにいた。

「すまなかったな。貴様のおかげで、助かったぞ」

率直な言いぶりに驚く。しかし、胸はきゅうっ、と甘く引き絞られた。

「い、いえ……お役に立てて何よりです」

嬉しい以上に照れ臭くなり、彼からそっと顔をそらす。真っ直《ます》ぐな言葉は、真っ直ぐ胸に飛び込んできた。いつか自分を励ましてくれた時のように、それは心にじわじわと沁《し》み渡ってゆく。

綾瀬は長椅子の背にもたれ、皮肉っぽくこぼす。

「次に鰐淵に会ったら言ってやろう。『先日は、お互い大変な目に遭ったな』と。奴は内心で歯噛みしつつも、さらりとうなずいてこの件を終わりにするはずだ。それで手打ちにしてやるか」

「ええ、それが一番でしょう」

すっかりいつもの顔を取り戻している綾瀬を見、ほっと胸を撫《な》で下ろす。しおれた顔よりも、あでやかな方がずっと似合う。棚の中にあった替えのシャツを取り出し「着てください」と相手の前に差し出す。

「ああ、何から何まですまないな」

綾瀬がするりと毛皮を脱いだ。と、白い美肌に視界を直撃され「うわっ」と大慌てで目をそらす。しまった、これではあからさまに過ぎる。

しかし相手は気にした様子もなく、座ったまま「高城」とこちらを手招いてきた。

着替えを手伝って欲しいのだろうか。さっき邪な目で彼を見てしまった負い目もあって、執事のように足許で膝をつく。

「っ、……」

と、思わぬ刺激が身を襲った。たまたま脚の間にあった綾瀬の爪先が、中心をつついてきたのだ。

「な、何を……」

急所を攻撃されて怯《ひる》む。だが、痛めつける目的ではないのは明らかだった。その証拠に、こちらを見下ろす綾瀬がゆるりと口角を上げる。

「遠慮はするな。嫌ではないだろう？　貴様はあの倶楽部でもここでも、この肌をちらちらと盗み見ていたのだからな」

かっと羞恥《しゅうち》が走る。綾瀬はいつもの高慢な表情を浮かべ、長靴の爪先で器用に股間《こかん》をまさぐってきた。もしや彼なりの冗談ではないのかと思ったが、淫蕩《いんとう》な仕草や目つきは、明らかに本気だと告げていた。

「まあ、おとなしく愉しんでいるがいい。ほら、さっそく反応してきたぞ。……」

その通り、前立てが雄のかたちに張っていく。こんな状況なのに、こんな仕打ちは本意ではないのに、まったく身体は正直で、雄茎は衣服の下でみるみるうちに硬起していく。

「高城。貴様はいい男になった」

うろたえるあまり身動きできずにいると、彼がぽつりとつぶやいた。

「今夜だって、貴様の働きがなければ危ういところだった。あの時……五年前のわたしの見る目は間違っていなかったと思うと、嬉しいぞ」

言葉どおりの笑みを添えられる。なのに、胸は抉《えぐ》られたように痛んだ。こんな時にそのことを、揶揄《からか》い混じりに持ち出されたくはなかった。

「いまだに少尉なのが不思議なくらいだ。きっと、出世への欲がないからだな。そんなところも実に貴様らしいが、もう少し野心を持ったっていいんだぞ。軍の機構の中で上手く立ち回ることも、そろそろ覚えることだな」

脈動する股間と同じように、胸がずきずきと疼《うず》く。綾瀬ともう一度そういうことになれたなら天にも昇る心地がするだろうと思っていたのに、今のこの苦しさは何だ。身体の昂《たか》ぶりとは反比例して、心は冷たい鎖で重々しく締め付けられていく。

「だから――、だからこそだ」

爪先がぴたりと止まった。高城ははっと、無意識に握りしめていた拳《こぶし》もそのままに相手を見上げた。

目許を翳《かげ》らせる綾瀬が、そこにいた。思わず瞬く。股間を玩弄《がんろう》していた相手にしては、少し意外な表情だった。

黙したまま見入っていると、口調だけはきつく、彼がたしなめる。

「いつまでも、わたしのように身持ちが悪い者に懸想《けそう》しているのはよくないことだぞ。いい加減に目を覚ませ。わたしの身体が目当てなのだとしても、そこまで自分の身を尽くすことはあるまい」

(違う……)

身体目当て？　相手の思い込みに憤慨し、こめかみがじりっと灼《や》け焦げる。単なる誤解だとしても、胸は正直に痛みで歪《ひず》んだ。

「違うんです、俺は……」

「だがまあ……それほどまでにこの身体に執着してくれるとは、光栄だな」

綾瀬は聞かない顔で、投げ出すように裸身をさらけ出す。口調に反したどこか虚《うつ》ろなまなざしに、なぜだろう、心臓の深い部分が軋《きし》む。

「こんなもので今日の褒美《ほうび》になるかは分からぬが、抱きたいか？　今ここでもいいぞ。わたしなら構わな……」

「……違います！」

自分でも驚くほど大声が出た。その勢いで立ち上がると、綾瀬がぎょっと身を引く。

「よしてください。そんな、そんなことを言うのは……」

爆《は》ぜた感情のままに訴えたせいで、自分でも何を言っているのか分からなくなる。〈そんなこと〉とは何だ。身体目当てだと勘違いされていることか。いや——違う。

上手く言い表せないもどかしさで焦《じ》れる。と、相手の表情にはっと胸を突かれた。

綾瀬は呆然と、平手打ちでも食らったかのような顔で長椅子に沈み込んでいた。予想以上に動揺したその表情に、逆にこちらがうろたえてしまう。

「……、」

沈黙が場を支配する。そのうちに、猛烈ないたたまれなさが込み上げた。やってしまった。こんな風に言いたくはなかったのに。だがもう遅い。どうすればいい——

「……申し訳ありません」

考えに考えたあげく、まずは謝罪する。と、今度は綾瀬が慌ててかぶりを振った。

「よしてくれ、高城。悪いのはわたし……」

「では、きちんと服を着てください」

何だか頓珍漢なやり取りだった。綾瀬はかっと頬を赤らめ、気まずそうに毛皮を手許に引き寄せる。

再びの沈黙ののち――今、自分が一番伝えたいことを、そのまま口にする。

「どうか、お身体だけは大事になさってください。あなたが無事なら、自分は……自分はそれで充分なのですから」

何か言いかけた綾瀬に「失礼します」と背を向け、部屋から強引に一人飛び出す。

胸中を波立たせたまま大股で建物を出、寒空の下を当てずっぽうに歩いて行く。すでに深夜も過ぎ、付近をうろついている者は自分以外誰もいない。

「………はぁ、っ……」

冷気に晒《さら》されるうち、重いため息がこぼれた。馬鹿だった。激情に駆られたとはいえ、あんな風に突き放したくはなかった。軽くあしらって冗談にするべきだったのに、どうしてもできなかった。

未熟な己が嫌になる。おまけに彼を一人置いて来てしまったが、今さら戻れるものでもない。

高城はうなだれた。深々とこぼした白いため息は、夜陰に重く漂って消えていった。

ごみごみした歓楽街の一角を、高城は一人私服で歩いていた。気分は最底辺に沈んでいたが、調査だけは投げ出すわけにはいかない。

非番である今日は、藤川少尉の身辺調査の一環として、彼が懇意にしているという娼婦《しょうふ》のもとを訪ねていた。もちろん、本人に直接話を聞きに行ったわけではなく、客を装って周辺の人物に聞き込みをしたのだ。

彼女が住む長屋の女将《おかみ》曰く、藤川は頻繁《ひんぱん》に彼女のもとを訪れ、衣類や食べ物を差し入れたり、手習いを教えたりまでしているらしい。藤川は彼女の手を取り、「そのうちきっと、世の中をよくしてみせます」と繰り返し繰り返し言い聞かせていたという。

あの藤川が——と驚く。陸士時代の彼は潔癖なたちで、私娼窟に入り浸るなどそもそも考えられない男だったからだ。だが——恋をすると人はまるきり変わってしまうということを、自分はすでに知っている。

綾瀬とのあの気まずい一夜から、数日が経《た》っていた。

その間、調査の報告は郵送で送り続けていたものの、直接言葉を交わすことはなかった。ただ、あの時の綾瀬の呆然とした顔が、今も眼裏から離れない。重ね重ね、馬鹿なことをしたと悔やむ。

考えてみれば、自分は綾瀬にひと言も想いを伝えていないではないか。そんな状況で彼にまとわりつき、彼の一挙一動に舞い上がったり、逆に地の底まで落ち込んだり、果ては感情任せに怒声をぶつけたりしてきたわけだ。相手の立場からすれば、これは迷惑以外の何ものでもない。

だから、と高城は決意する。綾瀬が非番の日に時間を作ってもらい、謝罪するだけでもしようと。そして恥を忍んで、積年の想いを打ち明けてしまおうと――

(ん……?)

そんなことを考えながら路上を歩いていた時だった。行く手にある酒場、そこの暖簾を払って、男が一人出て来た。口の端に楊枝《ようじ》を咥《くわ》えたその顔に、はたと目が留まる。

(あれは……)

歳は三十の半ばほどか。中肉中背、姿恰好《かっこう》にさして特徴はないが、男の顔立ちの何かに、記憶の一部が引っかかった。

男は午後の今にしてすっかりでき上がっているようで、店の前を掃いていた女給の尻を撫で上げる。「何よ！」と角を立てる相手にも構わず、へらへらと手を振って高級妓楼《ぎろう》がある方へと歩いて行く。

品のない奴だと、つい眉が寄った。しかし息を飲みつつ、距離を取ってあとを尾《つ》けて行く。

まさか――と、胸でそれを繰り返しながら。

公衆電話から野村に電話をかけ、小銭がなくなるまで話し込んでから受話器を置いた。耳がすっかり熱くなっていた。

頭の中がまだぐるぐるする。飲み屋街で見かけてあとを尾けたあの男、櫻会や五桜、そして、野村から聞いていた陸軍の某氏などのこと……しかし、とりあえずは野村からの連絡を待つことにしようと、沸騰した気持ちを宥《なだ》める。

連隊宿舎に戻り、遅い昼飯をもそもそとかき込んでいると、「少尉殿」と軍曹がやって来た。

「お手紙が届いております」

つい先日のやり取りが蘇《よみがえ》る。心構えして封書を受け取ると、その時以上にぎょっと驚いた。洋封筒にそっけなく記された〈M・A〉の文字。


今度は急いで外出用の軍服を着、さっきとは別の意味で落ち着かない気持ちを持て余しながら、帝都の郊外へと向かう。

綾瀬から指定されたのは、小高い丘の上に建つ軍人病院だった。そこであれば、見舞いなどに来てたまたま会ったと装える。

門から敷地内に入ると、松葉杖をついたり車椅子に乗ったりした傷病兵たちが、初春の穏やかな陽《ひ》の下でのんびりと日光浴していた。しかし、綾瀬の姿はない。

気持ちが急《せ》いて早く来すぎた。だから気を鎮めがてら、病院と隣接している小児療育院の方へと足を向けてみる。

そこは手脚などに障害のある子供たちのための施設で、軍人病院とは中庭を介して繋がっている。小径《こみち》を抜けて行くと、寝間着姿の小さな入院患者たちが、看護婦に付き添われて外気を浴びていた。と、そこで驚いて足が止まる。

数米《メートル》先には——綾瀬がいた。車椅子の少年の横にしゃがみ、ストローでシャボン玉を吹いている。淡い虹色をまとった泡が、二人の間でいくつもいくつも空に舞う。

「ほら、文樹《ふみき》。同じようにやってみろ」

文樹と呼ばれた少年は、七、八歳くらいだろうか。綾瀬の手からストローを受け取り、先端を液につけて慎重に息を吹き込み始める。膨《ふく》らむシャボンに合わせ、彼の目もきらきらと大きく輝き出す。

「やったあ。兄様よりも大きい」

「上手だな、文樹。もう一度するか？」

少年に寄り添う彼の表情に、ぽかんとまぶたを見張る。慈愛に満ちた横顔はあまりに優しすぎて、あの夜最後に見た顔とも、倶楽部での妖艶《ようえん》な顔ともまったく違っていた。魅入られてしまい、しばし立ち尽くす。

「……何だ、早かったのだな」

すると、綾瀬がこちらに気づいてぱっと立ち上がった。気まずそうな照れ顔からすれば、私的な顔を目撃されたのは、本当に思いがけないことだったようだ。

文樹少年が「こんにちはっ」と挨拶してきたので、略式敬礼でもって返す。相手は人懐こい表情を浮かべ、軍服姿のこちらを興味深そうに凝視する。ぱっちりした目や林檎《りんご》色の頬が、何とも愛らしい。

「兄様のお友達ですか？　徽章が近衛とは違う」

「いや。友達では……ないな」

何か言う前に、綾瀬がさらっと説明する。

「よく知った知人だ。さあ、文樹。間もなく検温の時間だろう。また来週来るから、それまでに算術の勉強をしっかりやっておくのだぞ」

「はぁい。兄様、今日はありがとうございました」

文樹は少し残念そうな顔をしたが、やって来た看護婦に車椅子を押されて建物内へと戻った。手を振ってくれる彼を、綾瀬と二人で見送る。

「弟さんですか？　可愛《かわい》い子ですね。中佐殿にもよく似ています」

「……」

「……し、失礼を」

口が滑ったことに気づき、詫びる。綾瀬は眉を下げつつも「いいんだ」とつぶやき、彼のことを簡単に説明してくれた。

「脚に小児麻痺《まひ》を患ってな。文樹の母は病気療養中で保養地にいるから、ここで預かってもらっているんだ」

「そういえばこちらは、綾瀬家が出資している施設でしたね。隣の軍人病院も」

「そうだ。病院では、戦地での怪我《けが》で障害を負った軍人たちに機能回復の訓練を行っているだろう？　それを、文樹のような子供たちにも応用してもらいたいからな」

彼が促してきたので、端にあった木のベンチに腰掛ける。検温の時間だそうなので、中庭からは三々五々、患者たちが介添人と共に引き上げて行く。

「……先日はすまなかった」

人がいなくなったところで、綾瀬がぽつりとつぶやいた。先ほどとは一変した沈痛な横顔に、はっと身を正す。

「わたしの態度のせいで、貴様には非常に不愉快な思いをさせた。おまけに、助けてくれた貴様に対して、あのような無礼を……」

心から悔いる表情で、彼は続ける。

「思えばひどい言葉をぶつけた。貴様はそのようなねじけた心の持ち主ではないと、よく分かっていたつもりなのに……」

「……中佐殿、」

「わたしが悪かった。だから、このとおり詫びる。高城、貴様には本当に……」

「中佐殿」

相手を見つめ、もう一度呼びかける。びく、と小さく肩を竦める彼に、声を温和なものにして続ける。

「お気持ちはよく分かりました。自分も頭は冷えましたので、もう、気にしておりません」

綾瀬なりにこちらを尊重し、その心を慮《おもんぱか》ってくれているのは、よく伝わってきた。自分とて怒りを持続させたいわけではないので、努めて明るい顔で言う。

「だが……」

「本当ですよ、自分は嘘をつきません」

ささやかな笑みを添えると、綾瀬は「……そうだな」と表情を緩めた。やはりきちんとこちらを信用してくれているのだと、胸が熱を帯びる。彼とて、人の心を弄んでよしとする人間ではないはずなのだ。

「自分にも言葉足らずなところがありましたから、相打ちということにいたしませんか。いえ、中佐殿は呼び出してまで謝ってくれたのですから、この件はもう忘れます」

きっぱりと言い切る。そうだ、もう本当に、真摯に謝罪してくれた彼を責める気はないのだから。

綾瀬はまだ何か言いたげだったが、結局はうなずいてくれた。「すまなかった」と、最後に駄目押しのようにつぶやいて。

「……どうした?」

と、その時だった。綾瀬が背後に顔を向けたので、高城も肩越しに振り向く。

そこには車椅子の文樹が一人、建物への上がり口からひょっこりと顔をのぞかせていた。彼は車輪の枠を回して近づきながら、おずおずと口を開く。

「お話し中にごめんなさい。兄様、病室に、持ち帰る本を置きっ放しにしていたので……」

「届けに来てくれたのか。すまなかったな」

綾瀬が立ち上がり、何冊かの本を受け取る。子供向けの剣豪小説だ。自分も昔夢中になって読んだなと、口許をほんのり緩める。

わだかまりの空気を解消したいのもあり、少年に声をかけてみようとした時だった。綾瀬も文樹の表情から察したのか「高城」と仕方なさそうにこぼす。

「すまないが、文樹と少し話をしてやってくれないか？　普段は医師と看護婦と、通いで来るばあやくらいしか、話し相手がいないのだ」

「はい。もちろん構いませんよ」

その言葉に、少年がぱあっと目を輝かせる。


文樹はとても利発で、はきはきとした話しぶりが何とも可愛らしかった。兄がそうであるからか、軍人という職業に興味津々《しんしん》の様子だ。綾瀬も通っていた有名私立校の初等科の一年生だが、身体のことがあってほとんど通学はしていないそうだ。

「あの……高城さん」

文樹が、改まった様子で申し出る。

「もしよろしかったら、刀を見せてくださいませんか？」

腰にいつも佩《は》いている軍刀に触れ、「これを？」と瞬《まばた》きする。

「小説を読んでいたら、本物に触ってみたくなって……。兄様のはもう見せていただきましたから、他のものも拝見したいんです」

「こら、文樹」

それまでは温和な顔をしていた綾瀬が、眉を寄せてたしなめる。

「軽々しく頼むことではないぞ。武士の世ならばとんでもない無礼だ。軍人にとって刀とは、それほど大事なものであって……」

「いいえ、構いませんよ」

快く、剣帯から刀を外す。子供の手には重かろうが、自分で抜刀させてやるのも醍醐味《だいごみ》かと、それをそのまま手渡してやる。

「わあ……」

文樹がしっかりと柄《つか》を握り、鞘《さや》からそっと抜く。瞬間、白い尾を引き、蒼灰色《そうかいいろ》の刃紋が鈍く光った。

使うことはめったにないが、手入れは日々欠かしていない。少年は息を詰め、一点の曇りもない刀身を見つめる。

「業物《わざもの》ですね」

通人らしい言葉を使う彼に、口許を綻《ほころ》ばせる。

「そうだよ。こちらは十年前、当時の軍務大臣に頂いたものだからね。それを軍刀に仕立て直したんだ」

「……そうなのか？」

驚き顔の綾瀬に「はい」とうなずく。

「中学の時、剣道の全国大会で優勝して、この刀を賜《たまわ》りました。大臣の胸に金の勲章が燦然《さんぜん》と輝いていたのを、よく覚えています。それを見て自分は、皇軍の兵士として国に奉公しようと思ったのです。実家は長兄が継いでくれるので、自分は軍人の道に進もうと……陸士は学費もかかりませんし」

「そうだったのか……初めて知ったぞ。いや、思えば、貴様のことなどほとんど何も知らないのだな、わたしは……」

綾瀬が感じ入った表情になる。後半の独り言のようなつぶやきを聞き、改めて気づいた。そうだ、まだ互いに、知らないことの方が圧倒的に多い間柄なのだ。家族のこと、生い立ちのこと……互いのことをどう思っているかも。

「それにしても、よい刀だな。姿が美しいし、波紋の強い輝きが見事だ」

「兄様のものとどちらが立派ですか?」

「そう簡単には比べられない。人間と同じで、刀にもそれぞれの個性があるからな」

弟の頭を撫でる綾瀬を、温かい気持ちで見つめる。私的な表情も、優しげな話し声も、想う相手のことならば何でも心に留めて置きたい。彼は、あとどれくらい異なる表情を秘めているのだろう。


文樹はまだまだ名残り惜しそうだったが、看護婦が彼を探しに来たこともあって、長居した中庭を辞する。「またいらしてください」と手を振る彼に挨拶し、綾瀬と連れ立って敷地外に出た。

「長く付き合わせてしまったな。すまん」

「いいえ。楽しかったですよ」

「歩きながら、もう少し話そう。いいか?」

もちろんうなずき、二人でそのまま、施設の裏手にあった河川敷に沿って歩く。たまたま会った流れで散歩している風を装って。

両側には桜が植えられており、梢《こずえ》にはちらほらと、薄桃色の花が咲き初めていた。まだ寒くとも、季節はゆっくりと、確実に前進しているのだ。そんなことを考えていると、

「――実は昨日、五桜たちと急な会合があった」

突然の報告に、瞬時に身が引き締まる。だから歩きながらの話か。

綾瀬も無論、緊張の面持ちで続ける。

「その前に……第一連隊と騎兵連隊が来月、汪華国に出兵になるかもしれないという話は聞いたか？　だから日下部大尉が、『我らを排除しようとする幕僚の陰謀だ』と激昂《げきこう》したのだ。藤川少尉も珍しく声を高めて、この突然の大異動を批判していた」

藤川の国内に留《とど》まりたい理由を察し、話の展開に胸がおののく。

「そこに日下部大尉が説得をかけ、決起に渋っていた藤川少尉の腹を決めさせてしまった。わたしが割って宥める余裕もなかった」

「ということは、まさか……」

「ああ、そうだ」

青褪《あおざ》めると綾瀬も、険しい顔でうなずく。

「クーデターだ。いよいよ実行に移る。決行は明後日、三月二十六日の午前四時」

脳がじん、と痺《しび》れきる。一気に決定してしまった武装蜂起に、腹の底からの震えが走る。

綾瀬は説明した。決起部隊は、第一、第二連隊から選んだ兵士たち千名あまり。二十六日の明け方、五桜は部下を率いて、以前に名前を挙げていた首相、侍従長、内大臣、蔵相、教育総監の自宅をそれぞれ襲撃する。ちなみに、綾瀬は総監を受け持つことになったと。

標的を倒したのちは集合して三班に別れ、警視庁、陸軍省および参謀本部、各新聞社やラジオ局を占拠する。そして帝都を一気に支配下に置き、現内閣の退陣を迫ると――

「だがもちろん、そんなことはさせない」

ぎり、と奥歯を噛みしめる顔で、綾瀬は言った。

「困窮《こんきゅう》する農村を思って決起を決めた五桜の気持ちは分かるが、彼らが殺害しようとしているのは大皇陛下の寵臣《ちょうしん》たちだ。しかもそのために率いるのは、皇国の兵士たちなのだぞ。陛下の軍を私心で動かしてクーデターを行うなど、軍人としての大義に背く行為だ」

決起の話をすぐさま報告すると久我山《くがやま》少将も憤慨し、何としても五桜を止めると息巻いた。クーデター計画を陸軍の上層部に伝え、自ら青年将校たちを押さえんと、すでに動いてくれているという。

高城はひとつ深呼吸し、平静を意識しながら訊《たず》ねる。

「具体的には、一体どうやって阻止するのですか？」

「決起の前日――つまり、明日二十五日の夜九時に、五桜との最終打ち合わせが、警視庁裏にある南陽軒《なんようけん》で行われる」

その洋食店は、将校たちもよく立ち寄る店だった。近衛師団や第三連隊からも、やや歩くがさして遠くはない。

「わたしももちろん出席するが、中座して廊下に出、あらかじめ周囲に張り込ませてあった討伐部隊に、懐中電灯で合図を送る。そして五桜のもとに踏み込ませ、彼らを一網打尽にする」

それは、と慌てて身を乗り出す。

「そうすると、中佐殿が皆を罠に嵌めて騙し討った恰好になりますが……」

「仕方あるまい」

綾瀬は苦々しい顔をしつつも、きっぱりと言い切った。

「皇国の重臣たちが殺害されようとしているのだぞ。五桜たちにも切実なものがあるにせよ、これは明らかに、武力による国政の蹂躙《じゆうりん》だ。そのようにして天下を討ち取っても、国の将来は明るいものにならない。五桜とて無傷ではいられないだろう。皇国と皇国軍のためになるならば、わたし一人恨まれても構いはせぬ」

あえて情を断ち切った、険しい表情だった。胴震いが走る。ここにも真剣に国を憂う将校が一人、いた。

「五桜の討伐には、誰がどのように動くのですか？」

「久我山少将と相談の結果、わたしの配下は動かさないことになった。近衛師団は、宮城と大皇陛下をお守りする部隊だからな。だから討伐部隊は、高城、貴様の第三連隊から組織する」

腹にぐっと力が入り、身が自然と直立する。つまり、南陽軒に踏み込む討伐部隊には、自分も含まれるということ。

「その上にいるのは久我山少将だが、当日の指揮官はわたしだ。高城、わたしの下でひと働きしてくれるだろうな？」

「無論です」

踵を鳴らすと、綾瀬もまた目の光を強めた。「期待しているぞ」と熱のこもった言葉を添えられる。

「……そこに掛けよう」

突っ立ったまま長い話をしていたことに気づく。脇にあった木製のベンチに並んで座り、互いに深く息をつく。

指をしっかり組み、聞いた話を幾度も反芻《はんすう》する。ついに決まってしまったクーデター。しかも一日ののちには、自分たちが彼らの討伐を行うのだ。白刃で斬り合うようなことにはならないだろうが、同じ陸軍の将校たちを敵にするとあっては平静でいられない。

「まだ気負うなよ」

息詰めて地の一点を見つめていると、横の綾瀬が話しかけてくる。

「……といっても難しいかもしれぬが、今から勢い込んでいては心身を消耗するぞ。今度は、我々二人きりでことに当たるのではない。闘志は裡《うち》に据《す》え、平常心でいることだ」

「はい」

指をほどき、背筋をしゃんと伸ばす。そして、相手を見つめ返す。

「中佐殿も、くれぐれも気をつけてください。五桜と直接接触するのは、あなたなのですから」

「ああ、分かっている。……ありがとう、高城」

素直な礼の言葉と笑みを、そっと胸の奥にしまう。ほら、彼は決して、高慢なだけの人間ではない。

その時、雲が割れ、うっすらと陽が差してきた。真冬とは明らかに異なる温《ぬく》もりに包まれ、緩やかに気持ちがほどけていく。

まぶたを細め、周囲に立ち並ぶ桜並木に目をやる。ここは陽当たりがいいからか、ちょうど正面にある木はすでに八分咲きになっていた。

「美しいな」

同じものを眺めていたのか、隣の綾瀬が、穏やかな表情でつぶやく。

「この季節だけは、この国に生まれてよかったと思わないか？　海外に駐在していた頃は、桜並木が懐かしかったぞ」

「ええ、本当ですね」

あいにく他の国のことは知らないが、同じ気持ちで景色に見入る。春を、皇国を象徴する花。咲く姿も、散る姿さえも美しい花は、他にあろうか。

「もし、戦争になどなることがあれば、……」

彼が眉を曇らせ、独り言のようにこぼす。

「真っ先に影響を被るのは、女性や子供や老人や、文樹のような社会的弱者たちだ。その次は、我々若い者。最前線の兵士などは、瞬時に命を散らしていく。国を司る、例えば幕僚たちのところにまで影響が及ぶのは、一番遅くになってからだ。酷《ひど》い話だがな……」

醜悪な現実に唇を噛む。国を守る人柱となるべく軍人を志したが、果たして自分にどれだけの力があるのだろう。

綾瀬は、どこか遠くを眺めるようなまなざしでつぶやく。

「わたしは、この光景を守りたいだけなんだ。こんなに美しい国は、他にはない。万世一系、末永きに亘《わた》って続く皇国の礎に、華族として、軍人として貢献できれば、何も悔いはない」

まだ冷たさを孕《はら》んだ春の風が、ささやかな花びらをそよがせる。綾瀬の匂いやかな黒髪も、それに揺れる。

「ああ、ここが一番咲いているではないか。何だ、灯台もと暗しか……」

綾瀬がふと、頭上を見上げた。見ると、ベンチの背後、そこに立っている一本の桜の若木が、いっぱいに花をつけている。

綾瀬は長いまつ毛の下、うっとりと瞳を潤ませて桜を眺めた。きれいだ――と、その横顔に胸が熱く疼く。我知らず、相手に向かって身を乗り出す。

「あの、……」

胸からそれを取り出すように、口を切った。

「言わせてください、こんな時ですが。……自分は、中佐殿を……ずっとお慕いしております」

綾瀬が、静かにこちらを見た。すでに知っていたことを確認したかのような、「来たか」といった一種あきらめのような表情だった。

しかしくじけずに腹を固め、勇気をふるって言葉を継ぐ。

「五年前のあの時から、お姿が心から離れません。あなたを想うだけで、胸が苦しくなるんです。こんな気持ちになるのは、あなた以外におりません。……好きなんです、中佐殿のことが」

綾瀬は無言だった。口許を結び、何かをじっと考え込んでいる。

少し意外な反応だった。よしてくれとか、わたしにそんな気はないんだとか、五年も前のことを今さら持ち出すなとか、とにかくそういう類《たぐい》の台詞をぶつけられると思っていたから。

次なる言葉を心して待っていると、ややののち相手が、手探りめいた表情で問うてきた。

「いろいろ訊きたいのだが、まず……貴様は一体、わたしのどこが好きなのだ？」

「……えっ？」

一瞬意味が飲み込めず、ぱちくりとまぶたを瞬かせる。

「どこ、と申されましても……」

虚を突かれた気分になった。逆にうろたえてしまい、今度はこちらが口ごもる。

しかし困ると同時に、いつも高慢で自信たっぷりの綾瀬がそういうことを問うてくるとはと、大いに解《げ》せない気持ちが湧く。こんなに魅力的なあなたがなぜそんなことを訊くのですかと、間抜けたことを問いそうになる。

だがこの際だからと、高城はぐっと腹を据えた。

綾瀬に対する熱い想いを、本人に全部ぶちまけてやろう。数え切れないほどあるではないか、綾瀬の好きなところ。例えば、剛胆な振る舞いだとか、高雅な物腰だとか、裡に秘めた優しさだとか、聡明《そうめい》な頭脳と熱い心を持つところであるとか。あと忘れてはならないのはやはり、性的に奔放で、それをとことんまで愉しんでいる様子であるとか……。

だがそれらを延々列挙しても、綾瀬は簡単に納得してくれない気がした。何よりも、自分自身がそれで良しとは言い切れない。では他の言い方で……と意気込むがしかし、そうすればするほど、胸を占めるこの気持ちから言葉がかけ離れていくようなもどかしさを覚える。

「どこがどう好きなのかは、すべてを上手く言い表せないのですが、……」

かなり経ってから、ようやっと口を開く。その間辛抱強く待ってくれていた綾瀬は、すっかり困り果てた顔でこちらを見つめ直す。

「あなたのことを考えているうちに、頭も心もあなたでいっぱいになって、たまらない気持ちになるんです。何かが突き上げてじっとしていられなくなるような、耐え難い熱に炙《あぶ》られたような、それそのものを胸に抱えているような、とにかく自分で自分の気持ちが、手に余るほどになってしまうんです。そして、熱くなった心と身体を一人抱えて、はっきりと自覚するんです。あなたのことが、どうしようもなく好きだと……」

不器用な言葉ひとつひとつに、綾瀬は耳を傾けてくれた。しばしののち、彼がたじたじとこぼす。

「そんなことを言われると、こちらもたまらなくなるな……」

逸らされた顔は、思い切り赤くなっていた。もはや一笑することも、笑って茶化す余裕もないらしい。

「あの、……」

鼻の下をこすり、恥のかきついでにもうひとつ問う。綾瀬を追ううちに、いつしか疑問に感じていたことを。

「中佐殿は、その……お相手を一人に定める気はないのでしょうか?」

かつてほどではないが、綾瀬の色事の噂は今もそこそこ聞く。だが、相手はいつも一夜だけのそれらしく、誰かと付き合っているという話は、男でも女でも聞かない。綾瀬家の嫡子ではないからか、結婚もさほど急かされてはいないようだ。だがまあ、そうした真剣交際の話を耳にしていたら、地面にめり込むほど打ちのめされていただろうが。

問いを受けて綾瀬はしばし考え込んでいたが、やや自虐的《じぎやく》な顔で言い放った。

「要するに、いつまで男漁《あさ》りを続けるのかと言いたいのだな」

「はあ、その……ええ、そういうこと……です」

もしかしたら、早く身を固めろというお節介に聞こえたかもしれない。しかし、綾瀬が誰か一人を伴侶に定めようとしても、自分がその椅子に座れるとは思っていない。まだ。

「――わたしにも分からぬ」

しかし、目をそらして綾瀬は言った。吐き捨てるようなその言い様に、胸が小さく軋む。

「あえて答えるなら……飽きるまで、だな。男遊びに嫌気がさす、いつかそんな時がきたら、誰かと一対一の関係を築くことも考えるかもしれぬ。だが、わたしのような者を伴侶にと望む者などいないだろう。わたし自身、自分などに伴侶を得る資格はないと思っている。当然だ。今まで、この身体が赴くまま、さんざん好き勝手をしてきたのだからな」

「そんな……」

厳しい言い様にうろたえる。いや、胸が潰れそうになる。己の多情な性質のつけだといえばそうかもしれないが、なぜそこまで捨て鉢な言い方をするのだろう。まるで、自分の身体や、精神の安寧などどうでもいいと思っているかのようだ。

「なぜこうも漁色家なのかとな……それはもちろん、色事が好きだからだ。あとは……実家の影響も多少あるかもしれないな」

綾瀬はひとつ息をつき、続けた。

「貴様はすでに知っているかもしれないが、綾瀬家は少々、複雑だ」

「……はい」

小耳に挟んではいたので、神妙にうなずく。

華族院の頂点に君臨する綾瀬の父伯爵は非常な艶福家で、正妻だけでも五人は変わっている。妾《めかけ》たちも、同時進行であちらこちらに複数囲っているらしい。特権階級である華族の醜聞は庶民の娯楽のようなものだから、新聞に派手な記事がちょくちょく載るのだ。

だから綾瀬の兄弟姉妹たちは、皆それぞれに母親が違う。ちなみに綾瀬の母は彼を産んですぐに亡くなっているので、ほぼ乳母の手で育てられたそうだ。

「妾の子を綾瀬本家の養子にすることもよくあるから、きょうだい模様が入り組んでいるんだ。だから文樹も、本当は弟ではなく甥《おい》に当たる。だが、文樹が何者であろうと、わたしは彼が愛《いと》しいのだ。母には会えず、事業に忙しい父からは放っておかれ、自由に外を歩き回れなくてさぞ歯がゆい気持ちでいるだろうに、文樹はそんなそぶりは一切見せない。彼のような無垢《むく》な資質を持つ者のそばにいると、自分の心も慰められるような気分になるのだ。……と、すまない。話がそれた」

文樹に対する彼の愛情は、この目で見たから疑うものでもない。綾瀬は仕切り直して、続けた。

「すべてそのせいにするわけではないが、多情な家系なのかもしれぬ。しかし、自分で責任が取れるならば、多少の羽目は外してもいいとは思わないか？　たまさかの情事など、当事者同士による個人的な営みなのだからな」

「……中佐殿も大人ですからね」

思うところはあるが、とりあえずうなずく。新聞などはやかましく書き立てるが、当人同士が納得ずくならば、部外者があれこれ口を挟むのは野暮だ。

「なぜわたしが〈こう〉なのかは、……」

しばらく黙していた綾瀬が、ぽつりとこぼした。

「小さい頃の体験にもある。一時期、伯父一家が本宅にいたことがあったのだが……」

曰く、伯父の一番下の息子――つまり綾瀬の従兄《いとこ》は、周囲に大人しかいないせいで一人遊びに終始しがちだった彼を、何くれとなく構ってくれたのだという。幼い綾瀬もまた、彼にたいそう懐いていたと。

「その従兄のことは、親しみを込めて兄やと呼んでいた。確か八歳くらいの頃だったかと思うが、ある日、子供部屋で、わたしは兄やと二人、兄やを馬にして遊んでいたんだ。もうそんな遊びをする歳でもなかったが、兄やはわたしの尻に敷かれ、玩具《おもちゃ》の鞭《むち》で叩かれ、辛辣《しんらつ》な言葉を投げつけられると非常に喜ぶものだから、わたしもつい興が乗ってな」

その光景はありありと想像できた――ので、内心で不快感を押し込める。従兄の性癖が、綾瀬のそれを目覚めさせたらしい。それにしても、年端もいかぬ子供相手に何を。

「兄やはその時、十四歳くらいだったのだろうか？　汗ばむほど遊んでもらえてご満悦でいるわたしに、兄やは申し出てきたんだ。お礼に、愉しいことを教えてあげましょうと」

話の流れに嫌な予感がしたが、綾瀬が取り憑《つ》かれたかのように勢いよく話し続けるので、まずは静聴に努める。

「乳母や大人たちにはくれぐれも内緒だと、兄やは耳許で囁《ささや》いてきた。そして兄やは、わたしの半ズボンの太腿をまさぐってきたんだ。くすぐったくてたまらなかったが、だんだんとそれが心地よくなってくるのだから、我ながら不思議でたまらなかった。だから、もっと、もっと、その先を知らずにはいられなくなって……」

拳と口許を硬く結び、表情を変えないように意識する。

「幼くして快楽を識《し》ったその時には、わたしはもうすでに今のわたしになっていたのかもしれんな。そうやって兄やに〈教育〉されたせいか、そのあとは、貴様も想像がつくとおりだ。ただわたしは、自分で能動的に動く方が好きだ。だから、それに合わせてくれるような相手を選んできた。誰かから騙されていいように弄ばれるなど、もう——金輪際されたくはないからな」

横顔から伝わってきたのは怒りだった。哀《かな》しみだった。それが今もって、彼を突き動かし続けているのだろうか。心身を削るような無軌道な性交に身を投じているのも、そのせいなのだろうか。

「あと……相手を定めると、何かとしがらみができる。だから、その場限りの関係を繰り返してきた。それで充分にこと足りたからな。わたしのようなものには、それくらいでちょうどいいのだ、きっと」

　そこまで一気に語ると、綾瀬は深くため息をこぼした。何か、胸で長い間淀《よど》んでいたものを、吐き出すかのようなため息だった。

　高城はきつく唇を噛み、告げられた話を重々しく飲み下す。おぞましさよりも腹立ちが込み上げ、甲が筋立つほどに硬く拳を握る。

　綾瀬の従兄については、株取引に失敗して身を持ち崩し、行方知れずになっていると新聞で読んだ。それを思い出して、少しだけ溜飲《りゅういん》を下げる。ろくでなしの男など、どこかで行き倒れていればいい。

　一人うつむき、どこか虚ろな目をしていた綾瀬はぽつりと、最後に付け加えるように言った。

「同類……なのだろうな、きっと」

　どういうことかと相手を窺《うかが》う。綾瀬は力なく続けた。そのまなざしに、小昏《おぐら》く、沼のように淀んだ深淵《しんえん》を映しながら。

「確かにきっかけは、兄やに誘われたからだったかもしれぬ。しかし、わたしも一緒に愉しんだ。その歪んだ悦楽が、今もわたしを捉《とら》えて離さないのだ。みだらだ、浅ましいと、何度も何度も思った。だが、身体の方が止められぬ。だから思うのだ。わたしも大概、兄やの同類であるな……と」

即座に異議を述べようとするが、相手がそれを制した。彼はそして気まずげに顔をそらし、途方に暮れた声音でつぶやく。

「すまない、何が言いたかったのか、よく分からなくなってきた……悪かったな。こんな話は、貴様には不愉快だろう」

「いえ、もう慣れました。……言わせてください。同類なんかではありませんよ」

綾瀬が反論してくる前に、しかとかぶりを振ってやる。いたいけな子供を騙すような卑劣漢と自分とを、同列に置かないで欲しい。だから、思うところを真摯に伝える。

「僭越《せんえつ》ですが、人には様々な顔があるものです。将校として皇国を憂う中佐殿も、夜の褥《しとね》で奔放に乱れる中佐殿も、どちらも同じ人間でしょう？　それに……」

もう開き直って、大真面目に告白してしまう。

「あなたの好色なところ……その恩恵を受けた人間も、今ここにいるのですから」

「――はっ」

綾瀬が泣き笑いのような表情になった。そして「ははは
っ……ふふふっ……」と、身を細かく揺さぶるような笑いをこぼす。

発火するくらい熱くなった頰を掲げ、堂々と言ってやる。

「もちろんそこだけではなく、みだらな部分も、同じように好きだと申し上げているのです。穢《けが》らわしいなどとは思いません。驚くことはちょくちょくありますが」

綾瀬はひとしきり笑ったあとで、ほうっと息をついた。こっそり眦《まなじり》を拭《ぬぐ》うさまを、横目でそっと見守る。

「……不思議な男だ」

少しだけ晴れやかになった顔で改めてこちらを窺いながら、綾瀬がこぼす。

「軍隊にいると様々な男と接するが……高城、お前のような人間はそうそういないぞ。まったく……規格外な奴だ」

人のことは言えないのでは、と思うが、それは脇に置いておく。ほろほろとこぼれ出てくる綾瀬の気持ちを、静かな心で受け止める。

「……中佐殿」

空気を読み、今ならばと、意を決して訊いてみた。今までは、訊きたくても訊けないでいたことを。

「もうひとつ、聞かせてください。中佐殿は……わたくしのことをどう思っておりますか？」

瞬間、綾瀬が固唾を飲んだのが分かった。伏せた視線がはっきりと泳ぐ。

「……、」

「嫌いですか？」

震える胸で相手を見つめる。どんな答えが返ってきたとしても、自分の望みはもう、ひとつだ。

「嫌いでは、ない……、が……」

　綾瀬がそう答えた瞬間――ぐっ、と反射的に相手に踏み込んでいた。剣道の試合の時よりも、鋭く強く。彼の心の揺れに、まず身体が反応したのだ。

　もちろん動揺している相手に身を向け、慎重に言葉を選ぶ。

「一夜のお相手にしていただけるくらいには……、大切な弟君《おとうとぎみ》に会わせていただけるくらいには……、こうして二人きりで話をしてもいいと思っているくらいには……、好いているということでしょうか？」

　綾瀬は今度は無言だった。少しでもそれを肯定してしまえば取り返しがつかなくなる、一気に攻め込まれてしまうといった表情をしていた。

　綾瀬の感情の揺れを肌身に感じて、胸がぎりぎりと掻き毟られた。彼は今、その胸中で真実何を考えているのだろう。突き上げるもどかしさに任せて、相手を腕で囲い込む。

「あ、っ……」

　彼は抵抗はしたが、腕に手を添えたのみで、突き飛ばすことまではしなかった。こちらの腕の中で頽《くずお》れるがごとく、なすがままになっている。

　強引に仕掛けたのは自分なのに、内心で驚いてしまう。だが、今さら引けるものか。固唾を飲みつつ、腫《は》れ物を扱うような思いで腕の環を狭めていく。

　どく、どくと心臓が鳴る。鼻腔《びこう》を綾瀬の匂いがかすめ、気が遠くなりそうな感覚にとらわれた。厚い軍服を通して伝わってくる体温が、温かい。鍔淵を徹底的に足蹴にし、一切触れさせることもなかった綾瀬の身体を、自分は今、抱いている。

一種の感が極まり、身に震えが走った。このまま、何もかも忘れて彼を抱き潰してしまいたかった。心の中の脆《もろ》い部分をそして、優しく温かく慰撫《いぶ》してやりたかった。そうだ、彼もまた、弱いところがあるごく普通の人間なのだから。

腕の中の綾瀬は身動きひとつせず、行き場のない表情でうつむいていた。彼自身、こんな自分に途惑って、どうしていいのか分からないでいるのか。

「……、中佐殿」

囁く声で、そっと申し出る。

「今でなくていいんです。ことが落ち着いたら、考えてみてはくれませんか。駄目ならば駄目で、それでいいですから、中佐殿の口から、正直なお気持ちを聞かせていただければ……」

時間はかかったが、綾瀬の頭が、小さくうなずいた。ほっと安堵《あんど》が込み上げ、無意識に肩に込めていた力が抜ける。だが、腕を完全にほどいてしまうには、彼の体温が心地よすぎた。

「もう少しだけ、いいですか……？」

かなり大胆な申し出だった。綾瀬は困り果てた様子だったが、今さらどうとでもなれと開き直ったのか、

「これ以上のことは、しないなら……」

こちらにだけ聞こえる声でこぼす。もはや抵抗する気も萎《な》えたかのように、腕の中で彼がつむじをうつむかせる。

束《つか》の間《ま》許されたひとときを、噛みしめるように味わう。かりそめの今だと分かっていても、求めずにはいられない。綾瀬に対する熱い想いが尽きることなく滲《にじ》み出てき、春まだ浅い空の下、輪郭から溶け出していってしまいそうだった。


翌、三月二十五日、夜八時十五分。

前日の午後から急に気温が下がってき、寒の戻りであるのか、帝都は再び強い冷気に包まれていた。せっかく咲き初めた桜の花も、寒さに凍え、震えている。

「ああ、冷えると思ったら……」

歩兵第三連隊、隊舎の廊下を歩いていた曹長が、ふとつぶやいた。見れば、暗い窓の外、驚くべきことに白いものがちらちらと舞い降りてきている。この時季にしては珍しく、雪になるようだ。

高城《たかぎ》は、部下である曹長を伴い、直属の上官である森《もり》大尉の司令室の扉をノックした。今夜の〈大捕り物〉に当たって、兵士らに配る弾薬類——もちろん実弾——を受け取るためだ。

本日午後、第三連隊を訪れた綾瀬《あやせ》から〈極秘作戦〉を聞かされ、森は心底仰天したようだった。しかしすぐに気を取り直し、大尉らしく兵を率いて討伐に当たることを誓った。そして、選抜された約百六十名の兵士たちは今、八時半の出動に備えて完全軍装で待機している。高城が指揮するのはそのうちの一小隊、三十名だ。

木箱に入った、ずっしりと重い実弾を受け取る。自然、口許《くちもと》が引き締まった。南陽軒《なんようけん》にいる五桜《ごおう》は腰の軍刀しかない身なのだから、なるべくこれの出番がないようにしたいものだ。

と、その時、卓上電話のベルが鳴った。森がそれを取り上げ、手短に応対する。

「はい、……はっ？　はあ、承知いたしました。では失礼します」

彼は受話器を置くと、詰めていた息をふーっと吐き、こちらに向き直った。

「討伐作戦は中止だ」

「……え？」

高城はぽかんとし、上官の顔を見返す。

「久我山《くがやま》少将閣下からだ。『いったん態勢を整えてから、改めて非常呼集をかける』との下達《かたつ》だった」

動揺するこちらをよそに森は「曹長。隊には武装を解いて解散させ、いつものように就寝させよ」と続ける。曹長はこちら二人の顔を見比べていたが、やがて踵《きびす》を返して司令室をあとにした。

突然のことにわけが分からず、卓を押し下げる勢いで上官に詰め寄る。

「直前になって、一体どういうことなのですか?」

「分からん。だがとにかく、命令だからな」

森も、指示は出したものの理解できないといった顔で頭をひねっている。

「お言葉ですが、今の電話は本当に、少将閣下からのものでありましたか?」

「ああ、そうだ。間違えはせん。一方的に言っただけで切れたがな」

失礼、と断って、参謀本部の久我山へ直通になっている番号にかけ直す。しかしいくら鳴らしても相手が出ることはなく、自宅にかけてもそれは同様だった。

おかしい。だいいち、今になって「態勢を整える」とは解《げ》せない。綾瀬が言っていたとおりならば、あと数時間後、明朝四時には襲撃が始まってしまうのに——

何か、悪い予感がする。いてもたってもいられず、隊が所有する車の鍵をひっ摑《つか》んで隊舎を飛び出す。


アクセルを踏み、とりあえずは最終会合が開かれている南陽軒を目指す。しかし慣れない雪道だったので飛ばすに飛ばせず、十分程度と考えていたところが三十分近くもかかってしまった。時計は九時半。会合はすでに解散してしまった頃か。

南陽軒付近に差し掛かった時だった。雪がちらつく前方から一人、将校らしき外套《がいとう》姿の人物が歩いて来る。紅潮したほの白い貌《かお》を見、瞬時にブレーキを踏む。

「中佐殿！」

「高城っ、……」

険しかった綾瀬の顔が、こちらを見て一瞬だけ安堵《あんど》に綻《ほころ》んだ。彼は裾を翻《ひるがえ》して車に飛び乗り「出せ。道中で話す」と指示を出す。小路で方向転換し、来た道を急いで戻る。

「一体何が？　五桜はどうなったのです？　最終会合は終わってしまったのですか？　何事もなく？」

「ああ、そうだ」

ますます状況を訝《いぶか》しんでいると、綾瀬は呻《うめ》き、膝の上で拳《こぶし》を握って話し出した。

「中座して合図を出したが反応がなく、踏み込んで来る者もいなかった。こうなったら種明かしをして彼らを思い留《とど》まらせようとしたが、作戦がどうなっているのか不明瞭な上、わたし一人では四人を止められるかも分からなかった。だから苦渋の判断で会合を解散させたのだが、まあ、行き先は分かっている。時間までは、第一連隊で全員が待機だ」

「正体を明かしたら、逆上した四人に拘束されていたかもしれません。賢明な判断でしょう」

忸怩《じくじ》たる表情を浮かべる綾瀬に、高城は言い添えてやる。

「店の電話を借りて久我山少将閣下に連絡を入れたが、繋《つな》がらぬ。高城、貴様の方に連絡は？」

実は、と不可解な作戦中止の件を説明すると、

「それは明らかにおかしいぞ。まさか、……いや、しかし……」

口の中でぶつぶつとつぶやいていた綾瀬だったが、やがて、はっと表情を強張《こわば》らせる。

「……そういうことか」

瞬間、綾瀬が握りしめた拳で自分の膝をがつん、と殴りつけた。何度も、何度も。彼のこんな姿は初めてだと、ハンドルを握ったまま慌てる。

「やられたッ……！　くそっ、嵌《は》められたんだ、わたしたちは……！」

彼はきっ、と眦《まなじり》を吊《つ》り上げ、憤激と共に吐き捨てた。

「〈敵〉は、今回のクーデターをどうしても成功させたいんだ」

「……は？」

殺戮《さつりく》を認めると？　そんな馬鹿なことが、と言う前に、綾瀬が険しい顔で説明する。

「考えてもみろ。もしこのまま、五桜たちがクーデターを成功させてしまったら、得をするのは五桜以外に誰がいる？」

「そ、それは……皇国の一般市民たち、ですか？　新政権が発足し、不況緩和政策が実施されれば、生活が上向くかもしれないのですから。まあ、効果を実感できるまでは、時間がかかるでしょうが……」

「いや、残念ながら違う。思い出してみろ。五桜が誰を襲撃目標としていたかを……！」

声にも表情にも憤怒《ふんぬ》を迸《ほとばし》らせる綾瀬を見、高城は頭を巡らせる。襲撃目標となっているのは五人、海軍出身の重臣たちで——

「まさか、……」

戦慄《せんりつ》の想像が、身を走り抜ける。「ああ、そのとおりだ」と綾瀬も、唇を怒りに噛《か》みしめる。

「五桜の動向は、我々が動き出すよりもずっと前から監視されていたんだ。我々とは別口でな」

〈よし乃《の》〉の壁に開けられていた穴を思い出す。

「幕僚たち……彼らのうち何人がこの件に関わっているかは分からないが……〈敵〉はそうやって、五桜のクーデター計画と、標的としている者たちを知った。その者らはつまり、自分たちにとっても邪魔で煙たい、排斥してしまいたい存在だったんだ」

であるから〈敵〉は、五桜のクーデターを黙認することにした。目障りな海軍派閥を一掃させて、自分たち陸軍が完全に上層部を牛耳《ぎゅうじ》るために——

「そんな、そんなことが……」

高城は絶句する。自分の手を汚さず、革命に燃える五桜たちを上手《うま》く利用して政敵を消そうとするなんて。人智《じんち》を越えた奸智《かんち》、そのあまりの悪辣《あくらつ》さに、運転の足が覚束《おぼつか》なくすらなる。

「では、久我山少将閣下の報告は……」

「裏で握り潰《つぶ》されている。そして少将閣下は、どこかに身柄を軟禁されているはずだ。クーデターが〈成功〉するまで、おとなしくしていてもらうために……！」

　血を吐くようにつぶやく綾瀬に「し、しかし」と反論する。〈敵〉のおぞましすぎる計画を信じたくないあまり、早口で言葉を継ぐ。

「クーデターを成功させたくとも、教育総監襲撃を受け持つ中佐殿がこうして抜けているわけですから、それは難しいのではありませんか？」

「確かに、襲撃後に落ち合う場所にわたしがいつまでも現れなかったら、他の五桜は不審に思うだろうな。だがそれならば、計画を変更して残りの四人で総監を倒せばいい。代表である日下部《くさかべ》大尉の、クーデターにかける情熱にはすさまじいものがあるからな。それくらいのことは、すぐさまやってのけよう」

　五桜の動きまで読まれているのか。しかし「ですが、」と追い縋《すが》る。

「クーデターが発生したとしても、それを知った我々のような者たちが討伐部隊を作り、五桜たち決起部隊を抑えんと立ち上がるはずです。まさか幕僚の全員が全員ともこの件に関わっているとは考えにくいですし、このように大規模な反乱を無視するとは思えません。数でいえば圧倒的に討伐部隊の方が多いのですから、万が一標的が五人とも倒されても、五桜たちはいずれ鎮圧されるでしょう」

　クーデターを成功させたい〈敵〉の後押しがあったとしても、五桜たちはせいぜい尉官位の将校なのだ。いずれ矢折れ、力尽きる時が必ず来る。

「さすれば軍法会議にかけられて、五桜が法廷で主張するであろう決起理由に、同情を寄せる世論も出てくるはずです。そんな中で五桜の求刑を重くすれば、陸軍は叩《たた》かれます。新たな組閣で陸軍が幅を利かせるならば、なおのこと批判を浴びるでしょう。ですから、〈敵〉の幕僚が思い描いているような、陸軍の独裁体制はすんなり作れないのでは……」

綾瀬は、苦々しく吐き捨てる。

「何らかの勝算があるんだろう。我々が思いつかないほど、悪辣なものがな。例えば、五桜と、クーデターに加わった兵士たちを、完全なる非公開の裁判にかけて極刑を言い渡し、惨《むご》たらしく処刑するとか。それを見て萎縮した政府を頭から抑えつけて、強引に軍事政権を樹立させるとか」

かっと腹が燃え、思わず大声を張る。

「そんなものは、恐怖政治と変わりがありません！」

「だがそれを、実行しようとしているに違いないのだ、〈敵〉の奴《やつ》めは！」

互いに感情を爆発させ、二人、〈敵〉に対する猛烈な怒りで身を震わせる。

すると綾瀬が、呪詛《じゅそ》を吐くような面持ちでつぶやいた。

「いや、そこまで手の込んだことはしないかもしれないぞ。五桜に標的を倒させたことを確認次第、その場で全員射殺することだってあり得るんだからな」

身の裡《うち》で悪寒が燃える。綾瀬は怒気を張《みなぎ》らせ、言った。

「〈敵〉が誰なのかを突き止め、それを打ち倒すのはあとだ。今はまず、襲撃開始時間までに五桜を止めるしかない」

「それはもちろんですが、千名もの反乱部隊を一体どうやって？　第三連隊の今すぐ動かせる兵士をかき集めても、二百名ほどしかおりません。しかし中佐殿の近衛《このえ》師団を動かせば、大皇陛下をお守りする兵がいなくなってしまいます」

「ああ、そうだな。どうする……誰を……どう動かす……」

必死に頭をひねる綾瀬の横で、高城も頭を巡らす。帝都の第一、第二歩兵連隊と騎兵連隊は五桜の傘下だ。では、地方の連隊を今から上京させるか？　いや、間に合わないだろう。ではどうすればいい。彼らを止めるには——

「止まれ！」

その時だった。前方から拡声器の声が響き渡り、真昼のような光に鋭く照射される。

急ブレーキで停《と》まった車の眼前に広がるのは、武装した兵士たち。複数の投光器も、射抜かんばかりにこちらを照らし出す。

隊長格らしき兵士が、前に来てがなり立てる。

「両手を上げて降りて来い！　二人共だ！」

しまった——と、絶望が背を貫く。横の綾瀬も蒼白《そうはく》になる。

五桜の動向が見張られていたと、彼は言った。それはおそらく、五人全員がそれぞれ監視されていたということだろう。ならば、綾瀬にも。

勢揃《せいぞろ》いした銃口を前に、二人、歯噛みして車から降りる。火照《ほて》る頬を冷気が刺した。積もった雪を踏み荒し、銃を構えた憲兵がやって来る。

「綾瀬中佐。反乱罪で、貴様を拘束する」

罪状など出任せだ。綾瀬は何も言わず、ぎりりと唇を噛んで憲兵を睨《にら》みつける。と、その憲兵が、こちらにも筒先を向けてきた。

「中佐の手下か？　ならばお前も一緒に――」

「よせ！　彼はただの運転手だ！」

綾瀬が鋭く制する。横目でぎっ、と睨まれたので、高城は彼のとっさの〈演技〉どおりに怯《おび》えた顔を作り、上官の足に使われた下っ端少尉を装う。

「……ふん、まあいいだろう」

じろじろとこちらの顔を見回したのち、憲兵は居丈高に言った。もしや、拘束命令は綾瀬にのみ出ていたのかもしれない。ならば――ならばまだ、勝算はある。

さっさとこちらに来いと、憲兵は綾瀬に銃を突きつけて黒塗《ぬ》りの一台を指す。綾瀬は痛恨に唇を噛んだまま、重い一歩を踏み出した。と、彼が足を止め、こちらに向かって鋭く踵を返す。

「……これを貴様に預けていく」

外した腰のものを、綾瀬は突き出した。その目はこちらだけを、決死の形相で射抜くように見つめていた。

「綾瀬家に伝わる名刀だ。粗雑に扱うことは許さぬ」

危うく腰を抜かしそうになった。刀は軍人の命、魂だ。しかし綾瀬は眦を決してそれを差し出し、一語一語に力を込めて訴える。

「分かるか？　貴様にしか、頼めないんだ。いいな」

激情が迸る瞳。彼の言いたいことは、軍刀に託さずとも分かりすぎるほどに分かった。しかし、綾瀬もそれだけ必死なのだ。二人とも拘束されるわけにはいかない。だから貴様は何としてでもここを切り抜け、わたしの代わりに反乱を止めてくれ――

「承知しました」

磨き抜かれた鞘《さや》を受け止め、しかとうなずく。手にずっしりとかかる重みは、彼の魂そのものの重みだった。綾瀬の目許にも、確かなものが滲《にじ》む。

「頼んだぞ」

彼はその唇を薄く笑ませ、最後にひと言だけを残すと、凛然《りんぜん》として兵士に向き直った。

「さあ、用は済んだ。どこへなりと連れて行け」

丸腰で堂々と兵士に連行される綾瀬を、はらわたが灼《や》けちぎれんばかりの気持ちで見送った。必ずや、と黒鞘を握りしめる。雪舞う闇の中を、綾瀬を乗せた車の尾灯が遠ざかっていく。

もしや軍刀に何か隠しているのではないかと憲兵たちに勘繰られたが、何とか無事に〈釈放〉が認められた。連隊に飛んで帰り、すでに就寝していた森大尉を叩き起こしてことの顛末《てんまつ》を伝える。そして週番下士官に、非常呼集をかけさせる。

「全隊起床！　完全軍装により、隊舎前に集合！」

けたたましく喇叭《らっぱ》が鳴り響く。第三連隊は五桜たちが待機している第一連隊からは離れているから、こちらで動きがあっても向こうでは分からないはずだ。まあ、あちらもそれどころではないと思うが。

十時十五分を指す壁の時計を見上げつつ、電話機を引き寄せて各所に連絡をつける。〈新作戦〉による討伐態勢を、大至急整えなければ。

――海軍に出動を要請します。

それが先ほど、高城が上官に提案した〈作戦〉だった。

綾瀬とも車内で話したが、陸軍ですぐさま動かせる兵士はごく少ない。だから、考えたのだ。何かにつけて大胆な彼ならば、こんな時どんな発想をするか――

一種の盲点だったそれを告げられ、森は目を丸くしていた。時間がない中冷静にひと言ひと言、己の考えを説明する。

――陸軍の一部隊に反乱勃発、と非常事態発生の布令を出します。そしてまず、港湾を護《まも》っている海軍の部隊から、討伐のための陸戦隊を至急派遣してもらうのです。海軍の立場からすれば、襲撃目標を知ったら飛んで来るはずだ。そこが狙《ねら》いだ。海軍には大きな借りを作ることになるが、背に腹は代えられない。

――ただし、皇軍同士で攻撃し合うようなことはさせません。まず数で圧し、兵力の差を見せつけてその上で交渉に当たります。双撃はあくまでも、最後の手段です。

決起部隊千名に対して、集まるだろう海軍兵士の人数は、少なく見積もっても三万弱。これでは五桜といえども、恐れをなすだろう。

なるべく陸軍とも親交のある海軍将校を選んで連絡を入れたが、標的の名を聞かされた相手は激昂《げきこう》し、「何たる愚挙か」と電話口で怒鳴り散らした。もちろんのこと協力を了承し、そしてさらには、今動かせる全艦隊を湾岸に集結させ、すべての主砲を帝都の中心に向けると。

高城は慌ただしく肩に受話器を挟みながら「今のうちに、斥候《せっこう》兵を第一連隊に走らせては？」と森に提案する。

「様子を窺《うかが》わせ、五桜が動き出す前に、連隊場ごと取り囲んでしまうのです。さすれば、市街に銃弾が飛び交うことも避けられます。そして、万一のこともありますから、標的になっている人物とそのご家族を、今のうちに別所に避難させましょう」

「ああ、そうしよう。憲兵か所轄の警察署に頼んで、帝都ホテルに匿《かくま》って警護するんだ。支配人に大至急連絡をつけろ」

「——全隊の集合、整いましたッ。実弾も配布済みであります」

その時曹長がやって来、敬礼と共に状況を報告する。森が「よし」と気負い立った。これから兵の前に出て訓示を、反乱部隊鎮圧の命令を行うのだ。

「大尉、特別班を組ませてください」

しかしそこに強引に割り入り、高城は申し出る。

「軍曹以下三十名と、逮捕権のある憲兵を数人、自分の指揮下に」

「……何のためにだ?」

胸を張って言う。これだけは、誰に何と言われようとも自分が成し遂げるつもりだった。

「もちろん、連れ去られた綾瀬中佐を救出するためです」

小一時間ののち。夜半、都内某所。

ようやく小降りになってきた雪の中、特別班を乗せた車が停まる。銃剣を携えた高城は、雪闇にそびえ立つ洋館をきっと睨む。そしてまずは、建物を取り囲む高い塀に沿ってぐるりの様子を窺う。

と、その傍らに一台の車がいた。電話で連絡を入れてあった〈別班〉だ。先に到着していたらしく、指示通り前灯を消し、目立たない脇道に車を停めていた。運転席に座っている野村《のむら》に、手で合図を送ってやる。

建物からは物音ひとつしなかった。私兵の数名ほどもいるかと思ったが、誰もいないようだ。ここは〈奴〉の極めて私的な、家族にさえ教えていない邸《やしき》だからか。割り出してくれた野村には感謝だ。

真鍮《しんちゅう》の表門についていた錠を、銃床で叩き壊す。兵士を率いて敷地内に入ると、母屋である洋館の裏手に、茶室よりはやや大きい離れがあった。何やら存在を隠すかのように、高い竹垣で囲われている。雪上にはうっすらと足跡。ここか。

離れ家の周囲を隙間《すきま》なく取り囲ませてから、入り口である厚い板戸の前に立つ。中の気配を耳で確認し、そして、部下数名と共に勢いよく戸を蹴《け》り飛ばす。

「動くな！　おとなしく投降しろ！」

複数人で、喚《わめ》きながら室内に押し入る。これで身動きを止めない敵はいない。案の定、ぎくりと身を怯《ひる》ませた男に、高城は容赦なく銃剣の先を突きつけた。

「真壁《まかべ》中将。貴様を逮捕する」

突然の乱入に、寝間着姿の相手は布団の上で立ち尽くす。が、表情はまだ、不敵とも思える色を放っていた。

その足許では、緋襦袢《ひじゅばん》を着せられ、猿轡《さるぐつわ》を嚙まされた状態の綾瀬がいた。全身を緊縛された姿で寝転がされていた彼が、驚きの目でこちらを見上げてくる。

彼のその姿からすれば、真壁の目的は火を見るより明らかだった。ぎりっと奥歯を嚙み締めて駆け寄り、手近にあった布団を身体《からだ》に掛けてから、懐の小刀で縄を切る。拘束を解かれてわずかに息をつく綾瀬の身を、布団越しにそっとくるんでやる。

「中佐殿、……」

さぞ屈辱的な思いをさせられただろう。許せない。彼を自分の背後の安全な場所に座らせ、卑劣な男にぴたりと銃口を向ける。

「まあ、まあ。その危ないものをしまわんか、少尉」

真壁がこちらの外套の肩章を見、おどけた態度で口を開く。

「逮捕とは一体なぜだ？　風紀紊乱《びんらん》か？　心外だな、この程度のお遊びで。噂《うわさ》で聞いているかもしれんが、綾瀬中佐はたいそう淫奔《いんぽん》な質《たち》でな、たまにはこんな趣向も試してみたいと、誘いをかけてきてくれたのだよ」

「黙れ！　中佐殿を愚弄《ぐろう》するな」

くだらない出任せには耳を貸さず、怒りで相手を睨《ね》めつける。

「貴様だろう、裏ですべての糸を引いていたのは。上層部で権力を握りたいがために、五桜のクーデターが成功するよう、裏で人を介して資金援助までして」

――教えてくれ。もうすでに、賄賂《わいろ》を貰《もら》っていた〈某氏〉の見当はついているんだろう？

ここに突入する前、混乱する司令室をそっと抜け出し、急ぎ野村に電話を入れていた。彼がまだ新聞社にいたのは幸運だった。加えて、つい一昨日彼に頼んでいた、〈とある件〉についての報告が揃ってきていたことも。

考えてみたのだ。〈敵〉が、五桜の中で綾瀬を攫《さら》ったのはなぜだろうと。

それはもちろん、綾瀬はクーデターの邪魔をする、〈敵〉にとって都合の悪い存在だからだ。

しかしもうひとつ、そこに歪《ゆが》んだ企《たくら》みが隠されていることに気がついてしまった。

綾瀬を狙い、攫ってしまいたい理由がある人物——鰐淵《わにぶち》以外ですぐさま思い当たったのは、綾瀬に言い寄らんとしていたという、真壁中将だった。

そこからの連想で、野村から聞いていた話を思い出す。財閥と癒着《ゆちゃく》し、賄賂を受け取っていたという某氏。もしこれが真壁ならば……と考えていくうち、さらに思い当たった。

綾瀬がいつか話していた軍事費削減についての主張は、汪華国《ワンファ》への侵略を目論《もくろ》む大多数の幕僚の考えとは相容《あいい》れないものだ。すなわち、いずれは老練な幕僚連中と真っ向から対立することになるだろう。

ならば——五桜の決起に乗じて綾瀬を始末しようと画策してもおかしくはない。加えて、真壁はこうも思ったのだろう。以前から目を付けていた綾瀬を、この機会に手籠《てご》めにしてしまおうと——

一石三鳥の計画。自分の想像なのに、末恐ろしさが込み上げるほどの。しかし、ならばすべてのつじつまが合うのだ。

「言い逃れはできないぞ。罪状は、十倉《とくら》財閥からの収賄だ」

真壁の眉間に銃口を突きつけ、断ずる。

「その他、綾瀬中佐の誘拐、監禁に、クーデター煽動《せんどう》の罪も付け加えるか？　無駄な抵抗はよして、素直に縛につけ。こちらには、証拠も証言も揃ってる」

「さあ、何のことだか……」

「とぼけるな。神原《かんばら》……いや、青木《あおき》の奴がすべて吐いたぞ」

瞬間、真壁の表情が歪み、「大根役者め」と忌々しく吐き捨てる。

青木某《なにがし》とは、あの日、歓楽街で見かけた男だ。男のこめかみに二つ並ぶ黒子《ほくろ》――それが、〈よし乃〉で見た神原のそれと酷似していることに気がついたのだ。

最初は、ただの偶然だろうと思った。だが、もしや、と直感した。神原のあの蓬髪《ほうはつ》、あの胡《う》散臭《さんくさ》い髭《ひげ》を取り去り、顔のしみや何やらも拭《ぬぐ》い去ってしまえば――

「金で雇い、神原に変装させた青木を裏から操って、五桜を監視するついでに資金までお膳立てしてやるとは、何とも手の込んだ策だな。おまけに、〈神原〉を作り上げて、十倉財閥から金を二重取りまでしていたんだから」

欲と色に狂った男を、ここぞとばかりに糾弾《きゅうだん》していく。

「だが、青木の奴は早々に裏切ったぞ。潔く観念しろ。十倉財閥の関係者も、何人かはすでに押さえてある」

後半ははったりだったが、真壁はむうと口許を結んだ。不敵な態度がじわじわと萎《しぼ》んでいくのが見て取れたが、油断はせずに銃剣の先の先まで気迫を漲らせる。

本物の神原については、行方はまだ調査中だ。今も国外にいるか、または、どこかですでに亡くなっているかだろう。神原は若い頃から海外を放浪していたから、皇国内では彼について知る者はそう多くない。だからこその計画だったはずだ。

ちなみに青木は大学を中退した役者崩れの男で、一時期は社会運動にも携わっていたらしい。そこを買われて……否、上手《うま》く利用されて、真壁から少しばかりのおこぼれを貰っていたようだ。野村が「お前、真壁の気分次第で簡単に捨てられることは分かってんだろうな？」と迫ったところすぐに狼狽《ろうばい》し始めたというから、何とも浅慮な奴だ。

高城の命令で憲兵がずいと前に出、真壁にがちゃりと手錠を嵌めた。あっけない幕切れではあった。が、眼前にずらり並んだ銃口を前に真壁は、とりあえず命が惜しかったのかもしれない。

捕縛の姿をしかと見届け、筒先を下げて綾瀬に振り向く。ようやく――と彼に腕を伸ばすが、それよりも早く、綾瀬がこちらの胸許へと飛び込んで来た。

「高城、っ……」

しがみつくように胸許に飛び込まれ、心底驚く。まさか、夢ではないのか。だが想いの方が先に溢《あふ》れ、細い身体をしっかりと抱き留める。色白い手首にも足首にも縄目の痕《あと》が刻まれて痛々しい限りだが、大怪我《おおけが》などはしていないようだった。それに深く安堵する。

忌々しいこの場所から、早く綾瀬を連れ出さなければ。だがその前に、もうひとつだけやっておかなければならないことがあった。それをしなければ、本当の意味でけりがつかない。

「……中佐殿。申し訳ないのですが、もうしばしお待ちください」

名残りを惜しむように今一度綾瀬を抱きしめ、途惑い顔の相手の前で「しっ」と口許に指を立てる。ぴりぴりと鋭敏になった神経が告げていた。この室内に、もう一人の人間の気配があると。

綾瀬を守るように背にして、布団横の壁の前に立つ。一見すればただの飾り唐紙に見えるが、それを引きはがす勢いで、荒々しく開け放つ。

「っ、……！」

そこには、半畳ほどの隠し小部屋があった。中にいた男が、手で庇《ひさし》を作って身を竦《すく》める。奴の軍服の胸には憎々しいことに、副官緒が下がったままだった。

「ゆ、許してくれ、高城。中将閣下に強制されたんだ。だから仕方なく……」

根岸《ねぎし》の襟首を摑《つか》んで引っ張り出し、畳の上に突き飛ばす。奴がとっさに背後に隠した小型の写真機――諜報《ちょうほう》の場で使うような最新式のもの――も拾い上げ、中のフィルムをすべて出して引きちぎる。隠し撮りしたこの写真をもとに、未来永劫《えいごう》に亘って綾瀬を脅迫しようとしていたのか。

綾瀬もまた、「根岸副官？　貴様ぁッ！」と声を高める。この男だけは許しがたいと、高城は相手の前に仁王立ちし、鬼神の形相で卑劣な男を睨んだ。根岸は怯え顔で後ずさるが、背はすぐ襖《ふすま》にぶつかってしまう。

「た、高城。頼む、どうか見逃してくれないか。逆らえなかったんだ。上官の命令に背けばどういうことになるか、貴様だって知らんわけではないだろう」

「命令？　違うだろう。甘言を囁《ささや》かれ、貴様がそれに乗っただけだろうが」

根岸の人事に真壁が絡んでいたのか、それはこの際どうでもいい。真壁はともかく、綾瀬をいつかは手に入れんと、彼のそばに自分の息のかかった人間を置いておきたかったらしい。

「見返りは何だったんだ、金か？　出世か？」

「……何の話だか分からんな。従わざるを得なかった、と言ってるんだ。俺は悪くない。だから、なあ、頼む、このとおりだ。貴様は決して、血も涙もない男ではないはずだな？」

「……ああ、そうだ。だからこそ、」

媚《こ》びた目つきを寄越してくる男を睨みつけながら、腰の軍刀に手をかける。

「同期生から小馬鹿にされれば腹が立つし、好いた相手が手籠めにされかかれば逆上する。ましてや、副官のくせにそれに荷担した奴の顔を見れば、……生かしてはおけないな」

「ひ、ッ……！」

震え上がった相手目がけて踏み込み、鯉口《こいぐち》を切った。一閃《いっせん》、刀を振りかぶり、頭めがけて垂直に斬り下ろす。

「うわあああぁぁっ！」

根岸が悲鳴を上げた。しかしその寸前、髪の毛一条ほどのところで刃先を止める。

だが裂帛《れっぱく》の気勢が皮膚に届いたのか、奴の額にすっとひと筋の血が滲《にじ》み、見開いた両目の間に垂れ落ちる。

根岸の下肢が笑うように落ちた。残心ののち、ぱちりと音立てて刀を納める。その鞘で、綾瀬家の家紋が鈍く光った。

「あ……、ぁひ……、あは、あははは……」

頭をぐらつかせ、半笑いでだらしない口を開けている相手を見据《みす》え、しかと言ってやる。

「この刀は、俺が大切な相手から預かったものだ。だから貴様のような、卑劣な男の血などでは汚さん」

「……あ、あは……ははは……はは……」

痙攣《けいれん》的な笑いを涎《よだれ》と一緒にこぼし、根岸は白目をむいて仰向《あおむ》けになった。開いた両脚が、かくっかくっと笑っている。

ひっくり返った蛙《かえる》のような情けない姿をとくと目に据えてから、「こいつも連れて行け！」と居残っていた兵士に指示を出す。積年の溜飲《りゅういん》が一気に下がった……というより、こんな奴にかまけていたことが急に馬鹿馬鹿しくなった。今後は、思い出しもしないだろう。

兵士たちは粛々《しゅくしゅく》と、両脇から根岸を拘束して部屋を出て行った。それを見届けてから、呆《ぼう》然《ぜん》としている綾瀬の前に膝をつく。

「中佐殿」

優しく呼びかけて自分の外套を着せ、肩からふわりと包んでやる。さすがの彼も、このひと幕には目を白黒させていた。

「その刀、……」

「すみません。お守り代わりに携えて来てしまいました。あとでお返しいたしましょう」

こちらに半ばすがりつく恰好《かっこう》で、彼が問う。

「貴様……例の、賄賂の件をひそかに探り続けていたのか？　そして、真壁に突き当たったと？」

「ええ、ぎりぎりのところでしたが」

「……わたしに黙って？」

少々咎《とが》める目をする綾瀬に、弁解も兼ねて説明する。

「あなたに並び立つためには、言われたことだけをこなしていたのでは駄目だと思ったんです。それ以上のことをこなさなければ、あなたには追いつけないと思いましたので」

綾瀬の肩がかく、と下がった。それを受け止め、「立てますか？」と声をかけてやる。

「……自分で歩ける」

意地っ張りな相手の細い腰を支え、戸口へと向かう。さすがの彼も、相次ぐ展開に頭も身体もついていかないだろう。

と、彼がつぶやいた。

「……わたしですら、黒幕には気づいていなかった。だから、この場所を割り出すことは不可能だろうと考えていた。だが……」

思いをそのまま吐き出すように、綾瀬は続けた。

「もしわたしを助けに来る者がいるならば、それは貴様しかいないだろうと思っていた……そう、信じていた……」

高城はほほ笑む。確かな信頼に胸熱くさせながら、もちろんですよ、とつぶやく。

「あなたは俺に大切なものを預けてくれた。だから、どんな犠牲を払っても助け出します。……言葉であなたへの想《おも》いを言い表せなかった分、行動で示したかったんです」

そう、身体は嘘《うそ》をつかないから。

かすかに涙ぐんでいる横顔を見ないふりして、綾瀬を支え歩き出す。表に出るとちょうど、憲兵の車で真壁が連行されて行くところだった。

その姿を、野村たち帝都日報の記者陣が取り巻いて、写真機のフラッシュを容赦なく浴びせかけている。他の報道機関を出し抜けるとあって、大所帯で駆けつけて来てくれたようだ。よかった、これで、真壁の悪事も白日の下にさらされるだろう。

風向きの関係か、第一連隊がある方面から怒号が聞こえてくる。貴様らは完全に包囲されている……武器を捨てて投降せよ……さすれば反乱軍の汚名は着せぬ……。

森大尉らの猛攻により、あちらもどうやら決着がつきそうだ。まだ油断は禁物だが、とりあえずは安堵する。

夜明けはまだ、遠い。しかし確実に、黒藍の空は頭上で白み始めていた。ちらつく名残りの雪も、肩に触れて消えていく。

綾瀬が雪に濡《ぬ》れないよう、身体の陰に抱き寄せてやる。何も言わず身を寄せてきた綾瀬と共に、高城は歩き出した。力強く、確かな足取りで。


帝都を騒然とさせた長い夜は、明けてみればすみやかに決着が付いた。

消息が不明だった久我山少将は、綾瀬と同様に真壁の別宅の一室に軟禁されていた。家族を人質に取られ、真壁の言いなりになるしかなかったのだという。

久我山は自由の身になるなりすぐ、五桜が討伐部隊によって取り籠められていた第一連隊に、単身乗り込んで行った。彼らに対面して粘り強く説得し、最終的には、五桜全員の身柄を憲兵に引き渡すことに成功した。海軍も詰めかける大騒動となったが、皇軍同士の双撃だけは何とか避けられた。

このクーデター未遂には、幕僚たちも当然衝撃を受けたようだ。どうやら、五桜を監視し、クーデターの黙認を企てたのは真壁一人だったらしい。人間、欲に狂うと獣よりも見境がなくなるものなのだろうか。

新聞各紙も、一面に大見出しをぶち抜いてこの大事件を報道した。しかし、帝都日報だけは陸軍の大物の逮捕記事もすっぱ抜いており、売れ行きは相当なものだったという。野村は大忙しの中、「もう一度輪転機を回したんだぜ」と弾む声で報告してくれた。

その返礼として野村は、ここぞとばかりに真壁と十倉財閥の贈収賄事件について書き立ててくれた。殺された用心棒の男もやはり、真壁が裏で手を回して葬ったらしい。おかげで、〈幕僚の黒い手の内で踊らされていた青年将校たち〉という図式が明るみになってき、世間からは決起を図ってくれた彼らに同情を寄せる声も出てきた。五桜の面々は軍法会議にかけられるが、民間から立候補してきた弁護人もつけられることになったので、長い裁判にはなっても極刑だけは免《まぬが》れるだろうとの見方だ。

命拾いした時の政府も、大規模な景気浮揚政策をいくつか発表し始めた。軍事費の削減もそのひとつだ。綾瀬が以前に提案していたとおり、汪華国に駐屯している部隊の大半を帰国させ、そうして得た費用が景気の改善に充《あ》てられることになった。併《あわ》せて大陸侵略案も反故《ほご》になったので、皇国が戦争への道を突き進むことも免れた。

ゆっくりと春の足音が聞こえてくる中、皇国は確実に変わり始めようとしている。クーデターは思い描いたかたちにはならなかっただろうが、五桜たちが決死の思いで咲かせた花が何らかの実は結ぶだろうと、そのように願ってやまない。

もろもろの事案が落ち着いたのち、高城は、綾瀬と共に山あいの別荘地へと出かけた。「静かなところでしばし骨休めしないか」と、彼の方から誘ってくれたのだ。その言葉に猛然と業務を片づけ、帝都から列車に乗って風光明媚《めいび》な高原地帯へと向かう。

宿泊させてもらうのは、綾瀬家の洋風白木造りの別荘だ。旅装をといてさっそく乗馬服に着替え、周辺にある馬場に移動する。二人とも乗馬は慣れたものなので、森の中へと外乗に出る。

「山頂にはまだ雪が残っているな」

先で手綱を握る綾瀬が、遠くで霞《かす》む尾根を指さす。

「ほら、高城、見てみろ。後ろからわたしの尻ばかり見ているんじゃない」

「みっ……見ておりませんッ」

背後で赤面すると「はは、どうかな」と彼が朗らかに笑う。そして二人で、清々しい空気に満ちた山道を行く。

こんなひとときを過ごせるのも夢のように嬉《うれ》しいのだが、もうひとつ、それ以上に喜ばしいことがあった。クーデターのおかげで陸軍では大規模な人事異動があり、綾瀬は大佐に、高城は大尉に昇進したのだ。しかし、二階級特進よりも狂喜したのは、綾瀬の副官に任命されたことだった。

そんなわけで高城の軍服の胸には、絹でできた金色の副官緒が下がることになった。「似合うではないか」とは綾瀬の言だ。もしかしたら、このたびの人事には彼が何かひと言言い添えてくれたのかもしれない。その証拠に、任命を受けたこちらの姿を、実に満足そうに眺めていたから。そうであるならば粉骨砕身、誠心誠意務めたい。


自然の中で一日のんびりと過ごして別荘内で夕食を取り、そのあとで互いに湯を使う。

二階にある主寝室、扉の前でひとつ深呼吸してから、ノックののちドアノブをひねる。

そっと中に入ると、綾瀬はすでにそこにいた。硝子《ガラス》の洋燈《ランプ》だけを灯《とも》した天蓋《てんがい》つきの寝台に、ゆるりと腰掛けている。浴衣《ゆかた》姿がことのほかなまめかしく映り、さりげなく呼吸が深くなる。

ごく当たり前のように手招かれたので、緊張しながら横に腰掛ける。と、彼がさっそく肩に腕を絡めてき、頬に小さく口づけを落としてきた。

ああ、とたちまち胸がいっぱいになる。自分からもこうしていいだろうかと、震える腕をおずおずと痩身に回す。まだためらいがちなその仕草に綾瀬は苦笑したが、とりあえずは、不器用な抱擁に身を任せてくれた。

「五年ぶり、か……」

彼はいたずらっぽく言った。

「あの時からどれほど成長したか、お手並み拝見といこうか」

「……申し訳ありません」

期待感で満々の顔を目の当たりにし、正直に頭を下げる。

「技巧という点では、さっぱり成長していないと思います」

「……なぜだ？　この五年、色恋沙汰《ざた》など何もなしか？　遊郭《ゆうかく》で遊ぶこともしなかったのか？」

「はい」

困惑しきりの顔を向けてくる彼の前で姿勢を正し、胸の裡をそのまま打ち明ける。

「覚えていませんか。あの時……あなたが別れ際に言ってくれたことを」

――次は、本当に好きになった相手と抱き合うがいい。

綾瀬の目がはっと見開かれ、みるみるうちに真円に広がっていく。

そこまで変なことを言ったとは思わないが、さすがの彼も絶句したようだ。だが――そう、好きな相手など、この腕の中にいる彼以外にいない。あの時自分を打ちのめしたあの言葉が、しかし、己の切なる願望を奮い立たせてくれる言葉にもなった。

「……呆《あき》れるほどの貞節だな」

ややして綾瀬が、つくづく、といった声音でつぶやいた。

「まったく、それでは、何のために筆下ろししてやったのか、分からんではないか……」

「せっかくのお気持ちを無下にして、すみません」

正直に詫《わ》び、改めて相手に向き直る。

「ですが、俺が好きなのは、今も昔もあなた一人だけです。あなたのことが、五年前からずっと忘れられませんでした。他の人となんて、その気にすらなれなかったんです」

今また胸を突き上げてくる気持ちのまま、訥々《とつとつ》と言い重ねていく。

「あなたは俺より五歳も歳上《としうえ》で、軍の上官でもある人です。しかも引く手あまたで、通常ならば触れることもできない高嶺《たかね》の花で……なのにどうしても、気持ちを捨て去ることができませんでした。初めて好きになったひとだから、あきらめ方すら分からなかったんです」

何だか泣きそうな顔をしている綾瀬が、眦を赤く染めてこちらを見つめてくる。

「俺はいつも思っていました。あなたの恋人になれたら、どんなにか幸せだろうと……もう一度ぎゅっと抱きしめることができたら、どれほど夢見心地になるだろうと……」

「……ならば、さっさと来い」

頬までもすっかり紅潮させた相手が、ぐい、と襟首を引っ張ってきた。これ以上の恥ずかしい台詞《せりふ》はよせと、照れ隠しのように唇で唇を塞《ふさ》ぐ。

「ん、……」

あわいが柔らかく重なり、すぐに熱い舌が入り込んでくる。夢に見るほど求めていた口づけだった。許された甘やかさを、蕩《とろ》けそうな気持ちで受け止める。

綾瀬の舌はあの時同様やはり巧みで、こちらを導いては痺《しび》れるほどの愉悦を与えてきた。それに胸震わせつつも、内心では忸怩たる気分に駆られる。やはり今も綾瀬に翻弄されっぱなしのようで、少し悔しい。

「……さっきはつい、呆れた顔をしてしまったが……」

口づけをほどき、彼は言った。

「わたしとて……好いた相手に対して、貞節を尽くしたい気持ちならある」

腕の中の相手がもじもじと、うつむき気味に言葉を紡いでいく。

「だから貴様の気持ちも、分からないわけではないぞ。貞淑なのは美徳のひとつなのだから大いに結構だし、何よりも、そんなところが実に貴様らしくて……」

綾瀬は観念したように続けた。好きにならずにはいられないな――

「――、……」

ややのち、目を驚愕《きょうがく》に見開いて眼前の相手を見つめる。脳に言葉が到達するまで、それくらいの時間を要したのだ。

何だ、すごいことを言われなかったか、今。綾瀬が自分を好き？　本当だろうか。そういえば、言葉で言われたのは今が初めてだった。

「馬鹿者」

呆《ほう》けた顔をしているとそれを、ぺち、と軽くはたかれる。

「好きでもなければ、一体なぜ貴様とこんなところまで来たのだ」

「は、はい。左様でありますね。でも、あの、ほ……本当ですか？」

「ああ、本当だ。こんな場面で嘘はつかん」

綾瀬は開き直った顔で言い重ねた。白い頬が、茹《ゆ》でたように真っ赤になっている。

「だがその代わり、貴様のすべてをもらうぞ。わたしをここまで翻弄したんだ、その責任は取ってもらう。わたしもその分、貴様には同じだけのものを返そう……言っただろう、わたしとて……好いた男を大切にしたい気持ちはあるのだから……」

「はい、無論です。この身体も、心も、すべて捧《ささ》げて構いません」

好いた男——と後半はもう、蚊の鳴くような声で綾瀬は言った。だから今度は、こちらが泣きそうな気分になる。不器用な、しかし精いっぱいの情愛がこもった言葉を、彼ごとしかと受け止める。

綾瀬には、もっと自分のことを好きになってもらいたい。ゆっくりでいい、もっといい男になるから、その時にもう一度惚《ほ》れ直して欲しい。

「ん、……」

想いに任せて口づけると、彼も応えてきた。舌を甘く絡め合わせ、再びの接吻《せっぷん》に溺《おぼ》れる。

口づけに没入するうち、自然と相手を押し倒してしまった。綾瀬の方で身を倒してくれたのかもしれない。緩やかにはだけた浴衣、思い切って合わせを割ると、きめ細やかな胸肌があらわになった。両端で息づいているのは、淡い桜色の粒。あの時と同じく吸い寄せられるように、それをそっと口に含む。

「あ、……」

綾瀬がうっとりと眉を寄せる。ぷっくりと膨《ふく》らんだかたちに沿って、小さな粒を舐《な》め転がしていく。

「もう少し、強く……血が出ない程度にならば噛んだっていいんだぞ、貴様なら……」

肩に手をかけ綾瀬がねだってくるが、しかし、と懊悩《おうのう》する。彼の歓《よろこ》ぶことなら何だってしてやりたいが、こんなに愛らしくていたいけな粒を傷つけられるわけがない。なのできつすぎない程度に吸い上げ、舌でねろねろと舐め転がしてやる。

「あッ、あっん……」

綾瀬がさらに身をよじった。同じようにしこっているもう片方の粒も刺激してやると、さらに甘い声が返ってくる。紙縒《こよ》りを撚《よ》るように指を使えば、「あぁっ……！」と声が切なくかすれていく。

全身で相手に覆い被《かぶ》さり、永遠になくならない飴玉《あめだま》を舐め転がすような気分で胸の粒を舐め続ける。可愛《かわい》くて、美味《おい》しくてたまらない。ひっきりなしにこぼれる綾瀬の甘い声を聞いているだけで、愉悦がふつふつと沸き立ってくる。それが早くも下腹を熱くさせ、堪《こら》え性のない逸物に芯《しん》が入り始める。

「た、かぎ、……」

すっかり頬を上気させた綾瀬が身を起こし、かすれた声で言った。

「そろそろ……交代だ」

もしかすると、無意識に腰を揺すっているこちらを気づかってくれたのかもしれない。そこはとっくに隆起し、浴衣の前を大きく押し上げていたからだ。

「わたしにもさせろ。一方的にされてばかりでは、性に合わない」

「あの、ですが……」

何とも彼らしい申し出だが、今夜は精も根も尽き果てるまで綾瀬に奉仕するつもりだったのに。しかし綾瀬は手早くこちらの浴衣の裾を割り、褌《ふんどし》も一緒にほどいてしまった。そこはすでに赤黒く屹立《きつりつ》して、興奮を余すところなく表していた。

綾瀬は隆々たる雄をあやすように撫《な》で、焦《じ》れったい調子で言い放った。

「いいではないか、好いた男の逸物を舐めたいと思っても……」

ぎゅうっ、とその言葉で、股間《こかん》も心もわし摑みにされてしまう。綾瀬は身を屈《かが》め、根元に手を添えそして、先端から一気に喉奥へと茎を飲み込む。

「ッ、……あぁっ……！」

熱い粘膜に吸いつかれて喉をそらす。腰が浮き上がりそうなほどの快感だった。綾瀬は幹を咥《くわ》え込み、舌を隅々まで使って肉鰓《えら》をねぶる。あの時高城を虜《とりこ》にした舌技よりももっと濃厚なそれで、まぶたを閉じてじっくりと舌を絡みつかせてくる。

「ンっ……、んふ……んぅ……」

しばしの熱い口淫《こういん》ののち、綾瀬がちゅぽん、と幹から口を離した。頬を上気させ、閉じた膝をもじもじと、もどかしそうにこすりつけながら。

「いかんな、早く欲しくてたまらないぞ……貴様が」

かすれた声でつぶやかれ、背筋がぶるりと震え上がった。まずい、声だけで射精してしまいそうだ。それに、その気持ちはこちらとて同じだった。綾瀬が欲しい。早くひとつになりたい

持参して来た、潤滑のための練膏《ねりこう》を手に取る。陶器の容れ物の中身を指ですくい取り、相手の脚の中心で息を潜めている肉蕾《にくらい》の、まずは周辺の細かい襞《ひだ》に塗りつける。そして襞目に沿いながら、思い切って中指を挿入してみる。

「ン、……」

綾瀬が小さく呻《うめ》いた。きつい肉環が指を飲み込み、熱い隘路《あいろ》に招き入れてくれる。初めてなので勝手が掴めないが、決して無理無体なことはせず、ぬめりを利用して慎重に内部を探っていく。

「もう少し、奥だ……臍《へそ》の裏あたり……」

「へ、へそ……」

言われるがまま、武骨な指をじりじりと侵入させていく。彼の引き締まった白い腹、そこに小さく穿《うが》たれた窪《くぼ》みを見ながら、ぎこちなく指を動かす。と、それが、わずかに感触の違う箇所に触れた時、

「あ、はァンっ……!」

艶《つや》めいた声を放ち、綾瀬が腰をよじった。彼の雄蘂《ゆうずい》も腹の上でぴくん、と跳ね、透明な蜜を散らす。

「あ、快い……そこ、っ……あ!」

さっそくの反応の良さに驚く。指に感じる淫猥《いんわい》な吸い付きはそして、そのまま下腹を刺激してくる。肉茎がぐっと反り、早く中に挿《はい》りたいと急《せ》かす。

「はぁ……あぁ、んっ……」

その気持ちは綾瀬も同じらしかった。肉鞘も指に細かく吸い付き、奥へ奥へと引き込もうとする。だがまだ、指を抜かずに隘路を刺激し続ける。もう少し、もう少しだけ、綾瀬が乱れる姿を鑑賞していたくて。

「た、かぎ……っ、もう……焦らしてくれるな、っ……」

綾瀬がこちらを、もどかしげに睨んでくる。だがその瞳が熱にうるうると潤んでいるせいで、

可愛らしくおねだりしているようにしか見えない。

　ぎゅうっ、と下腹が絞られる。今度こそ辛抱たまらなくなり、大きく息を吸って指を抜いた。猛《たけ》った自身に練膏を塗りつけ、両脚の間に腰で割り入る。

「はっ、はぁっ……」

　呼気を荒くして先端を押しつけると、熟れた熱が直接伝わってきた。急く気持ちを抑え、慎重に中心を合わせる。腰を使ってじりじりと己を埋め込み、それが半分ほど沈んだところで、思い切ってぐっ、と突き上げると――

「あ、……」

　綾瀬がかすれた声を上げる。全長が挿り込んだのを感じ、高城は大きく胴震いした。挿っている。綾瀬の中に。あれほど好きで、恋い焦がれて、夢にまで見ていた綾瀬の中に。

「はッ、は……ッ……」

　細かいおののきが膨《ふく》れ上がり、吐息が勝手に震えてしまう。相手と繋がっているんだという実感が込み上げ、急激に目の奥が熱くなってきた。瞳が潤み、情けなくも泣き出したい気分にさえなってしまう。

　深い歓びに打ち震えていると、綾瀬が腕を伸ばしてきた。広い背をかき抱き、短く刈った頭を愛《いと》おしげに撫でさする。

「どうした……そんなに嬉しいか、わたしとひとつになれて」

ないほどに。

微苦笑する。まったく不甲斐《ふがい》ない限りだが、本当に嬉しいのだ。そう、どうしていいか分から

「は、はひ……」

歓びに舌まで麻痺《まひ》しているようだ。こくこくとうなずくと、綾瀬が額に汗を浮かべたままで

「愛《う》い奴よ、高城……貴様のそんな素直なところが、わたしは好きだぞ……」

彼がちゅ、と口づけてき、笑みと共につぶやく。

「は、はぅ……」

また情けない声をこぼしてしまう。と、綾瀬が中をゆっくりと引き絞ってきた。絡みついてくる熱い媚肉《びにく》が、たまらない。吸いつけられるように腰が動き、いったん鎮まった官能がざわざわと騒ぎ始める。

「ほら、動いてみろ……貴様が感じていると、わたしだって嬉しいのだから、っ……!」

腰をよじるように突き上げる。情欲の焔《ほのお》が一気に燃え上がり、奥の奥まで己を埋め込んでいく。長大な長さを生かして肉鞘をこね上げると、綾瀬が「あァ、ンッ……」と蜜のしたたりそうな声を放つ。

「そうだ、そこ……っあ! あ、快いっ……」

探り当てていた淫腺を擦《こす》ると、彼が身をよじって喘《あえ》いだ。みっしりと隘路が狭まり、高城もまた呻く。呼気を荒くして綾瀬を組み敷き、想いのたけを目いっぱい込めて律動を送り込む。

「あっあっ……、あぁっ……！」

綾瀬の声が弾み、かすれ、甘苦しくよじれていく。全身で快楽に没入している綾瀬はあの時と同様、たまらなくみだらで、そしてたまらなく可愛らしかった。想いに任せて唇を寄せ、深く口づける。

「ふン、んむ……ふぅ……」

あわいを食《は》んで舌を絡め合っていると、細い脚が藤蔓《ふじづる》のように巻き付いてくる。結合が深まり、熱い肌と肌がさらに密着する。

「あ、快い……高城……もっと……」

反った胸の下に手を差し入れて、しっかりと相手を抱きしめる。そして、ことさらに激しく動くのではなく、じっくりと慈しむように交合を続けた。綾瀬の表情が恍惚《こうこつ》に蕩けるさまを眺めていると、こちらも蜜の海にとろとろと溶け込んでゆくようだ。

「はァ、あぁ……っ、あ、あぁぁ……」

そうして深く繋がり合い、強く抱きしめていると、どれだけ綾瀬に恋い焦がれていたかが改めて分かった。綾瀬の吐息に、声に、肌の香や熱さに触れているだけでも、胸には焼き印を捺《お》されたような疼痛《とうつう》が走る。愛しくて、愛しすぎて、どうにかなってしまいそうだ。

「あ、……高城、……もうっ……！」

腰に絡む脚がぐっと巻き締められる。こちらの腹筋に揉《も》み潰されていた綾瀬の雄蘂からは蜜が溢れ、先端をひくひくとおののかせていた。肉鞘も引き締まり、淫靡《いんび》な蠕動《ぜんどう》を繰り返す。

「ッ、う……、うぅっ……！」

水位がぐうっと膨らみ上がり、欲望が音立てて決壊しそうになる。綾瀬の動きに合わせて腰を使い、共に高みを目指して一気に駆け上がる。

「あぁあぁっ……！」

大きなものが勢いよく爆《は》ぜた。それに吹き飛ばされないよう、手脚を堅く結い合わせて互いにしがみつく。熱い嵐のような愉悦がやってき、めくるめく歓びの花弁が眼裏で散りしぶいた。

「あぁっ……、あ、あぁ……」

襲い来た悦楽が身も心も蕩かしてしまう。下肢がかたちもなく溶け、肌も汗もひとつに混じり合っていく。

相手と、重なり合うようにして寝台に倒れ込む。どう、と弾んだ身体はすぐ、乱れた敷布にずぶずぶと沈み込んでいく。

「はぁー、はぁー、……」

息をする胸の他は、指一本動かせそうになかった。しかしかろうじて、上半身を横の敷布にずらす。綾瀬を押し潰さないためにだ。そして俯《うつぶ》せになったまま、強烈な余韻《よいん》の中で喘ぐような呼吸を繰り返す。

と、綾瀬が寝返りを打ってきた。胸許にすり寄ってきた相手をもちろん抱き留め、痩身をす

っぽりと両腕に包んでやる。

こうしてみると華奢《きゃしゃ》な身体だ。込み上げるものを感じ、鼻の奥がつんとする。と、綾瀬が耳許に顔を寄せてき、満足げに囁いた。

「……とても快かったぞ。男を上げたな」

ふにゃ、と口許が緩む。その唇に口づけを落とされたので、いっそうしまらない表情になってしまう。

二人肌を寄せ合い、余韻よりももっと甘い、至福のひとときに浸る。何て心地いいのだろう。伝わってくる体温を感じていると、心がまろやかに満たされてゆく。

うとうとと眠気が込み上げてき、高城は薄くまぶたを閉じた。少しの間、このまままどろませてもらいたい——腕の中にいる綾瀬にそう囁こうとすると、

「……休憩終わりッ！」

軍隊式に言われ、思わずがばっと飛び起きてしまう。と、そこを綾瀬に押し倒され、彼があれよあれよという間に、自ら脚を開いて上に跨《また》がってくる。

「さあ、高城」

相手が、不敵に笑って宣言した。

「もう一戦交えようではないか。夜はまだ長いからな」

「……はい」

つやつやの頬で、元気いっぱいに上に乗っかっている恋人を見つめてたじたじと返す。もちろん覚悟はしていたが、今夜は長く熱く、そして激しい夜になりそうだ。

綾瀬はすでに準備運動は終えたという表情で、高城の引き締まった腹筋と、その上でぐんにゃりしている逸物をまさぐってくる。

「次はわたしにさせろ。……ふふ、貴様のよがる顔も、なかなかそそるからな」

まったく豪胆な言い様だが、それでこそ綾瀬だ、と内心で苦笑する。自分はきっと一生、この奔放な上官に翻弄され続けるに違いない。だが、願わくばそんな彼を、時に大きく包んでやれる存在になりたい。綾瀬がどこまでも鮮やかに咲き誇っていられるよう、この身のすべてを捧げ尽くしたい。

高城は、倒れ込んできた愛しい華を両腕でしっかりと抱きしめた。甘い花びらが降りやまぬような二人の夜は、まだ始まったばかりだった。

将校は愛に抱かれる

士官が一礼して執務室から出て行くのを見届け、綾瀬基己《あやせもとき》は、ほう、と息をついた。

毎日の光景とはいえ、大勢の高官たちが次々と決裁を仰ぎにやって来るさまは実に目まぐるしい。一人で捌《さば》ききれる自負はもちろんあるし、充実感だって感じてはいるが、午前中から十人も相手にし続ければ、さすがに疲労が溜《た》まるというものだ。

「高城《たかぎ》、茶を淹《い》れてくれないか」

肩を揉《も》みながら、応接卓を片付けていた副官に声をかける。と、彼がぱっと顔を上げた。まだ新しい胸の徽章《きしょう》と、金モールの飾緒《しょくちょ》を誇らしげに輝かせながら。

「はい、少々お待ちください。大佐殿」

眩《まぶ》しいくらい快活な笑顔を向けられ、思わず怯《ひる》む。相手は踵《かかと》を鳴らし、初年兵さながらのきびきびした足取りで部屋を出て行った。そんな後ろ姿に、自然と苦笑いがこぼれる。

（まったく、……）

たかが茶一杯のために張り切りすぎだろう。高城のことだから、自分の副官になった暁にはさぞまめまめしく仕えてくれるだろうと思っていたが、これほどの働きぶりは予想外だった。

帝都を揺るがした三月のクーデター未遂事件から、早二ヶ月。

このたびの一件は、〈三月事変〉と称されるようになった。軍の幹部陣が一新されたことで大規模な人事異動が行われ、それを機に、裏切り者のあの副官には容赦なく馘首《くび》を言い渡してやった。そして、高城を歩兵から近衛《このえ》に転科させ、高級幹部の秘書役である副官に任命することを決めたのだ。

だいぶ私情を挟んだ人選だったわけだが、事件捜査では一番活躍してくれたことだし、それほどの能力があるのに埋もれていた彼を、大尉まで昇進させてやるのは当然といえよう。まめで気の利く性格だからということを差し引いても、彼ほどの適任者はいない。そう、いろいろな意味で。

「お待たせいたしました」

少々ののち、高城がいそいそと戻って来た。ほんのり湯気の立つ茶碗《ちゃわん》と、ささやかな菓子を盆に載せて。

「ああ、悪いな」

心を尽くしてくれたことが分かるそれを受け取ると、「恐れ入ります」との照れ顔が返ってきた。犬であれば、隠しきれない嬉《うれ》しさにぶんぶんと尾を振っているところだろう。五歳も歳《とし》下《した》のまだ二十三歳であるせいか、親心のような目線も混じってくすぐったさが込み上げる。

「他にご用はございますか?」

「いや、ない。自分の仕事をしてくれ」

「はっ、承知しました」

高城が一礼し、斜め向かいにある自分の机に戻る。そんな姿はやはり、ぴんと耳立てた忠実な軍用犬のようで、気張りすぎるなと頭でも撫《な》でてやりたくなってしまう。

内心で苦笑しながらも、真摯《しんし》に自分に仕えてくれる相手の顔を──その実、恋人でもある男の顔をこっそり盗み見る。

高城は口許《くちもと》をきりっと引き結び、各部署へ届けるための書類を取りまとめ、一部一部を丁寧な手つきで封筒に入れていた。単純な事務作業をする時も、彼はいつでも真剣そのものだ。

そんな、生真面目のお手本のような表情をしているせいか、

（──押し倒したい）

と、つい不埒《ふらち》な欲望を抱いてしまう。

両手にすぐ、高城の厚い胸板に手を這《は》わせた時の感触が蘇《よみがえ》ってくる。その時のくすぐったそうな、上に乗られて少し困ったような様子の高城の顔も。

（……ふふ）

書類仕事に励む恋人をよそに、夜のあれこれを思い浮かべてこっそり笑む。

こちらが毎回、手取り足取り念入りに指導していることもあり、閨《ねや》の技巧もどんどん上達を見せている。最近では果敢にも初手から攻め込もうとしてくることもあり、そこを勿体《もったい》つけてあしらってやるのがたいそう愉《たの》しい。

さすれば高城は焦《じ》れったそうに、劣情を滲《にじ》ませた雄のまなざしで物欲しそうにこちらを見つ

めながら、教え込んだとおりにそちこちを愛撫《あいぶ》してくれる。彼の〈初陣〉を知っているだけに、その進歩が嬉しく、そしてほほ笑ましくなってしまう。こんなことでも自分の期待に応えてくれる歳下の男が、可愛《かわい》くて仕方がない。

その時、扉がノックされた。ふしだらな回想をぱっと追い払い、何食わぬ顔で手許にあった報告書に目を落とす。

高城が立ち上がって応対し、短いやり取りののちに戻って来る。

「申し上げます。来週の儀仗《ぎじょう》訓練の時間が決まりました。月曜の十三時からです」

「分かった。視察する旨、伝えておいてくれ」

「しかし、……」

彼が、気遣わしげに眉を寄せる。

「そうすると、昼食の時間が短くなってしまいますが……」

「仕方あるまい。その日は簡単に済ます」

忙しい時の常として、移動中に適当なものをかっ込むことになりそうだ。しかし納得しがたい顔をしている高城に、重ねて言ってやる。

「気を遣いすぎるなと言ったろう？　何、わたしはそれほど柔ではない」

すると相手は仕方なさそうにうなずき、「ご無理はなさいませんよう」と言い添えてくれた。

多忙を気遣ってくれるのもありがたいが、こちらが一度言い出したら聞かないことをよくよく理解してくれているのも、実にありがたい。

「ああ、そうそう」

ついでに、と口を開く。

「今日の午後、調練の前に少し時間があるだろう。そこに、中隊長たちとの面会を入れてくれ。あと、来週の夜の会食にも出る。汪華《ワンファ》から帰還した師団長が参加なさるそうだから、現地での話を聞いておきたい」

「はい……承知しました」

高城はもう余計なことは言わず、予定表にその旨記入していく。綾瀬からすればもっと詰めてもいいくらいだが、高城の目を回したくないので、これくらいにしておいてやろう。

だがいずれは、と思う。

もっともっと彼を鍛えて、自分のいる場所まで引っ張り上げてやりたい。高城なら充分にやり遂げてくれるはずだ。彼の伸びしろは、この自分が一番よく分かっている。加えて、それを一番間近で見るのは、誰あろう、上官にして恋人でもある自分だけに許された特権なのだから。


五月らしく、爽《さわ》やかに晴れ渡った日だった。

午前の勤務を終えた綾瀬は、今日のために用意してあった式典用の礼装軍服を着込む。

細かい部分の装飾が実に華麗で、扱う手は自然と慎重なものになった。同時に、大役に臨むのだという思いに心が引き締まる。

表に出ると、同じく礼装姿の高城が、車のドアを開けて待っていてくれた。乗り込む前に「ほう」と、晴れやかな姿をとくと眺める。

「似合うではないか」

お世辞抜きで言ってやると、彼が小さくはにかむ。

「大佐殿も、その……たいへん麗しいです」

互いに笑い合う。たまにはめかし込むのもいいものだ。「では、参りましょう」の声に「ああ」とうなずき、後部座席に腰を下ろす。滑らかに発進した車が、軍港のある方面に向かって走り出す。

「緊張しているか？　高城」

「ええ、まあ、正直に言えば……」

バックミラーに映る眉が素直に下がる。高城にとっては、着任してから初めての大仕事になるはずだ。緊張をほぐしてやるのも上官の役目だろうから、綾瀬は後部座席からあれこれと話しかけてやる。

本日から、同盟国・ロワイユ王国の大使らを含めた使節団が、大和皇国《やまとこうこく》を訪れる。

主な目的は、五年前に結んだ二国同盟の延長と改訂だ。その他、軍高官との会談や、関係施設の視察なども行う。滞在は一ヶ月の予定だ。

西域の大国であるロワイユと親交を持つことは、国際社会で頭角を現すことに繋《つな》がる。東域の各地に植民地を持つロワイユにとっても、顔を広げる意味で悪い話ではない。同盟の延長が叶《かな》うことで、互いの交流はますます密なものになるだろう。

ハンドルを操りながら、高城が話しかけてくる。

「大佐殿にとっては、ロワイユというと、さぞ懐かしいのではありませんか？」

「ああ。多くの物事を学ばせてもらったからな」

深くうなずき、少しだけまぶたを細める。

ロワイユ王国は、綾瀬が駐在武官として滞在していた国だ。五年前の同盟締結の場にも、高官たちと共に同席した。その時の晴れがましい気分が胸に蘇る。

二年の任期はあっという間に過ぎたが、思い切って飛び出した国外で得た見識は、今も綾瀬の財産になっている。そんな縁もあって、今日の使節団の出迎えを仰《おお》せつかることになったのだ。きっと、見知った顔も中にはいることだろう。

「それにしても……」

高城の後ろ頭を眺めながら、ふと思ったことを訊《き》いてみる。

「貴様がロワイユ語を選択してくれていたおかげで助かったぞ。なぜ、ロワイユ語を？」

皇国の主たる同盟国といえば、ロワイユ王国のほか、ザイドリッツ帝国が挙げられる。古くからの歴史を持ち、国民は質実剛健で勤勉だ。そこに親近感を覚えてか、士官学校ではザイドリッツ語を選択する生徒の方が多い。高城なら当然、こちらを選ぶと思っていたのだが。

するると相手は、少々ためらったのちにつぶやいた。

「……あなたが派遣された国の言葉なので」

思わず瞬《まばた》きした。意味を解してすぐ、胸の奥がきゅんとよじれる。

まったく……と、かなり苦労して苦笑いを噛《か》み潰《つぶ》す。バックミラー越しに相手を窺《うかが》うと、さすがの高城も照れ臭そうな顔をしていた。五年前の、まだ士官候補生だった彼の姿がそこに重なる。昔も今も、本当に一途《いちず》な男だ。

「あの、大佐殿」

軽い咳払《せきばら》いを挟んで空気を変え、高城が問うてくる。

「同盟再締結の申し入れはロワイユ側からだったと聞いたのですが、やはり……ガヴィーク帝国の動きを危ぶんで、ということでしょうか？」

「ああ。おそらくな」

それを聞き、すぐに表情を引き締める。

ガヴィーク帝国は、西域大陸の北部をほぼ占有する、世界最大の帝国だ。

国土は大きいが、大半は農地に向かない凍土が広がっており、国外への侵攻を繰り返すことで領土を広げてきた。今現在もガヴィークの主力軍が、領土拡大を狙って西域大陸の中東部に置かれている。

　その主力軍が駐留している地域が、ロワイユの植民地とも接しているのだ。よって近年、ガヴィークとロワイユの間で緊張が続いている。このたびの滞在中にロワイユ軍の高官たちとの会合を持つ予定があるが、当然、その話も出るに違いない。

「もしかすれば、金銭的援助など頼まれるかもしれんな。まあ、とりあえずは相手の話をよく聞くことだ」

「はい」

「ほらほら、緊張するのはまだ早いぞ」

　高城の広い肩に力が入ったのを見て取り、意識して軽い調子で言ってやる。

「会合には貴様も出席してもらうが、貴重な機会だと思って、じっくり耳を傾けていたらいい。そしてわたしの副官として、いつものようにわたしを支えてくれればいいのだ」

「はいっ。それはもう、お任せください」

　彼の表情が、一転して自信に満ちたものになる。しかと胸を張ってくれたその姿が嬉しく、

「期待しているぞ」と言い添えてやる。まだまだ危ういところもあるが、ちゃんと頼もしさだってある男なのだ。

港には、すでに大勢の人々が詰めかけていた。軍関係者だけでなく、報道陣や見物人が、遠い西域からやって来た巨大な軍艦をひと目見ようとごった返している。

停泊しているその軍艦のちょうど横が、歓迎式典の会場だ。緋毛氈《ひもうせん》が敷かれ、周囲では五色の旗が海風にはためく。

他の士官たちと位置につく。きらびやかに着飾った儀仗兵たちが勢揃《せいぞろ》いしたところで、軍楽隊が高らかに喇叭《らっぱ》を鳴らした。綾瀬も、背後に控えている高城と共に、背筋を伸ばして敬礼する。

タラップからまず、使節団の代表を務める外相夫妻が降りて来た。笑顔で手を振る二人に、見物人らがロワイユと皇国の国旗を盛んに振って歓迎の意を示す。

警護のために同伴している軍人たちも、続々と姿をのぞかせる。ロワイユの軍服は白地に金の装飾をあしらったもので、陽光を弾《はじ》いて眩しいほどだ。周囲の喝采《かっさい》も、ひときわ大きくなる。

懐かしい軍服に、思わず小さくまぶたを細めていると、

（……ん？）

列の後ろから、すらりと背の高い軍人が姿を見せた。胸には数々の勲章。彼はたてがみのように豪奢《ごうしゃ》な金髪をなびかせ、その碧《あお》い眼《め》で睥睨《へいげい》するかのごとく群衆を見渡す。

（――うっ）

思わず敬礼を崩すところだった。まさか、と何度も瞬きするが、見間違えようはずもない。

五年経《た》ってはいても、その派手やかな姿は即座に目に飛び込んでくる。

ジェルマン・ドゥ・ラ・フォンターニュ――ロワイユの海軍大佐だ。

年齢は二十七歳。実家は三代続く公爵家で、そのとおり、物腰にも顔立ちにも堂々たる貴族の威風が漂う。本人のみならず、親兄弟から親類に至るまで皆が軍の要職に就いている。そう彼から聞いた。

ジェルマンは磨き抜いた白い長靴《ちょうか》で軽やかにタラップを踏み、皇国の地に降り立った。まさか、まさか彼がこの国を訪れるとは。内勤が多いと聞いていたから、再会することはきっとないだろうと思って、彼のことは忘れるともなく忘れていたのに。

動揺を押し隠そうと足許《あしもと》で踏ん張っていると、ジェルマンの目が、使節団に花輪を渡す係の女学生に止まった。彼は花輪を受け取りつつ、相手にとびきりの笑顔を向ける。

えび茶の袴《はかま》に三つ編みの女学生はたちまち、ぽっと頬染めてうつむいてしまった。絵物語の王子さながらの容貌を持つ相手にほほ笑まれては無理もない。しかし綾瀬はげんなりする。その軟派なところ、五年前とまったく変わっていない。

ジェルマンが、緋毛氈の上を歩き出す。さりげなく周囲の皇国軍人たちの顔を見定めているのが見て取れ、焦りがざわっと膨《ふく》らむ。

気づかないでくれ――と祈ったが、もちろん無駄だった。ちょうど前をすれ違いざま、相手の碧眼《へきがん》が、顔の上でぴたりと止まる。

ジェルマンがまなざしを合わせてき、口許でほほ笑んだ。そしてこちらにだけ分かるよう、意味深に片眼で瞬きを寄越してくる。

（まずい――）

せめてもの思いで目を伏せる。脇下にじわっと嫌な汗が滲み、五年前のあの日々が蘇った。情欲の赴くまま、相手から誘われるままに、思うさま乱倫に耽《ふけ》っていた頃の。

意地でも表情は崩さなかったが、そんな顔すらも面白そうに眺めて、ジェルマンは悠々《ゆうゆう》とこの場から去って行った。あとでじっくりと話そうじゃないか。二人きりで――そんな色合いをまなざしに込めて。

歓迎式典はつつがなく終了し、そののち、港からもほど近いホテルに移動する。

同盟再締結の調印式は明日行われるので、今夜は前夜祭として晩餐会《ばんさんかい》が催される。軍関係者や、華やかに着飾った招待客らが、シャンデリアの下で賑《にぎ》やかに話し交わす。

『船旅はいかがでしたかな？　ラ・フォンターニュ大佐。さぞ長かったでしょう』

久我山《くがやま》少将が、シャンパングラス片手に相手に話しかけた。その横では着物姿の少将夫人も、金髪碧眼の美丈夫に向けてほほ笑む。

綾瀬も高城と共に、激しい動揺を抑えつけながら彼の接待に加わる。ジェルマンがこちらに何を話しかけてくるのか気が気ではなかったが、まさか、少将の前では余計なことは言わないはずだ。

　ジェルマンがにっこり笑う。

『いいえ。ようやく皇国を訪れることが叶うのですから、退屈などはしませんでしたよ』

『ほう。それほどまでに楽しみにしてくださったとは』

『ええ。実は……』

　ジェルマンの碧眼が、出し抜けにこちらに向けられる。一気に心臓が竦《すく》み上がった。何だ、何を話すつもりなのか。

『綾瀬大佐が駐在武官だった頃、よく皇国の話をしてくれましたので。彼と再会が叶ったことも、この上ない喜びです』

　ジェルマンはそう言うが早いか、優雅な仕草で手を取ると、甲に熱っぽく口づけを落としてきた。振り払うこともできず、苦々しい思いでそれを受ける。

　ちら、と高城を横目で窺う。単なる挨拶に見えているのだろうが、何も知らないその視線がいたたまれない。

『当時は、大佐と親しく付き合っておられたのですかな？』

『ええ。それはもう、忘れられないひとときを過ごさせてもらいましたよ』

　含みある言い方と共に、意味深な目線までも投げかけられる。さすがに、いい加減にしろと睨《にら》み返すが、ジェルマンは外面よく話し続ける。

『皇国は、街並みは洗練されているし、軍人たちは凜々《りり》しく礼儀正しい。そして、女性は皆美しい方ばかりだ。はるばる訪れた価値は充分にあると思いました』

少将夫人が眉を下げる。とにかく口が上手《うま》く、その分、色事にも長《た》けた男なのだ。

夫人も交えてあれこれと語り合ううち、久我山のもとに下士官が一人やって来て耳打ちする。それを機に一同がばらけたので、とりあえずは内心でほっと息をつく。

久我山はどこかに呼ばれたようだ。では――

「高城。夫人を部屋までお送りしてやってくれ」

彼の副官は久我山と一緒に行かねばなるまいが、こちらはとりあえず何とでもなる。その意を汲《く》んだ高城がすかさず、「お供いたします」と夫人に寄り添ってくれた。

場を離れて行く二人の後ろ姿を見送り、ひとつ深く息を吸う。

無駄に引き延ばしはしたくない。そう覚悟を決めて、残った相手に向き直ると、

『モトキ』

ジェルマンがさっそく呼びかけてきた。向こうも、考えていることは同じか。

相手は〈礼儀正しい将校〉の仮面を取っ払い、すでに、悪い遊びを仕掛けてくる時の表情になっている。五年前と同じように。

『邪魔な副官を追っ払ってくれて助かった。表へ出よう。その方がいいだろう？』

無言のままうなずく。受けて立つつもりで綾瀬は、大股で相手について行く。

ジェルマンが自分の副官を適当な理由をつけて下がらせたので、二人きりでテラスに出る。テラスの先の庭には、庭灯がいくつか点《とも》っているだけで誰もいなかった。硝子《ガラス》窓越しにそっと大広間を振り返っても、こちらを不審視している者はいないようだ。

二人きりになるのは危険だが、長々と話すつもりはない。言うべきことだけをきっぱり伝えて去ろうと口を開きかけたところで、

『ずいぶんとつれない態度じゃないか、モトキ』

身体《からだ》の横の壁に手を突かれた。抵抗する間も与えられず、ジェルマンが燃える碧眼を向けてくる。

『よしてくれ、ジェルマン……！』

睨んで抗議するが、相手はお構いなしだった。壁と腕の隙間《すきま》にこちらを囲い込もうと、ぐいぐい迫ってくる。

『よしてくれだと？　さっき言ったことは誇張でも何でもない。君ともう一度甘い時間を過ごしたくて、私が海上でどれだけ身体を火照《ほて》らせていたか分かるか？　君のなめらかな肌、しなる身体、奔放な振る舞いが、どれほど恋しかったことか……』

やはり、と唇を噛む。来訪の目的はそれもあったのだ。綾瀬はきっと視線を強め、〈昔の男〉を——否、駐在武官時代の遊び相手だった男を睨む。

『割り切った付き合いだっただろう？　わたしがロワイユにいる間だけの。別れる時もお互い、納得ずくで別れたはずだ。今さら、都合のいいことを言うのはよしてくれ』

『ああ、確かに、都合のいい話であるのは分かっている。しかし、使節団の警護のために皇国行きを打診された時、真っ先に君のことを思い出した。するとたちまち、燃え上がる気持ちが抑えられなくなった』

ジェルマンはそのとおり、蒼《あお》い眼に熱を湛《たた》えてこちらに迫ってくる。

『君だって覚えているだろう？　忘れたとは言わせないぞ。私たちがどれほど、熱く蕩《とろ》けるような時間を過ごしたか……』

反射的に思い出してしまう。ロワイユの王宮内にある迎賓館にて行われた調印式、その後の祝賀会で、この男はまったく、色目のお手本のような目つきで迫って来たのだった。『せっかくだ、私たちも個人的な親交を結ばないか？』と。

皇国人がもの珍しかったのだろうが、欲望を隠さないその態度は、いっそ清々《すがすが》しいくらいのものだった。だから——暇つぶしも兼ねて、受けて立つことにしたのだ。ロワイユの人間と〈親しく〉しておけば、のちのち役に立つこともあろう。そんな下心も加味した向こう見ずな判断が、今になって悔やまれる。

刹那《せつな》の遊び相手とお互いに決めていたから、いきおい〈遊び〉は激しいものとなった。ジェルマン曰《いわ》く、自分はいずれ同じ貴族の娘と政略結婚させられる身だから、それまでは思い切り羽目を外すことにしているのだそうだ。

逢瀬《おうせ》の場所はたいていジェルマンの邸宅だったが、ラ・フォンターニュ家が代々所有する古城に招かれたこともあった。郊外の森の中にそびえ立つ、貴族の権勢を象徴するかのような城。『皇国人は風呂が好きなんだろう?』とジェルマンは言い、わざわざ専用の浴室を作らせ、二人で入れる特注の琺瑯《ほうろう》引きの浴槽まで据《す》えた。そこを二人の褥《しとね》にして、湯の中に薔薇《ばら》の香油を入れたり、ミルクの匂いのする泡を浮かべたりと、創意工夫を凝らして絡み合った。『私も風呂が好きになったぞ』と熱っぽく囁《ささや》くジェルマンの声は、今も耳に残っているほどだ。

森の中で抱き合ったこともあった。城を取り囲む森へと外乗に出た際、つい淫心が昂《こう》じて、馬を繋いだその横で二人、荒馬のような体勢で――いや、これ以上思い出すのはよそう。己の多情さにうんざりするだけだ。

『――わたしはもう、そういうことは一切やめたんだ』

相手の顔を見、きっぱりと言い返す。

『五年前のわたしとは違う。もう一切、つまらぬ遊びはしないと決めたのだ』

ジェルマンが不満気に眉を寄せる。

『宗旨替えか? なぜだ、何があった? それで君の身体が満足するとは、とても思えないがな』

　淫乱ぶりを指摘されてかっと頬が染まる。が、ジェルマンはすぐ『ああ、そうか。そういうことか』と何かに気づいた顔をする。

『どうも、やたらとあの副官を気にしていたようだったが……』

　ぎく、と心臓が竦む。

『つまり、あの男が、今の君の〈お気に入り〉なんだな？　あの男がいるから、特に不自由はしていないと？』

　無言を肯定と読み取ったか、ジェルマンが不敵にほほ笑む。

『ならば、三人で愉しもうじゃないか。私とあの副官で、君をたっぷり可愛《かわい》がる。君を独占できないのは癪《しゃく》だが、その分、乱れる顔を見せてくれれば……』

『――ジェルマン』

　さすがに腹に据えかね、語気を強めて言い返す。

『よしてくれ、最低だぞ。そういう意味でお気に入りなのではない』

『じゃあ、どういう意味だ？』

　ただ茶化したいのか、それとも、本気で分からないのか。ますます距離を詰めてくるジェルマンと相対し、正面から言ってやる。

『わたしは……、五年前のわたしを知る貴様にはにわかに信じがたいかもしれないが、わたしは高城のことが……』

なぜだか言い淀《よど》んでしまう。五年前の……いや、つい最近までの自分が心に引っかかったからだ。好き放題に男を漁《あさ》り、相手を誰か一人に定めるなど、考えてもみなかった多情な自分が。当時の遊び相手だったジェルマンが目の前にいるおかげか、愚かだった己の姿が眼前に突きつけられるかのようだ。

『要するに、あの副官に操を立てたいということか？』

こちらの顔をのぞき込み、相手が続ける。

『まるで、あの副官が本気の恋人でもあるかのような言い方だな、モトキ』

『ああ、そのとおりだ』

話の流れで言ってしまう。と、相手の碧眼がぎょっと見開かれた。

構うものか。けなされても、大笑いされてもいい。これだけはきっぱりと言っておきたかった。

『彼はわたしの恋人だ。正真正銘、心も身体も許し合った、かけがえのない相手だ。だからジェルマン、貴様とはもう、ふしだらなことは一切しない』

『……、ふむ』

嘲笑《ちょうしょう》をぶつけられると身構えていたが、しかし、相手の反応は意外なものだった。一転してまじまじと、物珍しげにこちらを見つめてくる。

『つまりそれだけ、あの副官を好いていると？』

『ああ、そうだ』

　言い返すが、ジェルマンは鼻を鳴らす。

『君らしくもない。あの副官のどこがいいんだ？　ただの平民だろう？　なるほど体軀《たいく》は見事だし、いかにも忠誠を尽くしてくれそうな面構えだったが、今ひとつ面白味には欠けるな。そういう男を君が好きになる？　ふむ、実に不可解だ』

　高城をさんざんに言われてむっとする。しかしジェルマンも同じように不満気に眉を寄せ、なおも問うてくる。

『どちらから迫った？　君ではないだろう、相手からだな。それはそうだ、魅力的な君のそばにいて何とも思わない男はいない。歳下男に熱っぽく迫られて断り切れず、暇つぶしも兼ねて付き合ってやっている……そういうところだろう？　どうせ』

『ジェルマン、いい加減にしてくれないか』

　こちらの言うことをまともに取り合わない態度にげんなりする。名うての遊び人には本気の恋など想像もつかないらしい。加えて、このままでは馴《な》れ初《そ》めまで根掘り葉掘り聞き出されそうだ。

『何と思おうと貴様の勝手だが、ジェルマン、これだけは言っておく』

　とっとと話を切り上げる前に、綾瀬はきっぱりと続けた。

『高城に余計なことは言うな。彼はわたしの恋人で、そして、大切な部下でもある。そんな存在を小馬鹿にしようものなら、いくら貴様でも許さぬからな』

『……ふふ』

ジェルマンは口許だけで笑い『そういう気の強い顔は昔のままだな、モトキ』と不敵につぶやく。

『君は五年経ってもとても魅力的だ。ますますあきらめ難くなるな』

しつこい奴《やつ》だと、綾瀬は重ねて念を押す。

『わたしにはもうその気はないし、横入りする隙間などないんだからな。あきらめることも肝心だぞ』

と、室内から硝子窓を軽く叩《たた》く音がした。ぎくっとそちらを向く。

「こちらでしたか、お二人とも」

高城だった。瞬時に表情を取り繕い、何事もなかったかのように装う。

「ああ。少し外の空気を吸っていたんだ」

相手の表情を窺う。いつもの生真面目なそれからすると、不審にも思っていないようだ。とりあえずほっとするが、後ろめたさはかえって膨らむ。

高城は――高城にだけは、ジェルマンとの関係を知られたくはない。大勢の男と寝てきたことはとっくに承知だとしても、その相手といざ相対したら、絶対にいい気はしないはずだ。

「左様ですか。飲み物でもお持ちしましょうか？」

「いや、大丈夫だ。ところで、小林《こばやし》中佐はどちらにいる？　ラ・フォンターニュ大佐を紹介したい」

第三者を招くことで、私的な話は防げるだろう。付け入る隙を与えてたまるかと、高城を伴って大広間へと戻る。しかし追いかけて来るジェルマンの視線がずっと、背中に痛かったが。


翌日の調印式も無事に終わった。皇国とロワイユの結びつきがより強いものとなるよう、互いの期待がこもった再締結となった。

式典に参列しながらも、綾瀬は考えていた。ジェルマンは横槍《よこやり》を入れる気満々なのだろうが、思いどおりになどさせてたまるか。この先、あと数回ほどは顔を合わせる機会もあるが、人目もあるし、その中で口説きにかかることなどできるはずがないのだ。

だから、こちらさえ隙を見せなければやり過ごせる。高城にだって気づかれずに済む。ジェルマンが帰国する日まで頑張り通せば、何事もなかったかのように丸く収まる——はずだ。

調印式の翌日。高城の運転で、軍関係者がよく利用する西洋料理店へと向かう。

赤煉瓦《れんが》造りの建物の横にある駐車場には、すでに軍所有の黒塗《ぬ》りの車がずらりと停《と》まっていた。空いている一角に滑り込む。

「遅くなって申し訳ない」

「いいえ、お時間ちょうどです。どうぞ中へ」

給仕係に案内され、奥にある特別室へと向かう。重要会議が開かれるゆえ、本日は貸し切りだ。

中に入ると、皇国とロワイユの高官らが、長い洋卓を挟んで勢揃いしていた。待たせたことを詫《わ》び、高城と共に席につく。

会議が始まる前にジェルマンから話しかけられるのを防ぐため、ぎりぎりの時間に着くよう調整したのだ。姑息《こそく》なやり方だが、面倒を避けるためには仕方がない。案の定、斜め向かいに座っているジェルマンが、わざとらしく咎《とが》めるような視線を向けてくる。

「大佐殿」

配布された資料を確認していると、高城にそっと話しかけられた。折り畳んだ小さな紙片も渡される。

「ラ・フォンターニュ大佐からだそうです」

「……何だと？」

つい眉が寄る。高城からは見えないように手許で紙片を開くと、流麗な筆跡で〈会議の後に二人で話せないか?〉とあった。

あきらめの悪い男だ。紙片をくしゃりと揉み潰すことによって返事に代える。向かい側で肩を竦めるジェルマンを尻目に、資料をめくるふりを続ける。

時間になったのを機に、司会進行役の下士官が『では』と口を切った。ロワイユ側の代表であるヴァランタン海軍少将が、威厳を持って椅子から立ち上がる。彼はジェルマンの直属の上官だ。

『本日はこのように、二国の優秀な将校が集まる機会を得て光栄に思う。同盟も改訂延長されたことであるし、我々の協力関係がいっそう緊密なものとなるよう、実りある話し合いを望んでいる』

今日の会合は、西域・東域諸国の動静について意見交換したり、平時の両国軍の動きについて話し合ったりすることが目的だ。軍事に関わることゆえ一般に公表はされないが、今後の皇国軍の動向を決める上で重要なものになる。

『さっそくお聞きしたいが、ガヴィーク帝国の現在状況はどんなものか?　ロワイユ側ではさぞ、気を揉んでおられることと思うが』

久我山少将が問いかける。皇国側で参加しているのは、陸軍からは久我山と、綾瀬を含めた大佐三人。海軍からも同等の将校が、それぞれの副官や部下を引き連れて同席している。

問いを受け、ヴァランタン少将の隣に座っている、メロー陸軍大佐が口を開く。

『ええ。今回、議題に挙げたいのは、まさにそのことです』

やはりか、と腹底が引き締まった。先日、車中で高城が言っていたとおりだ。〈緊張が続いている〉と報告を受けてはいたが、それは遠回しな言い方で、本当はもっと深刻な事態になっているのではなかろうか。

メロー大佐の横にいるジェルマンが、今ばかりは生真面目な顔で、『手許の資料をご覧ください』と皆に促す。

『周知のとおり、ガヴィーク帝国は南下政策を推し進めるため、主力軍を西域大陸の中東部に置いています。しかし近年、ガヴィークの支配下にある国々で独立運動が起こっており、特に、中東のタルディナ国がクーデターを起こして、首都で内乱になっているところです』

タルディナは長年、ガヴィークの圧政に苦しめられてきた国だ。民衆の恨みはさぞ深いだろう。タルディナはそして、ロワイユが植民地にしているルクサルと、山ひとつ挟んで隣り合っている。ルクサルに駐留しているロワイユ軍にとって、決して安穏と眺めていていい状況ではないのだ。

『ガヴィークは鎮圧に躍起になっていますが、主力部隊が他国へ遠征していた時だったゆえに初動が遅れ、加えて、反政府勢力――タルディナ解放組織、と自称していますが――の勢いの方が強く、首都の郊外で大交戦になっているという情報が入っています。タルディナの優勢を見て、義勇兵たちも次々加わっていると』

久我山が質問する。

『一般市民の状況は？　市民全員がクーデターに加わっているわけではなかろう』

『交通機関が麻痺《まひ》しているので、会社や商店は休業、一般市民は通常の生活が送れずにいます。首都では連日、暴動が起こり、破壊と略奪行為の横行によって死傷者も出ています。迂闊《うかつ》に外を歩けない状態です』

市民たちの混乱と恐怖を想像し、綾瀬は口許を結んだ。ガヴィークとしては、反政府勢力を何としても抑え込みたいところだろう。今後さらなる兵力を注入してくるのであれば、惨事の拡大は避けられないかもしれない。その場合犠牲になるのは、名もなき無辜《むこ》の民たちだ。

『内乱のせいで、地方や国外に逃げる一般市民が急増しています。夜間に山越えをして、ルクサルまで決死の逃亡を図る者も。ですから、タルディナとルクサルの国境付近にロワイユ兵を派遣し、一般市民の保護に努めているところです』

『ふむ、ふむ……』

久我山がうなずく。

『事態は長引きそうであるな。しかしロワイユとしては今のところ、表向きは中立の姿勢を取りたいのですな？』

メロー大佐もまた、うなずきを返す。

『直接の攻撃を受けたわけではありませんから、積極的な戦闘は避けるべきだと考えています。

ちなみに、ザイドリッツ軍とも緊急で会談を行いましたが、あちらも同じ考えのようです』

タルディィナは、大和皇国の古くからの同盟国・ザイドリッツとも接している。よって、そちらに助けを求める者も多いようだ。ザイドリッツも人道の観点から、逃れてくる市民を保護し、また、タルディィナに密《ひそ》かに武器支援も行っていると。

『ではこのまま、支援をしながらクーデターの沈静化を待つと……』

『――そのように消極的な態度はいただけませんな』

その時、切り込むように発言する者があった。全員がそちらを見つめる。

海軍の後藤田《ごとうだ》大佐だった。海軍を象徴する群青色の軍服姿で立ち上がり、ぎょろりと皆を一瞥《いちべつ》する。

後藤田はやり手の将校だが強硬な振る舞いが多く、その分敵も多いと聞いている。歳は綾瀬のひとつ下だったたか。

『裏からこそこそと支援を続けて、それで必ず内乱が収まるものか？　ガヴィークは狂犬のような国だ。正面から打撃を加えてやらないと、物事は解決しないでしょう』

『……というと？』

後藤田のちょうど正面にいるジェルマンが、眉を寄せて問う。後藤田は堂々と述べた。

『我らの同胞ザイドリッツが、タルディィナに武器支援している。よって皇国も、ザイドリッツを支援しないいわれはない』

綾瀬は眉をひそめる。皇国陸軍はロワイユ軍を手本に創設されたが、海軍はザイドリッツ軍を倣《なら》うかたちで作られた。なのでザイドリッツびいきの海軍軍人は多い。しかし、ロワイユの高官の前でそれを言うのは配慮がなさすぎるというものだ。

後藤田が、声を高めて続ける。

『タルディナは大変な状況であり、すでに内乱という事態からは逸脱し、戦乱もかくやという有様であるように思う。であるからして、ここは表立っての支援を……そう、タルディナと共に戦うべきではないのか』

『後藤田大佐、それは――』

話の流れに嫌なものを感じ、慌てて口を挟む。が、聞こえなかったかのように相手は続ける。

『大和皇国とロワイユ、ザイドリッツ、タルディナ解放組織と、勇敢なる義勇兵たち。この者たちが連合軍となって、中東の脅威であるガヴィークを倒す。ガヴィークの主力軍は現在四十万と聞いているが、兵員の数だけであれば互角であろう。武器支援のみに留《とど》まらず、我々も武器を持ち、潔く戦闘に加わるべきではないか』

『これは、これは』

後藤田の熱弁を聞き、ロワイユの面々が驚き顔をする。

『ではつまり、皇国としては、中東に派兵してもいいとお考えか？　場合によっては、ガヴィークに宣戦布告もあり得ると？』

『ああ。そのとおり』

メロー大佐の問いかけに、後藤田が胸を張る。

『同盟国が戦乱に巻き込まれようとしている今、それを見てぐずぐずしている我々ではない。ここで戦わなければタルディナを見捨てるようなもの。であるからして――』

『待てッ、後藤田大佐』

綾瀬は堪《たま》りかねて立ち上がり、勝手な演説を制する。

『そんな話は聞いていないぞ。海軍の独断専行で話を進めないでもらいたい』

ロワイユ側にもはっきり伝わるよう、ロワイユ語で相手に呼びかける。しかし後藤田は、こちらの鼻面をぴしゃりとひっ叩くように言った。

「お騒がせの陸軍は黙っていて欲しいものだな、綾瀬大佐」

ぐっと詰まる。それを見た海軍の面々が、揃って得意気な表情を見せてくる。

例の三月事変以来、海軍は陸軍に対して常に偉そうな態度を取ってくる。陸軍将校が海軍出身の重臣の殺害を企てていたとあっては、未遂とはいえ申し開きも難しい。陸軍を攻めぬよう海軍の上層部からお達しがあったはずなのに、後藤田の耳には入らなかったようだ。

『陸軍はどうも腰が引けているようだが、我々海軍は違う。同盟国の周辺がきな臭くなっている時に、遥《はる》か遠くで眺めているだけの腰抜けはいない。そうだ、今こそ戦争だ。同盟国同士で団結し、我々の力を見せつけるべきだ』

決定的なひと言に戦慄《せんりつ》する。戦争。簡単に言うが、それがどれほどの惨禍《さんか》をもたらすことか。後藤田の話しぶりからは、巻き込まれる市民たちへの配慮が一切感じられない。

割り入ろうとするこちらを無視し、後藤田は拳《こぶし》を握って弁舌を続ける。

『これは正義の戦争だ。タルディィナを圧政から解放するための、正義の戦いだ。これ以上ガヴィークを増長させてはならん。中東の平和のために、我々でガヴィークを打ち倒すのだ』

『そうだ、打倒ガヴィークだ。皇国の名のもとに、中東の狂犬を成敗してやれ』

海軍将校らが一気に盛り上がる。進行役が『静粛《せいしゅく》に、静粛に』と繰り返すが、声がかき消されて聞こえない。

場が騒然とする中、ヴァランタンとメローが、何やら小声で話し交わす。まずい、ロワイユ側からは派兵を頼まれてはいないものの、万が一その気になられたらことだ。

タルディィナの内乱を捨て置くことはできないが、戦争などもってのほかだ。三月事変のおかげで不況緩和政策が推し進められてはいるが、皇国内はいまだに経済不安から脱しきっていない。今、国外での戦闘に加わっている余裕はないのだ。

こちらの焦りを見てか、斜め向かいにいるジェルマンが、盛んに目線で合図を送ってくる。助けてやろうか？　そんな顔だ。しかしもちろん、ジェルマンには頼るつもりはない。どんな見返りを求められるか分からないし、これは皇国側の問題だ。

何とか後藤田をねじ伏せるため、反論の糸口を頭で探していると、

『国外への派兵は――もっと慎重に議論するべきものです』

ひとつの声が上がった。皆がはっとし、その人物に目を向ける。

綾瀬もまた息を飲み、発言者を――隣にいる高城の横顔を見つめた。彼がここで口を挟んでくるとは予想外だった。

場の注目が一身に集まる中、高城は冷静な表情で繰り返す。

『皇国軍を中東へ派兵するかどうかは、今この場で決めていいものではありません。加えて、あらゆる面で不安要素が大きすぎます。強引に派兵を進めたら、間違いなく失敗に終わります』

「……何？」

後藤田がむっと眉を寄せ、じろりと高城を睨みつける。

「貴様は新入りの副官だな？　綾瀬大佐のところの」

後藤田の視線がこちらにも飛んでくる。その目つきで、相手にどう思われているかはだいたい分かった。陸軍を目の敵にしている海軍将校は少なくないが、後藤田もそうらしい。

「副官の躾《しつけ》くらいしっかりやって欲しいものだな、大佐。副官ごときに発言させるとは、陸軍はそれほど人材が少ないのか？」

何たる言い草か。腹立ちを抑え、胸を張って言い返す。

「彼とて栄えある皇軍将校の一人。そして、わたしの腹心の部下だ。副官が発言してはいけない理由はないし、発言はこのわたしが許すものだ」

高城の有能さは承知しているし、彼が考えもなしに何か言い出すわけがない。それは自信を持って言える。

後藤田は口をへの字に曲げ、矛先を変える。

「久我山少将はそれでよろしいのか？　こんな規律を乱すような真似《まね》を、陸軍では許すのか？」

「この場で規律を乱す人間は、陸軍にはおらんよ。後藤田大佐」

久我山が鷹揚《おうよう》に言ってのける。高城が三月事変で活躍したことは久我山も承知だから、ありがたいことにこの場を後押ししてくれるようだ。

久我山が「高城副官」と相手に向き直る。

「発言を許す。ロワイユの皆様には失礼をした。派兵について、皇国の見解を述べさせていただいてよろしいか？」

後半はロワイユ語で言うと、向かい側の将校らが揃ってうなずく。ジェルマンも身を乗り出し、何やら愉快そうな表情で場の成り行きを窺っている。

綾瀬も深呼吸して気を鎮め、期待感を込めて高城を窺う。彼が何を言うのか、こちらもぜひ拝聴したいところだ。

高城がひとつ息をつき、一同に向けて話し出す。

『皇国の中東派兵についてですが……今の状況では非常に困難です。主に兵站《へいたん》の面で、不足が目立ちます』

兵站とは、戦場での後方支援のことだ。必要な兵器や兵員、水や食糧や被服などを管理し、不足している場合はすみやかに補給を行う。

『遠くタルディナまで、武器弾薬や兵員を運べる輸送船が、今の皇国にはまったく足りません。現在所持している以上の、大量の船舶が必要になります』

『たわけたことを！　だったら、早急に建造すればいいことだ。貴様は皇国の造船技術を愚弄《ぐろう》するのか？』

後藤田が声を荒らげるが、高城は丁寧に言い重ねる。

『であれば、船舶の建造計画を見直さなければなりません。国内の製鉄・機械工業部門とも打ち合わせが必要です。資金や資源の調達も。皇国は高い造船技術を持っていますが、今の建造方式では工期に時間がかかります。まず、建造方式から考え直す必要があるはずです。そうなれば、今すぐにできる話ではありません』

綾瀬は、おお、とまぶたを見張る。そういえば高城が着任してすぐの頃、造船所の視察に同行してもらったことがあった。傍らで組み立て作業などを興味深そうに眺め、時には質問などもしていたが、それを大いに生かしている。

——戦争に勝つ者はすなわち、兵站を制した者だぞ、高城。

いつだか、雑談中に話したことを思い出す。あの時自分はこう言ったのだった。「作戦の優劣が勝敗を決めるのではない。兵站術こそが重要なのだ」と。

――これまでの時代は、戦場における指揮官の采配や、兵士たちの士気が勝敗を左右していた。だが、これからは違う。戦うために必要な物資を戦場に送り続けられた方が、勝つのだ。

高城が深くうなずく。

――腹が減っては戦《いくさ》はできぬと言いますからね。補給のあるなしでは、兵士たちの目つきが格段に違いますから。

彼もまた、歩兵連隊時代に少尉として兵を率いていた身だ。正直な言い様に、綾瀬もほほ笑む。

――突き詰めればそういう話だな。補給がなければ戦うことは不可能だ。武器弾薬も兵員も限りがある。それらを上手く維持し、見極め、管理することも将校の務めだ。

何気なくしたあの話を、きちんと覚えていてくれたらしい。もしやそのあとで、自分なりに兵站について勉強していたのだろうか。大したものだ。

頼もしさを覚えつつ、高城の話に耳を傾ける。彼の真剣な顔は、後藤田をしかと見据えていた。

『必要なものは船舶だけではありません。それに載せる物資は、兵員は、どこからどうやって調達するのですか？　加えて、タルディナは内陸国ですから、物資をそこまで輸送するための大型トラックも必要です』

卓上に広げてある西域大陸の地図を、高城が指す。

『皇国からタルディナに向かう場合、海を渡り汪華国を経て、延々と西域大陸を横断していくわけですが……サルワジまではいいとして、その後は？　整備された道路などはあるのでしょうか？』

サルワジは、近年になってロワイユが植民地とした国だ。ロワイユ領の中では一番皇国に近く、ジェルマンたちも、皇国に来訪する前に立ち寄って来たと聞いている。

『サルワジより西の内陸部は、乾ききった砂漠地帯が広がっています。日中の気温は四十度を超すとか。皇国とはまったく違う過酷な環境の中を突き進むのは、極めて困難な話で……』

『ええい、長々と』

後藤田が苛立《いらだ》ちをあらわにする。

『兵站が重要なのはよく分かっている。であれば、そこに最大限の資源を投入すればいいではないか。何をためらう必要がある』

『ですから、その資源の調達は、具体的にどうするのですか？　軍事費が削られた今、そこまで余裕はありませんよ。まさか、増税しろと海軍大臣に直訴するのですか？』

今度はぐっと後藤田が詰まる。不況のトンネルをまだ抜けていない中での増税など、国民を敵に回すも同様だろう。他の海軍将校らも黙り込み、いっぺんに気まずそうな表情になる。

『兵站の問題を第一に考えなければ、国外への派兵はできません』

高城が、静かに言い放つ。

『そもそも、派兵の前にまず……敵国ガヴィークがどのような戦略を採るかという、分析から始めなければいけません。その上で、どれだけの兵員、武器弾薬、物資を、どこに投入する必要があるか考えます。必要な物資は国内で調達できるのか、生産するのならばどれだけの期間が必要なのか、また、それらを輸送するためには何隻の船が必要になるのか……あらゆる観点から計画を練らなければいけません。この会議ですぐ、海軍だけの意見では決められるものではありません』

「貴様ッ……！」

見事な論破に、後藤田がこめかみに青筋を立てる。火を噴きそうな目つきに場が怯むが、高城の方は動じる気配はなかった。

「たかが大尉のくせに、よくもそこまで偉そうに……」

後藤田は言い返せない悔しさのあまり、階級を引き合いに出してきたらしい。情けない奴だ。

ならばとすかさず、綾瀬は口を切る。

「義侠《ぎきょう》心《しん》や正義感だけでは、遠い外国への派兵はできないぞ、後藤田大佐」

同じ大佐として堂々と、真っ向から相手と対峙《たいじ》する。高城が切り開いてくれた突破口を、無駄にしてなるものか。

「貴様は装備品もなしに戦場へ赴くのか？　無計画で国外に出るなど、同盟国のお荷物になるばかりだ。貴様の浅慮のせいで、海軍の兵士たちが危険にさらされるのだぞ。そうなれば今度は、お騒がせの海軍として新聞が書き立てるだろうな」

「綾瀬大佐、貴様ぁッ……！」

後藤田が拳を握ったその時だった。パン、パン、とヴァランタン少将が手を叩く。

『皇国側の事情はしかと承知した。そこの副官のおかげだ、礼を言う』

高城がすかさず立ち上がり、直立の姿勢で踵を鳴らす。傍らのメロー大佐も大きくうなずいたことで、場の空気も重石《おもし》を取ったようにほぐれていく。

ヴァランタンは言った。

『戦闘も辞さないという海軍側の心意気は素晴らしいが、やはり、兵站の面で負担が大きすぎるだろう。それに――我がロワイユ軍としても、皇国軍に西域大陸まで派兵を願うことは、今のところ考えてはいない』

はっきりと宣言され、綾瀬は内心で歓呼した。周囲の反応を見定めてから、ヴァランタンは続ける。

『我々としては、まだガヴィークを刺激したくはない。ガヴィークは中東に置かれた火薬庫のようなもので、迂闊に扱えば大火傷《おおやけど》では済まないだろう。今、各国を巻き込んで彼の地で戦闘を繰り広げることは、決して得策ではないと思う』

状況を見据えた冷静な言い分は、誰もが納得できるものだった。後藤田がとどめを刺された顔をする。場の空気を読んだ久我山がさっそく、ヴァランタン少将に向けて口を開く。

『では、皇国側としては、表向き中立の立場を貫き続けながら、ロワイユに金銭的援助を行えばいいわけですな？』

『ええ、そのとおり。我々はタルディナへの武器支援の他、裏からガヴィーク軍の破壊活動《サボタージュ》を行って、タルディナ解放組織を後押しする考えです』

『タルディナは、さぞ心強いでしょうな。さて、資金の調達となると、民間企業へも協力を仰がねばならんので……』

少将同士でしばらく、戦費についての細かい話が続く。提案を潰された後藤田は一人、苦り切った顔をしていた。それをとくと見定め、一件落着だと安堵《あんど》する。

するとふーっ、と高城も、周囲に気取られぬよう深々と息をついた。綾瀬には聞こえた。

彼にとっては大舞台だったろう。なのでそっと、洋卓の下で手に触れてやる。よくやってくれた、と。

高城の横顔が緩み、そっとこちらに晴れやかな目線を送ってくれる。綾瀬も小さくうなずいた。しかしそれだけでは気持ちを伝えるに足らず、指先だけをきゅっと握ってやる。貴様のおかげだ。本当に、よく頑張ってくれた、と。

高城は驚いたように瞬きしながらも、口許に嬉しさを滲ませる。だからこちらも、感謝を込めて握る手に力を込める。きりがないなと内心で苦笑しながら。

言葉は交わさなくとも、仕草だけで通じ合うものがあるのが嬉しかった。


結論をまとめたところで散会になった。

中東の情勢と、互いの方向性を確認できた、意義ある会議だったと言えるだろう。双方で握手を交わしたのち、三々五々部屋から出る。

「副官、何をしているかッ！　とっとと車を回せ！」

後藤田は自分の副官に八つ当たりしながら、足音荒くこの場を立ち去った。最後に、憎々しげな目でこちらを睨むのを忘れずに。

「高城」

上官を先に見送ってから、綾瀬は最後に部屋を出る。廊下を歩きながら、傍らの相手に再び触れる。

「さっきは実に立派だった。わたしまで誇らしかったぞ」

「いえ、大佐殿の受け売りで……」

奥ゆかしい言いぶりに焦れ、つん、と腕をつつく。やはり、言葉でも念入りに誉《ほ》めてやらなくては。

「謙遜《けんそん》しなくていい。本当に見事な弁舌だった。無理な派兵を止めただけではなく、後藤田の奴めに一発食らわせてやったのだからな」

「それはまあ……言われっぱなしでは、やはり悔しいですから」

負けず嫌いな部分を垣間《かいまみ》見せる発言に、ほほう、と感心する。生真面目な男だが、闘争心もきっちり持ち合わせているらしい。

「兵站について、よく勉強していたな」

「ええ、自分でも興味があったので」

「大したものだ。このまま参謀本部に提出できそうな出来だったぞ」

高城がはにかむ。

「そう言われると嬉しいですね。――あなたはいずれ、参謀本部入りも確実とされている人ですから」

「……何？」

話が急に飛び、綾瀬はまぶたを瞬かせる。

参謀本部は軍の中枢とされ、特に精鋭が集まってくる機関だ。平時においては戦略を練り、いざ戦争ともなれば、ここで実際の作戦を指揮する。

参謀本部入りに憧れがないわけではない。そこまで登り詰めたいという野心だってなくはない。しかし、まだまだ先の話という感覚の方が強くある。だからここでその話をされて、少々面食らってしまったというか。

高城が、照れ臭そうに説明してくれる。

「あの、ですから……もし大佐殿が参謀本部に栄転なさったら、自分も、今よりもっと多くの知識が必要になります。それで……今のうちに勉強して、備えておくことにしたんです」

やや要領を得ない話しぶりだったが、それを理解した瞬間、胸に熱い波が打ち寄せた。

そうか。

もしわたしが参謀本部入りしても、ずっとずっとついて来てくれるのだな。

照れ入る高城の顔が、すべてを物語っているようだった。身震いしたくなる。何て可愛い奴なのか。そうなのか、このわたしを見込んで、そこまで頑張ってくれるのか――

面映《おもは》ゆさと歓喜が胸を突き上げるが、しかし、そこで嫌なことを思い出してしまい、ずんと気分が沈む。自分は、高城に大きな嘘《うそ》をついているではないか。昔、ジェルマンと爛《ただ》れた日々を過ごしていたこと――

「……どうかしましたか?」

話しかけられ、はっと顔を上げる。何でもない、とすぐさま気を取り直し、脛《すね》に大きな傷持つ身を振り払わん気持ちで、自ら先立って駐車場に向かう。

並んで駐車場に出る。高城が車のドアを開けてくれたので、身を屈《かが》めて乗り込もうとしたその時、

『――見事なひと幕だったぞ、二人とも』

背後から拍手と声が飛んできた。ぎょっとして振り向くと、ジェルマンが不敵な顔をして待ち構えていた。しまった、とっくに帰ったと思っていた。

自分の車に寄りかかっていたジェルマンが、優雅に身を起こしてこちらに歩んで来る。

『陸軍と海軍が不仲なのは、世界中どこでも同じだな。あの無礼な海軍大佐をぴしゃりとやっつけたのは実に痛快だった。だがそれ以上に素晴らしかったのは、君たちの息の合ったやり取りだ。さすが、愛し合っている二人だけある』

『ジェルマンっ……！』

かっと腹が沸く。ジェルマンにはそこをからかわれたくない。自分一人になら何を言われたって構わないが、高城の前で余計なことまで言って欲しくない。

『――ラ・フォンターニュ大佐、何かご用でしょうか？』

高城がその時、先ほどと同じ冷静な顔で、間に割って入ってくれる。上官との関係がバレたというのに、むしろ堂々としたものだった。彼にとってはきっと、恥じることではないのだろう。実に頼もしいが、〈秘密〉を抱えた身としてははらはらが止まらない。

ジェルマンもまた、不敵な表情で高城と相対する。

『ああ、重要な用がある。重要度は極めて高いから、モトキ以外の人間には聞かせたくないくらいだ』

お前などお呼びでない、と暗に言い放つかのようだった。そのせいか高城も珍しく、むっと眉を寄せた顔で相手を睨む。

綾瀬は堪りかね、二人の間に割り入らんとする。分かった、話を聞く、だから例の件には触れてくれるな――と言おうとした時だった。ジェルマンが、効果的な間を置いたのちに口を開く。

『――大和皇国内に、ガヴィークに機密情報を流した者がいる』

（――、何？）

予想もしない話にぎょっとする。どういうことだ。例の件を話しに来たのではないのか？

高城も小さく顎を引いた。ジェルマンはこちら二人の反応を確認し、続ける。

『我が軍の防諜班《ぼうちょう》が、スパイ疑惑のある者をロワイユ国内で捕まえた。ガヴィーク人で、ロワイユの情報を探っていた奴だ。尋問の末に奴が吐いたところによると、自分の持っているロワイユについての情報は、大和皇国の〈エリザ〉から仕入れたものであると』

『何者だ、その〈エリザ〉とは？』

『我々もそれが知りたい。おそらく、皇国に潜入しているガヴィークのスパイだ』

遅れて衝撃に襲われ、ことの重大さに啞然《あぜん》としてしまう。ガヴィークは皇国にも魔手を伸ばしているのか。もし軍備に関わる情報が漏《も》れたのならば、攻め込まれる隙を与えたようなものではないか。

『〈エリザ〉が、ガヴィーク人なのか皇国人なのかは分からないが、どちらにしろ一大事だ。そこから、間接的にロワイユの情報も漏れてしまっているのだから』

ジェルマンは肩を竦め、こちらに向き直る。

『〈エリザ〉の正体は、同じガヴィーク人のスパイでも分からないらしい。だが、小物ではなさそうだ。もちろん、このまま捨て置いてはいけないことは分かるな？　モトキ』

『……ああ』

気をしっかり持ってうなずく。何たることか。後藤田との内輪揉めが一応収まった矢先に、また新たな難事が降りかかってくるとは。しかし、立ち止まってはいられない。


立ち話で済むような話ではない。もう一度西洋料理店に戻り、空いている部屋を貸してもらう。

食後に葉巻を吸うための小部屋で三人で向かい合い、改めてジェルマンから話を聞く。

『ロワイユ側の要求としてはこうだ。〈エリザ〉を早急に見つけ出すこと。そして、適切に〈処分〉して欲しいのだ』

〈処分〉と聞いて胃の底が硬くなる。しかし、やむを得ない処置だろう。もし〈エリザ〉が皇国の人間ならば、自国を裏切っているのだ。その上、同盟国までも巻き込んでいるのだから。

ジェルマンはこちらを見、言葉を選びながら述べた。

『君にこういう言い方はしたくないが、今回の情報漏れは皇国側の失態だ。うちの上層部もそう見なしている。だから、スパイの探索は皇国が行うべきだと。スパイはおそらく国内に潜伏しているはずだから、皇国の人間の方がことに当たりやすいだろう。まあ、ロワイユとしてもできる限り情報提供はするが』

『……承知した。手数をかけたな、ジェルマン』

申し訳なさに、ふーっと息をつく。ジェルマンはつまり、皇国の面子《メンツ》を考えておおごとにはせず、自分に直接伝えて対処を頼むという手段を取ってくれたのだ。その気遣いがありがたく、素直に頭を下げる。二人きりで話がしたいと言っていたのは、こういう理由もあったらしい。

『こちらが調査資料だ。他に必要なものがあれば、遠慮なく言ってくれ、モトキ』

大ぶりの茶封筒を、ジェルマンが手渡してくる。受け取ろうと手を伸ばすが、それをぱっ、と横から、高城がもぎ取ってしまう。

無礼とも取れる態度に息を飲む。ジェルマンもぴくりと片眉を跳ねさせ、不敵な表情で相手を見つめる。

高城はしかし臆することなく、じっと相手を見据えて言い放った。

『調査は、自分が引き受けます。心当たりもありますから』

重ねて驚く。心当たりがあるとはどういうことだ。はったりか？　突っかかってくるジェルマンへの対抗心か？　いや、まず、ジェルマンに対して妙に当たりが強くはないか。

綾瀬が混乱にうろたえる中、高城は静かに、しかし有無を言わせない強さで続けた。

『ですから、その代わり――綾瀬大佐には、今後一切近づかないでもらえますか？』

目が完全に据わっている。綾瀬でさえ、何も言えなくなるほど。喉奥に震えがきた。彼のこの言いぶりは、挑戦的なこの態度は、まさか――

『……ほほう？』

ジェルマンの口角が上がる。碧眼が、愉快そうな見下すような色合いを帯びる。

『優秀な番犬はそうそう吠《ほ》えつかないものだが、ご主人様を奪われそうになっては、さすがに腹に据えかねるか』

わざと挑発するような言い方だった。慌てて割って入ろうとするが、それよりも早く高城が言い返す。

『調査報告ならば、俺が直接、あなたに伝えます。いちいち綾瀬大佐を通す必要はありませんし、あなたがわざわざ出向いてくる必要もありません』

言い方も目つきも、威嚇《いかく》するかのごとくだった。あの高城が、とただただ呆然《ぼうぜん》とし、綾瀬は相手を見つめる。まさか、そうなのか。高城はきっと、とっくに気づいていて――

ジェルマンが『ふん』と鼻を鳴らした。

『大した番犬だな。まあ、いいだろう。ただし――一ヶ月だ。一ヶ月で何らかの結果を出せ』

突きつけられた過酷な条件に息を飲む。ジェルマンはしかし、それがさも当然であるかのような表情を高城に向ける。

『だらだらと待ってやるほど、こちらは気が長くはないからな。せめて、私が皇国を離れる前に目星くらいはつけろ。一ヶ月もあればそれくらいはできるだろう?』

『……いや、』

睨む瞳に力を込め、高城は言った。

『半月で充分。半月で〈エリザ〉を上げて、そちらに突き出してやります』

軽く目をむいた。強気にもほどがある。高城はしかし一歩も引かず、いきり立つかのような目つきで相手を見つめた。

ジェルマンはまったく怯まず、高慢に言い返す。

『そこまで言うなら、お手並み拝見といこう。言っておくが、貴様がしくじるとモトキの顔にも泥を塗ることになるぞ。その際は私が容赦しない。遠慮なくモトキを奪いに参上する』

ジェルマンが立ち上がったことでその場はお開きになった。表に出、ジェルマンは最後にこちらを一瞥すると、車中で待たせていた自分の副官の運転で走り去って行った。

砂埃《すなぼこり》の中、肩を落とす。まだ、頭が追いつかない。まったく何てことだろう。そうだ、〈エリザ〉の件だけでなく。

深々と息をついたのち、綾瀬は、覚悟を決めてつぶやいた。

「……高城、話がある」

はい、と傍らから返事が返ってくる。分かっていたような声だった。刑場に引かれるような足取りで車に乗り込み、綾瀬はもうひとつ重い吐息をこぼした。


近衛師団の庁舎に戻り、無言で執務室に入る。

すでに夕刻だった。廊下にほぼ人影はなく、皆退庁したようだ。

「お茶を？」と問われたがかぶりを振る。高城に手数をかけさせたくはなかった。

応接卓の角を挟み、斜めに向かい合って座る。こうなったらもう、ぐずぐずしていたくない。

綾瀬は膝の上で拳を固め、渾身《こんしん》の力を振り絞る気持ちで頭を下げた。

「高城、すまなかった」

膝に額をつけんばかりの姿勢のまま、続ける。

「貴様のことだ、気づいていたんだな。わたしと……ラ・フォンターニュ大佐の関係を」

改めて口にしてみれば、何と汚らわしいのか。最低だ。高城から返事はなかったが、つまり、それが返事なのだろう。

「わたしのだらしない振る舞いのせいで、貴様に不快な思いをさせた。このとおり詫びる。本当に……本当に申し訳なかった」

羞恥《しゅうち》に身が細りそうだった。これほど、己を恥ずかしく思ったことはない。もとより上等な人間ではないが、今回ばかりは自分で自分が厭《いと》わしくなる。

どれほど頭を下げていたろうか。高城が、静かに口を開いた。

「大佐……いえ、基己様、お顔を上げてください」

二人きりでいる時の呼び方で呼んでくれる。慎ましい彼なので、最近になってようやくそう呼んでくれるようになったのだ。だが、それに甘えてはいけない。

「お願いします。話しにくいですよ、これじゃあ」

高城が、苦笑顔で懇願してくる。なので、とりあえずは頭を上げた。が、とても相手の顔を見ることはできなかった。慚愧《ざんき》の念にうつむいたまま、握った拳に目を落とす。

いつかあなたが参謀本部入りしたら——と、先ほどのやり取りが頭をよぎる。高城のはにかみ顔も蘇り、胸を痛烈に打った。

その時はすでに一件を知っていたのだろうが、相手の信頼や期待を裏切ってしまったのだという情けなさが身を襲った。恥ずかしさ、申し訳なさもそこに重なり、ひたすらうなだれる。

「基己様、そんなに自分を責めないでください。言いにくいことを言ってくださっただけでも、こちらはありがたく思っているんですから。なかったことにしてやり過ごそうとしたかったお気持ちも、よく分かりますので」

「……高城」

泣けるほど慈悲深い台詞《せりふ》だったが、綾瀬はしかしかぶりを振った。

「貴様にはわたしを非難する権利がある。なじったり責めたり、もっと怒ったりしたっていいんだぞ。わたしの心を汲むのではなく、貴様の正直な気持ちを聞かせてくれないか。でないと、かえって申し訳なくなるばかりだ」

自分自身を糾弾《きゅうだん》するがごとく訴える。こうでもしないと、互いの間にしこりが残ってしまうだろう。

高城はしばし考え込んだのち、こうつぶやいた。

「正直に打ち明けますと……そこまでは怒っていません」

ある程度は怒っているということか。それは当然だ。心の広い男だが、許せることと許せないことがあろう。

続く言葉を待つ。すると高城は、己の胸の裡《うち》を探るように、少しだけ目を伏せた。

「いえ、怒っても仕様のないことだと、あきらめがついているというか……なぜなら、すでに過去のことだからです」

一拍置き、彼がこちらを窺ってくる。

「そうですよね？　関係していたのはロワイユにいた時だけのことで、完全にその場限りのことだったんですよね？」

「ああ、そのとおりだ」

高城を——恋人を見据え、腹の底からの赤心を込めて言い切る。

「誓って言う。すべてはとっくに昔のことだ。今さら関係を復活させるつもりはないし、相手がどれだけ迫って来ようとも、今後、ラ・フォンターニュ大佐と個人的な親交を持つことは絶対にない」

勢い余って身を乗り出してしまう。無言でこちらを見つめてくる高城に、渾身の想《おも》いを込めて訴える。

「わたしには貴様がいる。他の男など必要ない。わたしが……わたしが愛しているのは貴様だけだ」

喉奥を絞り、胸にしかと手を当て、相手の顔だけを見つめる。

この気持ちだけは、何と思われようとも伝えておきたい。高城にどれだけ支えられているか、日々の献身をどれだけありがたいと感じているか、この胸にある確かな想いを、そのまま取り出して渡してやりたいくらいだ。

「……」

しばしこちらを見つめたあと、高城がうなずいた。安心したように、ほんの少し口許を綻《ほころ》ばせて。

彼がそして、「基己様」と身を乗り出してくる。伸びてきた腕を見、しかし、反射的に小さく身を引いてしまう。

抱きしめることで、和解としてくれるらしい。が、それに甘えてしまうことはできなかった。彼に抱きしめられる資格など、愚かな自分にはない。そして、同じように抱きしめ返していい道理もない。だから、こちらを巻き取ろうとする腕から、逃れるような体勢を取ってしまう。

しかしその遠慮すらも、高城は見透かしているようだった。腕の環が綾瀬を捉《とら》え、やがてゆっくりと狭まっていく。その力強さに、一人勝手なためらいが押し潰されてゆく。

耳許に、囁きが落ちてくる。

「信じていますから。俺があなたを疑うことなどありません。俺だってもちろん……あなたのことが好きです。誰よりも一番、大切です」

厚い軍服を透かして、体温が沁《し》み渡ってくる。彼の心そのままの熱のようだった。温かくて、申し訳なくて、鼻の奥がつんと甘く痺れる。

ためらいを押して、おずおずと背に腕を回す。すると、それ以上の力で抱き返される。馴染《なじ》んだ胸板の厚みに想いが溢《あふ》れた。自分だって、高城のことが一番大事だ。そんな風に思える相手ができたのは、初めてのことなのだ。

しばしののち、抱擁《ほうよう》を解く。高城は、聞くべきこと、話すべきことはもう終えたという表情で言った。

「大佐殿。スパイの……〈エリザ〉の件ですが……」

「あ、ああ」

努めて頭を切り替えつつ、思い出して訊いてみる。

「心当たりがあると言っていたな？　出任せなどではなく？」

「ええ。ごくささやかな糸口ですが……追う価値はあると思います」

すでに一歩を踏み出しているかのような目だった。逸《はや》る彼のまなざしに、今一度問いかける。

「憲兵や警察にも協力を頼むとしても……できるのか？　本当に？　しかも半月で？」

「やらせてください。ああ言った手前、是が非でも結果を出さないと」

ただ啖呵《たんか》を切っただけでは終わりたくない――そんな闘志が、高城の口ぶりから伝わってきた。早くも心は勇み立っているようだ。であれば、余計な口出しはすまい。

「……そうだな。わたしも貴様を信じているぞ」

そのひと言で、高城は完全にその気になったようだった。「精いっぱい努めます」と、両の拳を握ってみせる相手に、うなずきを返してやる。

高城にかけた言葉に嘘はない。だが気持ちの方にはまだ、拭《ぬぐ》い去れないわだかまりが残っていた。すでに捜査に向けて前を向く高城の表情によって、それがはっきりと照射されたかのようだった。

心が己に問いかけてくる。本当にこれでいいのだろうかと。恋人の広い心に甘えるようにして許してもらって、それで万事解決と言えるのだろうか、と。

高城の言う〈心当たり〉とは、海軍の横井《よこい》少佐だった。

四十代、実直な人柄を見込まれて、華族軍人である横井中佐の娘婿《むこ》となった人物だ。周囲からの信頼も厚い。しかし、ここ最近よくガヴィーク大使館に出入りしているという話を、副官同士の雑談で聞いていたと。

――それは妙だな。軍人が大使館に何の用がある？　横井がまさか……〈エリザ〉なのか？

――まだ分かりませんが、探ってみる価値はあると思います。合わせて、大使館内の職員や、ガヴィークから派遣されている駐在武官たちのことも、徹底的に調べてみます。

高城とのやり取りを思い出しつつ、綾瀬は執務室にて、いつものように書類に目を通す。読み終わったところで小さく息をつき、そっと高城の机を見やる。

そこには今は――中山《なかやま》副官補が代理で座っていた。高城が例の件で憲兵課に出向している間、業務に当たってくれるのだ。「高城副官ほどは気がききませんが、誠心誠意お務めいたします」と、丁寧に頭を下げてくれた。が、高城がそこにいることがこの二ヶ月間ですっかり身体に馴染んでしまっているので、心が少し状況に追いついていないようだ。

ちなみに、〈エリザ〉の件は久我山少将にだけは報告申し上げている。高城が主体となって調査に当たることを伝えると「彼になら任せてもよいだろう」と太鼓判を押してくれた。それを聞いて誇らしく思ったものの、胸にはなぜか暗雲が重く垂れ込め、それは今も消えていない。

「綾瀬大佐殿」

いつの間にか横に来ていた中山から話しかけられ、慌てて「何だ」と平静な表情を作る。

「本日十五時から連隊長会議がありますが、その前に、第二近衛師団の中隊長がお目にかかりたいと申しております。すみません、当日にいきなり……」

「分かった、構わん。少し遅れて行くと、連隊長たちには伝えてくれ」

中山が「はっ」と踵を鳴らし、その旨伝えるために部屋を出て行く。唐突に一人になり、ふう……、と重めのため息をこぼす。どうもこの頃、己のため息の数が増えたような気がしてならない。

原因なら、見当はついている。

今ここにいない高城の姿が、また眼裏《まなうら》をかすめる。今頃はきっと、全力で捜査に当たっていることだろう。そうだ、彼は、自分一人でも取り組むべきことを見つけ、どんどん成長していける男なのだから。

だから――こちらが上から引っ張り上げてやろうなどとは、おこがましい考えだったのだ。

気分が再び沈む。いや、そもそも、自分が〈上〉にいるなどと、なぜそこまで傲慢《ごうまん》に思い込めたのだろう。階級や年齢や、軍務の経験でいえば確かに上だが、そういうことで人の値打ちは決められない。

綾瀬は、己の思い上がりを深く反省する。高城が不在の今に彼の成長を目の当たりにし、足許をすくわれたような感覚を覚える。

加えて、任務のことだけではない。私的な側面でも、気持ちがぐらついているのが分かる。

高城は真摯にこちらに愛情を注いでくれるが、自分は、それに値する人間なのだろうか。彼の真心に、きちんと応えられているだろうか。何しろこちらは、気の向くままに男漁りに耽《ふけ》っていた、好色でだらしのない人間なのだから――

己の至らなさ、不甲斐《ふがい》なさばかりが今の今になって噴出してき、目も当てられない気分だった。駄目だ。この先、しかと気を引き締めてかからないと、今よりもっと情けなさが露呈していくばかりだ。


船舶建造会社の下請けである溶接工場の視察のため、中山の運転で帝都郊外に赴く。

高城が兵站の話の中でも言っていたが、物資を運ぶための船舶や車輛《しゃりょう》は、補給を下支えしてくれるものだ。もし軍からの急務あった場合、安定した生産ができるのかどうか、もう一度確かめておきたくなった。

工場長についてもらい、作業工程を眺めながらあれこれ質問する。その時だった。向こうから、見覚えのある華やかな白軍服の一団がやって来、ぎくっと息を飲む。

しまった、予定が被《かぶ》ってしまったようだ。ロワイユの高官たちは滞在中、科学技術施設や軍事関連施設の視察も行う。警戒していると案の定、背の高い金髪碧眼の軍人が、さりげなさを装ってこちらに近づいて来た。

『……何だ』

『そろそろ、身体が寂しさを覚える頃かと思って……いや、冗談だ。そんな怖い顔をしないでくれ、モトキ』

我ながらきつすぎる目線を相手に向けてしまった。ジェルマンがおどけた顔で詫びるが、言っていいことと悪いことがある。

高城が〈エリザ〉の調査を始めて、今日で十日が過ぎた。

綾瀬の方にも上がってくる報告によれば、現在も横井の尾行を集中的に続けているが、期待どおりの不審な行動は見られないと。しかし油断せず、横井の周辺人物にも聞き込みを行うとのことだ。一応の期限は半月だからあと五日程度しかないが、〈エリザ〉の尻尾《しっぽ》くらいは摑《つか》めるよう祈るしかない。

そのまま、ジェルマンと並んで歩くような恰好《かっこう》になってしまう。同行している中山はロワイユ語は得意ではない。話し方から旧知の仲だと察したのか、一礼して邪魔にならないところへ下がって行った。

期せずして二人になったことで、気まずさが込み上げる。しかし、高城を裏切るような話はしないと決め、毅然《きぜん》として横を歩く。

『モトキ、そんなに警戒しないでくれ』

ジェルマンが眉を下げて話し出す。

『私は朗報も伝えに来たのだ。今朝方、電信が届いた。タルディィナ解放組織が、首都の南地区でガヴィーク軍相手に勝利したらしい。ただ、死傷者も多数出ているから、辛勝といったところだな』

『勝利に喜んでいる場合ではないだろう。ロワイユ軍から救護隊を送ったらどうだ？』

『もちろん送る。ガヴィークには睨まれるだろうが、こういう場面でためらいたくはないな』

『それはよかった』

ほっと息をつく。覚悟のクーデターはまだ、一歩を踏み出したばかりなのだ。

ジェルマンは、さらに教えてくれる。

『この動きを見て、周辺諸国も動いているぞ。ガヴィークと長い間緊張関係にあった国々が、裏で協力体制を取り始めている。いずれは連盟として、反ガヴィークの姿勢を示すだろうな』

確かに、とうなずく。タルディナのクーデターにより、自分たちもと手を組んで立ち上がるのは当然の流れだろう。しかし、ガヴィークがやすやすとそれを許すだろうか。

『ガヴィーク側の詳しい動きは分かるか？　まさかこのまま、黙っていることはないだろう』

が、ちょうどそこで視察の行程が終わってしまった。工場長に礼を言い、建物から出たところで解散する。

ジェルマンが囁いてくる。

『ガヴィークの動きは、現在調査中だ。君の言うとおり、このままおとなしくしているはずはないから、分かり次第第一に伝えよう』

では、と、ぴしりと一線引くように言い返す。

『報告は、近衛師団のわたしの執務室宛てに送ってくれ。貴様も多忙な身だろうからな』

『……やれやれ、用心深いな、モトキ』

ジェルマンがお手上げ、というように肩を竦めた。だが、当たり前だ。高城が不在の間に、だらしない真似など決してしたくはない。


中山《なかやま》の運転で近衛《このえ》師団に戻る。夜には将校同士の会食があるが、それまでは演習の視察や、新兵の調練にも参加しなくてはならない。毎日のこととはいえ、予定はかなり詰まっている。

「……」

流れゆく窓の外を眺めていると、自然、ため息がこぼれた。

こういう時、移動中などに高城《たかぎ》と他愛ない雑談でもすればいい息抜きになるのだが、今はそれもできない。つくづく、彼の存在が気持ちを支え、そして心をほぐしてくれていたのだと、今さらのように気づく。

高城は今、何をしているのだろうか。もちろん捜査中だろうが、血気に逸《はや》って危険なことなどしてはいないだろうか。彼のことだから寝る間も惜しんで働いているはずだが、であれば、自分だって鬱々とするのはよして、己のやるべきことをしっかりやらなければ――

「……停《と》めてくれ！」

はっとまぶたを見張る。車窓の先を、見覚えのある背中が歩き行くのが見えたのだ。

近衛師団がある宮城《きゅうじょう》の杜《もり》、そこを取り囲む濠《ほり》に添って走っていた車が停まる。窓を開け「高城！」と呼びかけると、私服らしい背広姿の彼が、驚いたように足を止める。

「あ、……お疲れ様です、大佐殿」

少々間の抜けた挨拶をされるが、それでも口許《くちもと》が綻《ほころ》んでしまう。顔を見るのは十日ぶりだが、それだけでも気持ちがほっと落ち着いた。とりあえずは元気そうだ。

「どうした。もしや、こっちに向かっていた途中だったか？」

「そうです。実は、大きな進展がありまして」

「何？　詳しく話してくれ」

待望のひと言に身を乗り出す。手招いて後部座席に座らせると、高城もまた、少し興奮した面持ちで口を開く。

「例の件に深く関わっている人物が見つかったので、ご報告に上がりました」

「そうか、よくやってくれた」

ようやくの朗報に胸がほぐれた。表情からすると、なかなかの〈大物〉を釣り上げたのではなかろうか。大したものだ、と褒め称《たた》えてやると、「調査している班員たちのおかげです」と、例によって謙虚な答えが返ってくる。

期待に心が膨らむ。話は執務室で聞こう、と言うと、察しのいい中山がさっそくアクセルを踏んでくれる。


中山は二人分の茶を出してくれたのち、「資料室におります」と一礼して下がって行った。気が利くことだ。

二人きりになり、応接ソファで向かい合う。ひと口茶を飲んだのちに高城が、小脇に抱えていた大ぶりの茶封筒を開く。

「横井《よこい》と深く親交している人物が見つかりました。この男です」

通行証の複写らしきものを渡される。記された名前は——ボリス・イヴァノビッチ・ベズルコフ。階級は陸軍中佐。駐在武官として、今年の頭からガヴィーク大使館に勤務しているようだ。

息詰めて顔写真を見つめる。いかにも屈強そうな、ヒグマを思わせる面構えをしていた。

「そうか。こいつが――〈エリザ〉か？」

軽く身震いしつつも、書類をしっかり手にしながらつぶやく。ついに問題の人物が見つかったことも喜ばしいが、その裏で高城がどれほど奮闘してくれたことか。そう思うと、書類一枚すらおろそかに扱えない気がする。

「ベズルコフの方から横井に接触した節がありますから、おそらくそうでしょう」

他の資料も広げながら、高城が続ける。

「横井ですが、海軍の文書課に、ちょくちょく重要書類の閲覧を申請しているようです。ある時など、勉強のためだと、原本を持ち出そうとしたこともあると。このことは誰にも言うなと、係の下士官にきつく口止めしていったそうです」

明らかに不審な行為に眉を寄せつつ、訊《たず》ねる。

「横井はなぜ、ベズルコフに情報を渡しているのだ？　実直で、真面目な性格の人物なのだろう？　弱味でも握られているのか？」

「入り婿の横井ですから、横井家では肩身が狭い思いをしているようです。加えて海軍内でも、義父の威光がなければ真面目なだけの一兵卒に過ぎないと陰口を叩《たた》かれているようで……です
から、鬱憤が溜《た》まっていたのかもしれません。そこを、ベズルコフにつけ込まれて……」

高城がちょっと同情するような顔をする。綾瀬《あやせ》もうなずきつつ、口許を渋く歪《ゆが》めた。横井の

鬱屈も分からないでもないが、やったことは明らかな軍規違反だ。重い処分は必至だろう。

ここ最近の横井とベズルコフの動きについて、まとめたところを高城が話してくれる。

「横井は自宅にもベズルコフを招いて、かなり親密な付き合いをしているようです。深夜まで痛飲していることもしょっちゅうだとか。休日も二人で、ゴルフだのテニスだのに出掛けていくと」

「そうか。横井の自宅の者に聞き込みしたのか？」

「あ、はい……」

一瞬、視線が逸《そ》らされる。少しの不審を覚え「どうした？」と問いかける。

「何だ、どの筋からの話だ？　話せるものなら教えてくれ」

ただ、何気ない気持ちからそう訊《き》いてみる。高城はしばし言い淀《よど》んでいたが、やがて、意を決したように口を開いた。

「横井の娘からです。娘だったら、父親の様子についてよく知っているだろうと思って……」

まぶたを見張る。瞬間、軽く頬を張られたような心地すら覚える。

慌てて、手許の資料の、横井の家族構成についての頁《ページ》に目を走らせる。横井青子《せいこ》、十七歳。都下の女学校に在学中とあった。

「ほ、ほう……？」

ようやく発した声は上ずっていた。咳払《せきばら》いをしてごまかす。

標的人物の家族に接触するのは調査活動の基本だ。だがしかし、若い娘を……要するに、色男を装って、言葉巧みに近づいていったということで……。心臓がふいに、危うい鼓動を発して騒ぎ出す。

「よ……よくできたな、そんなジゴロのような真似《まね》が」

話しながら脚を組む。かなり動揺しているのが自分でも分かるが、それを気取られないように精いっぱい振る舞う。

高城が、恐縮する顔で頭に手をやる。

「いえ、俺は、ただ彼女のお供をしていたくらいのものです。お転婆な……いえ、とても活発なお嬢さんで……」

下校中の青子が通りかかるのを待って財布を落としたふりをし、探すのを手伝ってもらう——そんな小芝居を経て、「お礼に」という名目で青子をあちこちに連れ出し、探りを入れていったと。ちなみに高城は、警察官を名乗ったという。

「よく警察官を装えたな」

「はあ、下の兄が警察官なので。仕事内容は知っておりますし」

「具体的にはどこに行ったのだ?」

「公園を散歩したり、フルーツパーラーや甘味処に行ったり……あとは、ダンスホールとか、撞球場《ビリヤード》とか……」

まるで逢引《あいびき》だ、と眉間を絞る。手を繋《つな》ぎ合ってダンスする二人や、彼女に覆い被《かぶ》さって玉突きのやり方を教える姿が思い浮かんでしまい、非常に面白くない気分に囚《とら》われる。そんなの、自分とだってやったことはない。

「ずいぶんと活動的な女性のようだな」

「はい。それに、とてもお喋《しゃべ》り好きです。おかげでこっちは助かりましたが……ベズルコフとも家に来た際に会っていて、『何だか信用ならない人だったわ』と言っていました。女性の勘は鋭いですね」

少々呑気《のんき》な言いぶりに、軽く眉を寄せる。

「貴様の正体に勘付かれてはいないだろうな」

「おそらく大丈夫です。『男の方と出掛けたなんてお父様に知られたら大目玉だわ』とも言っていたので、横井にも気づかれていないだろうと思います」

「そうか……」

訊くべきことをひととおり訊き終え、ふーっ、と吐息をこぼす。落ち着け、落ち着くのだ、と幾度も胸で繰り返す。

あの高城が……任務でやむを得ないとはいえ……若い女性と二人きりで逢う……しかも何度も……その事実がぐわんぐわんと脳に響き、手までわなわなと震えてきた。我ながら、動揺しすぎだ。

高城は気まずいのか、しきりに茶碗《ちゃわん》を口許に運ぶふりをしていた。まぶたも微妙に伏せている。その様子に、かっと腹が熱くなる。

「後ろめたいことがないなら堂々としていればいいではないかッ」と叱《しか》りつけたくなったが、そういう態度を取られたら取られたで今度は、「ふてぶてしい奴《やつ》め」と小憎たらしく感じたかもしれない。勝手な想像により、今度は腹立ちが収まらなくなる。

だが、いや――彼を責めるのはよそう。

綾瀬は呼吸を深め、必死に自分に言い聞かせる。当たり前だ、こんなことで腹を立ててはいけない。あの高城が、そう簡単に他人に心を移すはずがない。仲良く出掛けたのだって、単なる捜査のためではないか。彼は精いっぱい、任務に当たっただけだ。ジェルマンにひと泡吹かせてやるために。それはすなわち、綾瀬のためでもあるのだから――

「横井からベズルコフに機密情報が流れていることは確実ですが、どんなやり方で情報の受け渡しをしているのか、まだ摑《つか》めていません。まさか、大使館や自宅でということはないでしょうし……調査班と相談して、〈現場〉を押さえられるようにします。そこが分かったら、逮捕――という流れになるかと」

「ああ、そうだな……分かった」

締めくくられる話にうなずいてやる。そう長く話し込んでいたわけではないのに、気持ちの乱降下が大きすぎて疲労感を覚えた。のろのろと腕を伸ばし、冷めてしまった茶を啜《すす》る。

だがとにかく、と、綾瀬は、もろもろの感情を抑えつけるために自分に言い聞かせる。これほどの短期間で、逮捕が見えてくるところまで捜査を詰めることができたのだ。まったく見事だというべきだろう。上官として、高城を大いに誉《ほ》めてやらねばなるまい。

「……、」

と、資料を片付けていた高城が、何事かを言いかけた。しかし、それを口の中に引っ込めてしまう。

「どうしたのだ?」

言い残したことでもあるのか。または、いよいよ逮捕を目前にして、彼なりに思うところでもあるのかもしれない。

高城は「いえ……」と目を伏せながらも、ぽつりとつぶやく。

「自分の父親がスパイ行為に手を染めていたと知ったら……娘としては辛《つら》いでしょうね」

ぢくっ、と胸に痛みを感じた。痛みだけではない、掻《か》き毟《むし》りたくなるような不快な感覚も、ざわざわと胸を襲う。

「――肩入れしすぎるのはよせ」

我ながら、かなり素っ気ない声が出た。

「優しいのは貴様のいいところではあるが……同情しすぎると、苦しくなるのは貴様だぞ」

「ええ、はい、そうですね。肝に銘じます」

高城がうなずいてくれる。彼を気遣う台詞《せりふ》ではあったが、本音は違うところにあった。黒々と湧き上がってきたそれが、胸で太いとぐろを巻く。

——貴様が構うな、そんなことは。

——捜査の必要上接近した相手に、なぜそこまで気を配ってやる必要がある。

これほど情のない台詞が自分から出て来たことが衝撃だ。何と浅ましいのだろう。何と醜いのだろう。身勝手すぎるにもほどがある。

胸で渦巻く感情のせいで、形相まで変わりそうだ。西域諸国では嫉妬《しっと》の感情を〈瞳が緑色になる〉と言い表すが、今の自分はきっと、般若《はんにゃ》のような目をしているのではなかろうか。黒く濁った黄金色に燃え盛る、人とも思われないようなおぞましい目。

軽いめまいを覚え、さりげなく眉間を揉《も》む。顔かたちはまだ変わってはいないようだと、馬鹿馬鹿しいことまで考えてしまう。

高城はまとめた書類をとんとんと整え、封筒に入れて手渡してきた。これを綾瀬が確認し、その後、久我山《くがやま》少将に報告することになっている。ジェルマンに渡す分は、高城が改めてロワイユ語で作成する。

高城がゆっくり立ち上がった。が、自分はまだ立ち上がれそうになかった。己の卑小さに打ちのめされ、脚まで萎《な》えてしまったようだ。

これからジェルマンのところに報告に向かうのか——とぼんやり思っていると、彼が、応接卓を回ってこっちにやって来た。

「……ど、どうした?」

不意打ちだったのでうろたえる。さっきから、そればかり問うているような気がした。と、すぐ隣に座った高城が、柔らかく苦笑をこぼす。

「単なる報告のためだけに、ここに来たんじゃないですよ」

間近で囁《ささや》かれ、驚く間もなく抱き寄せられる。だめだ今は――と心は待ったをかけるが、高城のせっかくの厚意を撥《は》ねつけるなど、したくはない。それに、ここで拒否したら変な風に思われる。

そんな打算も働き、ただ黙って腕の中に囲われることを選ぶ。が、さすがに顔は上げられなかった。胸許に顔を寄せる振りをしながら、綾瀬は唇を噛《か》んだ。悋気《りんき》を抱く恋人なんてうんざりだろう。他ならぬ自分が、自分自身にうんざりしているのだから。

相手の釦《ボタン》を開けたシャツの間から、少し汗っぽい匂いがする。嗅《か》いでいると心が落ち着く。いや、落ち着いてはいけないのかもしれない。高城の腕の中で安らぐ資格など、今の自分にはないのかもしれない。なのに高城の手は、いまだぎこちなく力の入っている背中を、何度も優しく撫《な》でてくれる。

「少し、お痩《や》せになられましたか?」

「……知ってのとおり、多忙な身だからな。大丈夫だ、これくらい」

強がりを吐く。抱きしめられる資格などないと思うのに、彼にそばにいて欲しいと思う。これでは、わがままな子供のようだ。いつからここまで惰弱な人間になったのか。立派に捜査に当たってくれている高城を前にして、あまりにも情けないではないか。

コンコン、と控え目なノックが聞こえた。はっと我に返る。

「大佐殿、そろそろ移動なさいませんと……」

中山の声がした。互いにそっと身をほどく。温《ぬく》もりがすぐさま薄れていくのが侘《わび》しかった。

それを少しでも留《とど》めたくて、黙って身姿を整える。

高城が気遣い顔を向けてくる。

「俺もそろそろ行きます。また、ご報告に上がります」

「ああ。だが、捜査も大詰めだろう。無理して直接来なくていいんだぞ」

言葉がつるりとこぼれた。強がり、だった。またしても。直接彼と会ったらまた、弱気な心が溢《あふ》れこぼれてしまいそうになる。それよりはましだ。

「ですが……」

「いいんだ、こちらは何とでもなる。捜査に集中してくれ。今が一番大事な時だろう」

高城は心配そうにこちらを窺《うかが》ってきたが、甘えてはいられない。気をしっかり保ち、相手の顔を見つめ返す。

「貴様なら必ずやってくれると、信じて待っているからな」

しかと腹に力を込める。こちらも、まごうことなき自分の本音だった。高城を信頼してやることが、今の自分が唯一できることだからだ。

「――はい」

彼がうなずいてくれる。綾瀬は意識して口許を笑ませ「無茶なことはするなよ」と最後にひと言い添えてやった。きりきりと痛む胸から出た、精いっぱいの心遣いだった。

綾瀬は憲兵本部を訪れていた。本部長や隊長らと、内密で話をするためだ。

〈エリザ〉の件とも絡むことだ。ガヴィークだけではなく、皇国内で暗躍する各国のスパイの取り締まりや、洗い出しをもっと迅速に行いたい。そのためには法整備や、専門の防諜《ぼうちょう》機関を設立する必要がある――そんな話を二時間ほど交わし、本部長室をあとにする。

「ふう、……」

充実した話はできたが、さすがに疲れた。肩を揉みつつ、玄関口へと続く廊下を歩く。行き交う黒襟の憲兵隊服の中に、つい、高城の姿を探してしまう。

彼らが捜査本部として使っている部屋は、この建物内にあると聞いている。が、今の時間は出払っているだろうし、わざわざ訪ねても邪魔になるだけだ。なのに目は、彼の面影を追い求めてしまう。口ではあんなに強がったくせに。

る。

『やあ、モトキ』

気持ちを切り替え、玄関前の石段を下っていた時だった。声をかけられ、思わずぎょっとす

ジェルマンが車を背にし、にこにことこちらを見つめているではないか。まったく、彼だっ

て滞在中の予定が詰まっているだろうに、いつでもどこでも神出鬼没の男だ。

『車内で話さないか？　ガヴィークの動きについて、耳に入れておきたい話がある』

思い切り不審の顔を向ける。話は気になるが、密室で二人きりにはなりたくない。と、相手

が『大丈夫。真っ昼間から取って食うようなことはしないさ』と言うので、その言葉を信頼し

て車に乗り込む。念のため、中山には車で後ろからついて来てくれるよう命じる。

後部座席で並んで座る。もちろん、一席分の距離はきっちり保って。ジェルマンが運転手に

『適当に流せ』と指示を出した。彼の部下なので、何を聞いても他言はしないのだろう。

『ガヴィークの動きだが、残念ながら、タルディナにとっては不利なものになるかもしれな

い』

前置きに嫌な予感を覚えつつ、話に耳を傾ける。

『現在、ガヴィーク国内で、大量の輸送船が建造されているという情報が入ってきた。もちろ

ん、補給のための輸送船だ。ガヴィーク軍はおそらく、物量作戦でタルディナを再び制圧する

気でいるようだな』

ガヴィーク帝国と中東諸国の間には、夏でも雪を冠するほど高く険しい山々が横たわっている。なのでガヴィークは障害物である森を執念深く切り開き、そのちょうど先にあったタルディナに攻め入り、武力でもって属国とした。そしてタルディナを拠点として、長年に亘《わた》り南下政策を推し進めてきたのだ。

しかし、このたびの反乱によって、タルディナ国内から物資を吸い上げることが難しくなった。よって、ガヴィークから北の海を経て、輸送船を使って物資を持ち込む方式に切り替えたらしい。

ジェルマンが懐から地図を出し、座席の上で広げる。

「輸送船団の進路だが、ガヴィーク本国の軍港を発《た》ち、西域大陸の西から南を大きく回って行くはずだ。そして、サルワジの隣国にある港から上陸し、あとは陸路でタルディナを目指す」

彼が指で、予想される道筋を示してくれる。言うとおり、ここがガヴィークの最短の補給線になるだろう。西域大陸をほぼ半周するから、日数にすれば四十日ほどの航海になるか。

『かなり大回りだが、船の方が一度に大量の物資を運べるから、効率の方を重視したようだな。とにかく、ガヴィークは本気で牙《きば》を研ぎ始めた。こう考えて差し支えあるまい』

『……うむ』

重々しくうなずく。敵はやはり、あきらめる気はないようだ。いよいよ中東から、本格的に火の手が上がるかもしれないのか——軍服の下で鳥肌が立つ。

『ロワイユはどう動く？』

『まず、ガヴィークの作戦を分析する。ほら、君の愛《いと》しい副官が言っていたとおりにな』

半ばからかうような口調で言われるが、いちいち反応はしてやらない。ジェルマンは続ける。

『おそらくだが、タルディナ全土を火の海にはしないだろう。資源や農地まで失われてしまうからな。だから、タルディナ解放組織を徹底的に叩く作戦を取るのかもしれない。であれば、打つ手はある。大丈夫だ。最悪なことにはならないよう、ロワイユ軍も全力を尽くす』

『分かった。皇国軍もそれを支えよう』

ジェルマンもうなずき、地図を畳む。綾瀬は内心で嘆息した。〈エリザ〉の件も目が離せないが、こちらも一大事だ。いっぺんに二つの重大事を抱え、さすがに胃が重くなってきた。

『……どうした？　元気がないな』

ジェルマンが、畳んだ地図をぽい、と放って話しかけてくる。顔をのぞき込むような仕草をされ、慌てて警戒に身を引く。

『さっきも言ったが、案ずることはない。暗澹《あんたん》とした気持ちになるのはまだ早いぞ。君らしくもないな、モトキ』

『……いや、何。大丈夫だ』

平静を装う。君らしくもない――何気ないそのひと言が、予想外に大きく胸を刺した。

確かにそうかもしれない。以前の自分ならば、攻めの一手で次々と作戦を提案していたろう。

だが、今はその気力が湧いてこない。高城の——高城の活躍ぶりによってあぶり出された己の愚かしさが、心を圧してくるせいで。

『そうそう、君の副官は、意外にもよくやってくれているぞ』

ぎくりと胸が跳ねた。が、意思の力で押し隠す。ジェルマンはこちらの反応を得やすい話題を出してきただけなのだから、いちいち動揺してはいけない。

『毎日届けてくれる報告書は実に簡潔で読みやすいし、もちろん知っているだろうが、捜査も順調に進んでいるようだ。たまたま目をつけていた相手が〈エリザ〉と協力関係にあったとは、結構な強運の持ち主だな』

相手が、やれやれと両手を上げる。

『まったく、これでは本当に、半月足らずで逮捕に至ってしまうかもしれない。上層部は喜ぶだろうが、私としては複雑な気持ちだな』

『……悔しいか？　ジェルマン』

いつまでも高城を侮《あなど》られ続けるのは癪《しゃく》だ。彼は、本当の本当に頑張ってくれているのだから。

それゆえ、ちょっとした挑発を試みる。

ジェルマンは肩を竦《すく》めた。

『ああ、悔しいね。さすが、君が認めた男と言うべきかな』

兜《かぶと》を脱ぐような台詞にまぶたを見張る。これは驚きだ。彼もとうとう降参か、とほほ笑まし

く思っていると、

『——だがそれは、君をあきらめる理由にはならない』

瞬時に腕が伸びてき、肩口を座席に縫い止められた。慌てて抵抗するが、さらに強く力を込められる。

『よせ、ジェルマン！　卑怯《ひきょう》だぞ！』

最初から、口約束など守る気はなかったらしい。悔しさに喚《わめ》くが、それにはお構いなしに、ふたつの碧眼《へきがん》が迫ってくる。

『つくづく悔しいことだ。五年前のあの時、跪《ひざまず》いてでも君を繋ぎ止めておくんだった。なぜあっさりと手放すことができたのか、その選択を今、悔やむよ』

自分への苛立《いらだ》ちを噴出させ、ジェルマンがさらに続ける。

『五年前、君は鮮やかな毒蝶《ちょう》のようだった。美しく、勝ち気で、才気走っていて、強気には実力も伴っていた。性的な魅力も溢れんばかりで、私を思うさま翻弄《ほんろう》した——ああ、そうか。そんな君だから、誰のものにもならないのなら許そう、と思ってあえて身を引いたのだった。だからこそ、そんな君が誰か一人のものになってしまったのが耐えられないんだ。分かるか？　私のこの無念さが』

片方の手を自分の胸に当て、ジェルマンは苦しげに訴える。が、多少は身動きが取れるようになったのをいいことに、綾瀬は座席の端ぎりぎりまで身を引いた。このまま、相手のやりたい放題にさせてたまるか。

『君にとって私は〈遅れてきた男〉なのかもしれない。しかし、あの男と深い仲になっているのを間近にして、黙って指を咥《くわ》えて見ていられるものか！』

叫ぶように言い放ち、ジェルマンが両の二の腕を摑んでくる。このように取り乱す彼を見たのは初めてだ。綾瀬から見たジェルマンの方こそ、貴族の傲慢《ごうまん》さと優雅さを兼ね備えた、優秀な将校だったのに。

痛々しさが胸を嚙むが、しかし、ここで甘い顔を見せてやるほどお人好《ひとよ》しではない。

『よしてくれ、ジェルマン。何度も言うが、貴様が入り込む隙間《すきま》はもうないんだぞ。わたしはもう、五年前のわたしでは……ないのだから』

そう言う声がかすかにためらった。口だけでそう言っているのだと、痛烈なほど自覚があるからだ。

目覚ましく成長していく高城と比べたら、自分などひとつところで足踏みしていたに等しい。己の能力を過信し、偉そうに驕《おご》ったまま、ほとんど成長も変化もできていないではないか。もしかしたら、高城を一番侮っていたのは自分だったのかもしれない。つくづく最低だ。

『——そうか？　果たして本当に、君は変わったのか？』

かすかなためらいをハイエナのように嗅ぎつけ、ジェルマンが鋭く切り込んでくる。

『変わったというのは、具体的にどこが？　なるほど、歳下男《としした》を想《おも》って自分を変えようとする

心がけは麗しいが、人間、そこまで大きく変われるものではないさ。君の本質は、誰よりもこの私が知っている。そう……隅々に至るまで』

恥辱《ちじょく》でかっと頬が燃えた。思わず平手打ちの手を上げるが、そこを力尽くで押さえつけられる。

『私は忘れていないぞ。忘れられるものか。あれほどみだらで美しい君の姿を。慎ましさや貞淑などとは真逆のものを、君は身の裡《うち》に飼っている。それに従った方が、きっと楽になれるぞ。さあ、私と一緒に、愉《たの》しかったあの日々に戻ろうじゃないか』

引きずられるな、と綾瀬は必死で自分に言い聞かせる。ジェルマンはつまり、こちらに変わって欲しくないのだ。その方が、彼にとって都合がいいのだから。

しかしジェルマンの台詞は、偶然とはいえ痛いところを突いた。自分の一番だらしない、おぞましいほど淫蕩《いんとう》な部分。そこを知り抜いている相手から詰め寄られ、耐え難い恥辱が込み上げる。

自分は色事が好きな人間だからと、開き直っていたつもりだった。己の意志でもって男を漁《あさ》り、その場限りの快楽を愉しんできたのだと。だが、今はそう思えない。過去は過去だと割り切ることも、もう出来はしない。高城に対して、ただただ申し訳なさばかりが膨らみ上がってゆく。こんな穢《けが》らわしい人間が、彼にふさわしい恋人であるとは思えない。

鳥の雛《ひな》は、卵から孵《かえ》った時、初めて目にしたものを親だと思い込む習性があるという。彼だって、それと似たようなものではないか。綾瀬がたまたま最初の男だったから、盲目的に慕ってくれているだけではないのか。

だから――だから、もしかしたらいつか、彼が夢から覚めてしまう日がくるかもしれない。綾瀬に愛想を尽かし、他の相手に心動かされる日がくるかもしれない。あれほどのいい男だ。もっと魅力的な誰かから熱烈に言い寄られることだって、あり得るではないか。もしそんなことになったら、自分はきっと耐えられない。

噴き上がってきた悲観に押し潰《つぶ》されそうだ。しかしそれを懸命に抑え、綾瀬はきっ、と相手を見据《みす》える。

『ジェルマン。いい加減に、わたしのことはあきらめてくれ。わたしが貴様以外の誰かのものになっているから、それで惜しくなっているだけだろう？』

『ああ、そのとおりかもしれないな。しかし、この胸の情熱はそんなことでは消えやしない。知っているか、モトキ。手段を選ばないのは、恋と戦争だけだ』

堂々と開き直り、その上、とんでもない台詞を吐いてジェルマンは迫って来る。

『私とあいつでは何が違うのだ？　本気度か？　だったら、今から本気になろう。いや、もうすでに本気だ。これほど誰かを求めたことは、私の人生においていまだかつてない。お願いだ、モトキ。もう一度私のものに――』

『もう、よしてくれ！　わたしはものじゃない――』

その時、車がカーヴした。速度が落ちたところでドアノブを摑み、転げ出るように車を飛び出す。『モトキ！』と慌てた声が追いかけてくる。

「くっ、……うぅ……」

受け身を取ったが、身体《からだ》は当然アスファルトに叩きつけられた。擦《す》り傷を負った手脚でよろめきながら立ち上がると、「た、大佐殿！」と中山副官補が泡を食って走って来るのが見えた。

「大佐殿、お怪我《けが》は？　車中で一体何が……」

「大丈夫だ。このことは他言無用だぞ」

ジェルマンの車は、こちらが無事に立ち上がったのを見届けたのか、そのまま走り去った。また何か仕掛けてくるかもしれないが、もう、上手《うま》くあしらえるか自信がなくなってきた。

手脚が痛むせいか、考え方まで気弱なものになってしまう。しかし痛みよりも苦しいのは、突きつけられた己の情けなさだ。

このままでは駄目だ。自分が嫌になる。その前に、自分を変えなければならない——だが、何を？　どうやって？

綾瀬はうなだれた。変わるすべすら分からないものを、変えることなど出来はしないではないか、と。

――……誰か。誰かいないのか？

ああ、と思う。夢だ、これは。自分が、まだ小さかった頃の。

八歳くらいのことだ。白い開襟シャツに半ズボンを身につけ、綾瀬は実家の廊下を一人で歩いていた。きょろきょろと辺りを見回しながら、誰か、と呼びかけ続ける。

山の手の高級住宅地に建つ綾瀬家の邸《やしき》は、〈御殿〉と呼ばれるほど宏壮《こうそう》なものだ。広い敷地の中に、母屋である洋館と、そこに連なる別館、裏手に建つ純和風造りの建物が、庭を挟んで点在している。普段起居している母屋だけでも数十室あり、子供の目にはあまりにも広すぎて、自分の家なのにどこかよそよそしく映っていたことを覚えている。

――基己様、一人かな？

――兄や！

その時だった。廊下の奥から、〈兄や〉と呼んでいる従兄《いとこ》が顔をのぞかせた。ぱっと顔が明るくなるのが自分でも分かり、弾む脚で彼のもとに駆け寄って行く。

この家には家族や、大勢の使用人や書生たちの他、親類縁者に当たる人々も住んでいる。兄やも今年の春から、中学進学のために伯父一家と共に移り住んで来ていた。

綾瀬は相手を見上げながら、学生服の裾にまとわりつく。兄やは「どうした、小さな子供みたいだな」と呆《あき》れながらも、頭をくしゃくしゃと撫《な》でてくれた。くすぐったいけれど嬉《うれ》しくて、ますますぴったりと相手に身を寄せる。

腹違いの兄弟姉妹や、いとこだのはとこだのも邸には同居しているが、綾瀬にはほとんど構ってくれない。皆、勉学や習い事で忙しいようだ。でも、別にいい。お願いしてまで遊んでもらおうとは思わない。だったら自分だって、勝手に好きなことをするのみだ——と、そんな風に強がっていたけれど、やっぱり、自分を気にかけて、優しくしてくれる兄やみたいな人がいるのは嬉しい。ばあやや女中は使用人の域をわきまえているから、ほどほどにしか甘やかしてくれない。母上の顔は写真でしか知らないし、きれいなその顔を眺めていると寂しくなるばかりだから、心の奥に鍵を掛けてしまい込んでいる。

ちなみに、華族院議員の父が家にいることはほとんどない。きっと、〈妾《めかけ》〉だの〈芸者〉だののところに通うのに忙しいのだろう。今さら父親のような振る舞いをされたって、逆に途惑ってしまうかもしれない。

綾瀬は相手を見上げ、「ねえ、兄や、遊ぼう」とおねだりする。すると兄やも「ああ、いいよ」と笑顔を見せてくれる。「やったあ」とはにかめば、兄やもまたうっすらと笑ってくれる。母屋の奥まったところにある洋室、そこが兄やの部屋だ。二人で入り、兄やが内側からしっかりと鍵を閉める。

——さあ、基己様。

兄やは鉄製の寝台の下から、革製のトランクを引っ張り出す。そして懐から鍵を取り出して蓋《ふた》を開け、中からあるものを——先がぞろりと分かれた黒い革鞭《むち》を取り出した。最初は何となく不気味に映ったが、今ではもう見慣れたものだ。

——お好きですものね、基己様も、これが。

受け取りながらも、反射的に違和を感じた。これが好きなのは兄やの方じゃないか、と。最初にこの〈遊び〉を持ちかけてきたのは、兄やなのだから。

だけど……と考え直す。自分も、これが嫌いではないのかもしれない。最初は気が乗らなくとも、やっているうちにだんだんと、興奮めいたものだって味わえることができるからだ。

鞭の持ち手を握る。黒革が巻かれたそれは、子供の手にはひどく不釣り合いに見えた。でも、これで打つと兄やはとても愉しそうだ。あとでとても誉めてくれるし。

だから……絨毯《じゅうたん》の上でさっそく四つん這《ば》いになった兄やの臀目《しり》がけて——打つ。

そこまで大きい音はしない。そういう鞭なのだそうだ。兄やが「あうぅ」と早くも、心地よさそうな喉声をこぼす。〈大人〉である兄やが変な声を出すのが可笑《おか》しくて、口許だけで綾瀬も笑ってしまう。

繰り返し鞭を与え、そろそろ腕が疲れてきた頃、兄やが満足の吐息をついた。彼が身を起こし、息を弾ませたままで寝台に腰掛ける。

——さあ、今度は僕の番です。お礼をさせてください、基己様。

綾瀬の吐息もまた弾んでいた。軽く汗を拭《ぬぐ》い、いそいそと傍らに掛ける。あとでこれがあるから、鞭打ちをやってもいいと思えるのだ。

――さあ、脚を開いて。

言うとおりに、半ズボンの華奢《きゃしゃ》な膝を割る。兄やの指が乳白色の内腿《うちもも》に触れてき、くすぐったさに鳥肌が立った。これから始まることを思って、身の裡にも小さな甘い震えが走る。

兄やが上に覆い被さってくる。まだ中学生で、細身の体型の兄やだけれど、綾瀬の総身を覆い隠せるほどには〈大人〉だ。

――いい子ですね、基己様は……さあ、もっと可愛《かわい》らしいところを見せてください。

熱っぽい囁きを耳に吹き込まれ、併《あわ》せて身体が火照《ほて》ってくる。兄やの介助で敷布の上に横たわり、そして兄やの手によって、半ズボンも下穿《ば》きもすべて脱がせられてしまう。

――さあ、基己様。

下半身がすうすうする。触られているわけでないのに、くすぐったさがひっきりなしに身を襲う。綾瀬は忍び笑いをこぼしながら、思い切って両脚を開いてみる。

大事な部分が兄やに丸見えになってしまうが、今さら構うものでもない。それに、兄やにそこを触られるのは――とても気持ちがいい。

――……ぁ、あぁ……。

指がそちこちをくすぐる。生理的な反応として、幼い性器が次第に硬くなってゆく。まだそういう歳頃ではなかったので、射精はしなかった。しかし、快感ははっきりと感じていた。それが兄やの指によってじりじりと高まっていき、やがて、堪《こら》えられないところまで膨らみ上がる。

――……あ、っ……！

腹の奥でびくん、と大きく熱いものが波打った。意識がたちまち白飛びする。そののちに甘く痺《しび》れるような心地よさが押し寄せ、身体がたちまち愉悦の波に攫《さら》われてゆく。

――はぁ、はぁ……。

――とてもよくできましたね、基己様。

一部始終を食い入るように眺めていた兄やが、頭を撫でてくれる。敷布にくったりと横たわった綾瀬は、口許だけでほほ笑んだ。誉められるということは、これは〈いいこと〉なのだろう。強烈な余韻《よいん》の中でただ、遠くから聞こえる声にうなずきを返す。

兄やがこちらに覆い被さって来る。彼がそして耳許で、呪文《じゅもん》のように繰り返す。

――何度も言っているとおり、このことは誰にも秘密ですよ。基己様はいい子ですから、約束できますね？　でないと、僕とはもう二度と遊べなくなりますからね。

二度と遊べなくなる――快楽がたちまち引き、ひやりとした恐怖で身が竦んだ。独りぼっちの、誰からも顧みられない日々。味気なさを噛み潰すだけの毎日。そんなのはもう、嫌だ。そう、兄やとの〈愉しい遊び〉を知った今は――

無知だった。幼かった。だから騙《だま》された。

爛《ただ》れた〈遊び〉がいつ終わりを告げたのかは覚えていない。兄やが上の学校に進学するために、邸を離れたからだろうか。それとも、綾瀬が中学に上がり、愛玩《あいがん》に適さず、簡単に騙せないほど成長してしまったからだろうか。

皇軍に入ろうと思ったのは――居場所のない実家から離れたかったからだ。

士官学校には寮がある。そこで寝起きして朝から晩まで訓練に励み、逞《たくま》しく強い軍人になれば、もう誰からも侮られることはなくなるはずだ。そうだ、もう一生、この身体を誰かに好き勝手に弄《もてあそ》ばれてたまるものか。

華族の子弟が軍に奉公するのは推奨されていたから、入学はごく簡単だった。これでいい。これからは脇目も振らず軍人への道を歩むと、そんな華々しい期待を胸に、幼年士官学校の門を潜《くぐ》ったが――

――貴様、ずいぶんときれいな顔をしているな。

入学するなり声をかけてきた上級生――もう顔も覚えていない――は、それがさも当然のことであるかのように綾瀬を物陰に連れ込み、検分するかのように身体のあちこちをまさぐり始めた。もちろん抵抗したが、相手の〈目的〉を察した途端、頭の中で何かがぷつりと切れた。

ああ。

ここでも、〈同じ〉か。

肉欲によって濁った目――かつての兄やと同じ目をした上級生と相対するうち、猛烈な怒りが湧いてきた。兄やが行方知れずとなったことで行き場を失った憤怒《ふんぬ》が、その時一気に爆発したのかもしれない。

そうか、お前もそうなのか。お前もわたしを弄ぼうとしているのか。ならば、やられる前にやってやる。誰かから弄ばれるのはもう、たくさんだ。だからこのわたしが、お前を弄んでやる。

そう腹を決め、体当たりするかのごとく、綾瀬は相手へとのしかかっていった。上級生はもちろん仰天したが、そのうち自分の下で、ひぃひぃと情けない声を上げて喘《あえ》ぎ始めた。痛快だった。そんな姿を眺めていると、性感がますます、暴力的なまでに火を噴いて加速していく。お前だってこれが好きなんだろう？　ああ、わたしも好きだ、大好きだ。これがどれだけ人の肉体を、精神を堕落させるのか、わたしほど知り抜いている者はいまい。だから、さあ——一緒に淫楽の地獄へ堕《お》ちようではないか。

そこからあとはなし崩しだった。陸幼から陸士へ進んでからも、卒業後に士官として陸軍に入営してからも、適当な男を〈弄んでやる〉日々は続いた。

新兵や下士官を狙《ねら》えば、立場上、綾瀬に抵抗する者はいない。性欲が盛んな歳頃であるからか、面白いくらいこちらの言いなりになってくれる。中には、何を勘違いしたのか、のぼせ上がって交際を申し込んでくる者もいたが、冷たく放っておけばやがてあきらめて去って行った。

まったくお笑いぐさだと、すごすごと去り行く後ろ姿に捨て台詞をくれてやる。わたしのような者と関わっても、ろくなことにならないぞ。そもそも、腐肉の詰まったこの身体の、一体どこが愛されるに値するのだ?

自分ではそう思うのに、〈お手合わせ〉を願ってくる輩《やから》は後を絶たなかった。だから、面倒だ、全員まとめて相手をしてやると、乱取りさながらの無軌道な淫行に励む。腹の中では猛烈な怒りを燃やしたまま。

誰も、わたしに触れるな。

心を、身体を、弄ぶな。

わたしを踏みにじる者は、わたしが先に踏みにじってやる。

性の煉獄《れんごく》を突き進むかのような日々だった。自らが望んだとおりに行動しているはずなのに、身体の芯《しん》はいつも、どこかが飢えて、餓《かっ》えていた。だからさらに、男でそれを埋めようとする。渇いた心が潤うことはないにしろ、身体だけならば満たされる。たとえひとときだけでも。

ああ、と悟る。自分はきっと、自らの淫蕩さでいつか身を滅ぼすのだろう。自分が斃《たお》れる場所はきっと、看取《みと》る者とてない荒野だ。そしてただ独りきり、曝《さら》されるばかりの骸《むくろ》となり果てて――


「――……っ!」

瞬間、がばと飛び起きる。

自宅の寝室だった。全身に汗をかいている。暴力的なほど生々しい夢のせいで、恐ろしいくらい心臓が弾んでいた。

綾瀬は、おののく手を見つめる。震えるそれを、ぎこちなく動かしてみる。手指がとりあえず骨と化していないことを確認し、沈み込みそうなほど深い吐息をこぼす。

夜明け前の、一番昏《くら》い時間帯だった。室内にも外にも、深く濃い闇の気配が横たわっている。だから悪夢を見たのだなと、洋寝台の上で一人自嘲《じちよう》する。

綾瀬が住まいとしているのは、和洋折衷《せっちゆう》の小体な一軒家だ。近衛師団の庁舎からもほど近い。家事は通いの老女中を頼んでおり、高城を除けば訪れる者はほぼいない。

寝間着代わりの浴衣《ゆかた》が、汗で肌にまとわりつく。しかし頭も身体も気だるく、着替えるのが億劫《おっくう》だ。

嫌な夢を少しでも振り払いたくて、側卓にある洋燈《ランプ》の細い鎖を引く。黄色い灯《あか》りが目を射た。多少は人心地がつき、寝台の上でうなだれたまま、己の半生を顧みる。

今さら兄やに謝罪して欲しいわけではない。そもそも行方不明だ。死んでいるのならばろくな死に方はしなかっただろうし、生きているとしても、さぞ落ちぶれてみすぼらしい姿に成り果てていることだろう。どちらにしろ、もうどうだっていいことだ。

子供の頃から、常に思ってきた。かつて兄やにされたように、誑《たぶら》かされ、弄ばれ、いいように扱われたくはないと。そんなもの、金輪際真っ平だ。だから人前で高慢に振る舞い、主導権を握ろうとする。日常生活でも、色事の時でも、いつでもそうして生きてきた。そうすれば、弱く脆《もろ》い自分を押し隠すことができるから――

自己嫌悪でうなだれる。自分が長年背負い続けている、自分で処理すべき荷物が、重く肩を圧してくる。そうだ、これを解消しない限り、高城にだって合わせる顔がない。

じりじりと何日か過ごすうち、事態はしかし、大きく動いた。

横井が、ついに逮捕されたのだ。

綾瀬のもとには、事後報告としてその顚末《てんまつ》が知らされた。週末、横井とベズルコフが都下の酒場で会う約束を交わしたので、そこが〈犯行現場〉になると踏んだ捜査員たちが店で張り込みを行い、その行為を見届けたのちに、逮捕状を突きつけたと。

横井は、泳がされていたとはつゆ知らず、大胆にもそれらしき書類封筒を卓上に滑らせた。ベズルコフが満面の笑みで封筒を受け取った瞬間、客を装った捜査員たちが一斉に立ち上がったというのだから、二人はさぞ肝を潰したことだろう。

捜査を始めてから十五日目。〈エリザ〉の一件はこうして、きっちり半月で幕を引くこととなった。すべては、高城を始めとする捜査班のおかげだ。

現役の海軍少佐による情報漏洩《ろうえい》事件は、もちろん新聞沙汰となった。しかし、綾瀬からの申し入れで、横井の名前は出さないことにした。
帝都日報の野村《のむら》記者——高城の幼友達だ——などはわざわざ当局まで足を運んで来、三月事変での恩を楯《たて》に食い下がってきた。が、家族親類が中傷される恐れがあるから、と説明すると、「なるほどなァ。家族まで吊《つ》るし上げにするのは可哀想《かわいそう》かァ」と仕方なさそうに引き下がってくれた。よかった。大した抑止策ではないかもしれないが、娘を心配していた高城もこれで、胸を撫で下ろしてくれるだろう。

高官同士での昼の会食を済ませ、綾瀬は自分の執務室に戻る。

いつも掛けている執務椅子に座り、幾度か深呼吸する。ちら、と机上の置き時計を見るが、それはさっき見たばかりなので針はいくらも動いていない。落ち着け、と自分に言い聞かせても、そわそわと弾む心が止まらない。

今日は、高城が出向を終え、近衛師団に復帰してくる日だ。

細かい残務をいくつか済ませたのち、憲兵本部からこちらに出勤します、と本人から連絡があった。予定では十三時半頃だ。時計ばかり見てしまう目をどうにか書類に向かわせつつ、耳で彼がやって来る気配を窺う。

そうしながらも綾瀬は、自分にしかと言い聞かせる。素直になってみよう——と。

あの悪夢によって、己の〈病根〉をつくづく思い知らされた。だからまず、高慢ちきなところから改善してみようと、遅ればせながら思い立ったのだった。

そもそも、高城相手に威圧的な態度を取る必要はない。彼がこちらを痛めつけることなど絶対にないのだから、安心して自分を委ねてみればいいのだ。そうすれば少しは、身に染みついたこの愚かな習性も、雪解けのように緩和されていくかもしれない。

時間を少し過ぎた頃だった。コンコン、というノックの音に、全身が反応する。

中山副官補が立ち上がり、応対のためドアを開ける。「ああ、お疲れ様です」の中山の声に、どきどきと胸が高鳴っていく。

「失礼いたします。遅くなりました」

声に耳を打たれる。息を飲んでそちらに目を向けると、濃藍色《こいあい》の軍服に金の飾緒《しょくちょ》を下げた彼が、一礼して室内に入って来た。そして真っ直《ま》ぐ《す》に綾瀬のもとにやって来、踵《かかと》を鳴らして敬礼する。

「高城副官、ただ今戻りました」

凜々《りり》しいその表情を前にした途端、熱い波が胸に打ち寄せてきた。何を取り繕うことなく、ただ、想いが口からこぼれ落ちる。

「お帰り……高城」

声は柄にもなく震えてしまった。深い安堵《あんど》が胸に満ち、ここのところずっと不安定に波立っていた気持ちが、穏やかな色に凪《な》いでゆく。

「よく……戻って来てくれた」

感極まるあまり、彼が戦地からの帰還でも果たしたかのような口調になってしまった。高城がぽかんとまぶたを見張り、申し訳なさそうに眉を下げる。

「不在の間、ご心配をおかけしました」

「いや何、よく頑張ってくれた。さあ、掛けてくれ」

照れ隠しにソファを勧める。と、中山副官補が高城に、引き継ぎ事項をまとめたものが机にある旨を告げ、一礼して部屋を出て行く。彼にもずいぶんと迷惑をかけてしまったなと、今さらながら自嘲する。

二人で向かい合い、綾瀬は改めて、事件について口を開く。

「ベズルコフの奴を取り逃がしたのは遺憾《いかん》だが、それでも、情報漏洩源は潰すことができた。高城、本当によくやってくれた」

駐在武官には外交特権があるため、直接の逮捕ができなかったのだ。出頭要請を出したが突っぱねられ、ベズルコフはそのまま、逃げるようにガヴィークへと帰国して行った。さぞ悔しかろうが、要注意人物として入国禁止措置を取ったので、今後は一切皇国の地を踏ませることはない。ベズルコフを失ったことで、ガヴィークの諜報部門にとっても、大きな打撃となっただろう。

高城も、心から安堵した表情を見せてくれる。

「ラ・フォンターニュ大佐からも誉められましたよ」

「ジェ、……いや、大佐が？」

高城のひと言に、まぶたをぱちくりさせる。

「ええ。逮捕後の報告の時に。『モトキの男なら当然だな』だそうです」

誇らしげにはにかむ表情がまぶしく、綾瀬もまた口許を緩めた。何ともジェルマンらしい言い様だし、高城としても、好敵手からのその言葉には胸のすくものがあったろう。

実は綾瀬のもとにも、ジェルマンから花とカードが届けられていた。花は、高城を変に煩《わずら》わせないよう、飾らず自宅に持ち帰ったが、カードには車中での非礼を詫《わ》びる旨が記されており、彼なりに高城に対して兜を脱いでくれたらしいことが察せられた。まだ油断はしないでおくが、これでジェルマンも少しはおとなしくしてくれるだろう。

「そうか。大佐もようやく、高城の真価に気づいてくれたようだな。まあ、それも当然だが」

鼻が高い気持ちでつぶやくと、高城がさらにくすぐったそうな顔をする。どんどん成長している彼だが、そういう顔はやはり可愛らしい。

ふと、会話が途切れた。しかし漂う沈黙は気詰まりなものではなく、ただ穏やかな心地にさせてくれるものだった。

綾瀬は、しみじみと目の前の相手を見つめた。彼がいてくれるだけで、こんなにも気持ちが落ち着く。言いたいことはたくさんあるのに、手持ちの言葉では追いつかない。いや、胸がいっぱいになってしまって、何だか上手く話せないのだ。

「あの、大佐……いえ、基己様」

高城が、軽く身を乗り出しながら口を開いた。その呼び方にどきっとする。

「週末、久しぶりに出掛けませんか」

正面からそう言われ、面食らってしまう。意味をようやく解した時、心臓が甘やかに高鳴った。

「あ、ああ……そうだな」

どきどきしすぎて、何だかそっけない言い方になってしまった。だから、こういうところが駄目だというのに。

高城はこちらを見つめながら、優しく問うてくる。

「どこか、行きたいところはありますか？　基己様にはご心配をおかけしたので、遠慮せず何でも言ってください」

真摯《しんし》な目に引き込まれる。せっかくの申し出を断るわけがない。ならば考えてみようか――素直に。

まだあまり、二人きりで出掛けたことはないのだった。というのも、綾瀬が高城を、休みの日ごとに自宅の寝台に引っ張り込んで離さないからだ。まったく、自分の好色ぶりにうんざりする。

そういう不健全な時間を過ごすのはよして、ごく普通の恋人同士のように出掛ければいいのだ。食事したり、公園や繁華街をぶらついたり、今かかっている映画を観《み》るのもいいだろう。美術館や博物館に行ったり、海や山などに少し遠出して旅行気分を味わうのもいい。高城とだったら、何をしたってきっと楽しいに決まっている。

だが――

綾瀬は首をひねる。してみたいことはいろいろあるが、今、本当にしたいことはそれではない気がした。特別なことや、何か気取ったことをしたって、気疲れしてしまうだけではなかろうか。

では何がしたいのかというと――まずは、高城をねぎらってやりたい。彼にとっては久しぶりの休日なのだろうから、ゆっくり身体を休めて欲しかった。しかし、こう伝えても彼は納得してくれなさそうな気がする。ではやはり、自分の正直な気持ちを――

ぐるぐると考えたあげく――ほろりと、一番素直な想いがこぼれ出した。

「……一緒にいられれば、それだけでいい」

高城が、弾《はじ》かれたような表情になる。照れ臭かった、ものすごく。だが、それが正真正銘、自分の本音だった。

落ち着かず視線を彷徨《さまよ》わせる。高城の期待に添う答えではなかったかもしれない。しかし、

「そうですね。俺もです」

はにかみ顔が返ってきた。ぱあっと眩《まぶ》しいそれは本当に嬉しそうで、照れ臭さすら吹き飛んでいきそうなくらいだった。

（……何だ）

きゅん、と胸が高鳴る。素直な気持ちを伝えるのも、悪くはないではないか。

心がたちまち軽くなる。実践してみれば、あっけないほど簡単だった。しかしさすがに、少しこそばゆい。目の前の高城が面映《おもは》ゆそうな表情を向けてくるので、それがますます増していく。

「あっ。ああ、そうだ。文樹《ふみき》が、……」

くすぐったさが極まったせいか、ふと思い出したことをつぶやく。

「先日、手紙をくれたのだ。ロワイユの軍艦を、ぜひ見に行ってみたいと」

ジェルマンたち使節団が乗って来た軍艦は今、港のちょっとした名物のようになっているのだ。乗ることはできないが、週末ともなれば、その堂々たる姿を見物しようと、大勢の市民たちが足を運んで来るらしい。

高城は意外そうな顔をしたが、さっそく提案してくれる。

「じゃあ、三人で見物に行きましょうか。俺も久しぶりに、文樹君に会いたいですから」

たまたま療育院で会ったあの時以来、高城は折に触れて文樹を見舞ってくれているらしい。

三人仲良く港を散策する姿を想像し、心が早くも弾んできた。文樹もきっと喜んでくれることだろう。

「では、わたしから連絡しておく」

「お願いします。じゃあ、そのあと、……」

じっ、と高城が、意味深なものを含んだ目でこちらを見つめる。

「夜は、食事にでも行きましょうか。……二人で」

「あ、ああ」

言外の意味を察して頬が熱くなる。言うようになったではないかと、茶化す余裕もなかった。まったく、恐るべき成長ぶりだ。

二人きりの時間も持ちたいのは、高城とて同じらしい。そして、相手から誘われるのも嬉しいものだと、新たな知見を得る。

そして、ようやくの週末。

天気はすっきりと晴れ渡っていた。今年はどうやら空梅雨らしく、澄んだ青空が頭上に広がっている。

朝一で入浴を済ませた綾瀬は、ブラシをかけておいた三つ揃《ぞろ》いを着込み、髪を丁寧に梳《くしけず》って、まずは帝都郊外の療育院へと向かう。

病室に入ると、文樹はすでに着替えてこちらを待っていた。「兄様、おはようございます」と、車椅子の上からきらきらした目を向けてくる。行く前から興奮しきりの彼を見、自然と口許が綻んだ。

「よく眠れたか？　文樹」

「まあまあ……あ、いいえ、ちゃんと眠れました。朝ご飯も食べました」

寝ていないと言ったら外出が取り消しになると考えたらしい。いじらしいことだ。顔色はよさそうだし心配ないだろう。

文樹は下肢装具をつければだいぶ歩けるようになったが、長時間の歩行はまだ難しい。車椅子の彼を押して昇降機に乗り込み、玄関先で高城が来るのを待つ。

「高城さん、まだかなあ」

道路の向こうを、文樹がのぞき込む。

「兄様とも、どこか行くのは久しぶりですね。高城さんも一緒にお出かけできるなんて、とても嬉しいです」

「高城のことが、さぞ好きなようだな、文樹」

苦笑交じりに聞いてみる。綾瀬が見舞いに訪ねる時もいつも「高城さんはお元気ですか？」と訊いてくるくらいなのだ。と、「はい、好きです」と元気のいい返事が上がる。

「ほう、どんなところが？」

「ええと、恰好《かっこう》いいところと、優しいところと……あと、兄様を大切にしてくださるところです」

　いきなりの発言に度肝を抜かれた。内心で慌てるが、文樹は無邪気に話し続ける。

「高城さん、今の自分があるのは兄様のおかげだと言っていましたから。そう話してくださる時のお顔は、とっても優しいです。副官として兄様を助けるのは、とてもやりがいのあるお仕事だと言っていました」

「そ、そうか……そうなのか……」

　子供というのはよく見ているものだ。それを文樹に話して聞かせる高城の表情も思い浮かび、頬がじんわりと熱くなってしまう。一種の悋気《のろけ》ではないか、まったく。

「兄様は？」

「何？」

「兄様は、高城さんが大切ですか？」

　頬がさらに熱くなった。何と答えようかと一瞬ためらうが、ここで嘘《うそ》などついてもしょうがない。

「ああ、大切だ。彼がいてくれて、本当に助かっているからな」

　まだ子供である文樹が相手ゆえ、微妙にぼやかした言い方になってしまう。しかし胸の奥では、それ以上の想いが膨らんだ。副官として、恋人として。高城に助けられたことは数え切れないほどだ。

そんな話をしているうち、高城を乗せた車がやって来た。颯爽《さっそう》と降り立つ彼を、文樹と二人で出迎える。

今日の高城はこざっぱりとした洋装を纏《まと》っていた。私服姿はあまり目にしたことがないので新鮮だ。軍服の時もそうだが体格の良さが映えて見え、素直にどきどきしてしまう。

「お待たせしました。さあ、行きましょうか。文樹君、大佐殿」

文樹の車椅子は畳んで持ち運びできる特別誂《あつら》えのものなので、それも車に積んでもらって、さっそく港へと向かう。


軍艦〈アンセルム〉は、ロワイユの初代国王の名を冠した大型艦船だ。

港に着くと、軍艦からも近い桟橋《さんばし》のたもとで〈特別遊覧船受付〉の幟《のぼり》が翻《ひるがえ》っていた。軍艦を海上から見物できる遊覧船が、今の間だけ出ているのだ。

至近距離から見上げる船体はさぞ迫力があるだろう。文樹も「楽しみだなあ」と目を輝かせていた。だが高城は、長い行列ができている受付所を素通りし、そのまま堂々と軍艦に近づいて行く。そしてこちらがうろたえる間もなく、タラップ付近に立っていた下士官に略式敬礼し、小さな紙片を渡す。

紙片を手にした下士官はたちまち踵を鳴らし、『少々お待ちください』と自分の上官に当たるらしい士官を連れて来た。少尉の肩章をつけた彼は『自分がご案内をつかまつります』と深々と身を折る。

綾瀬は驚きつつも、そうか、と膝を打つ。

「ラ・フォンターニュ大佐の名刺か？　さっきのは」

「ええ。今日のためにせしめて来ました」

高城が、ちょっと得意気な顔をする。すると文樹も「中に入れるんですか？」と目を輝かせる。

「そうだよ。ロワイユの親切な軍人さんに頼んだんだ」

「すごい！　さっきの紙は、魔法の紙ですね」

「よかったな、文樹。なかなかない機会だぞ」

文樹のために気を利かせてくれたらしい。綾瀬としてもこれは予想外だった。それにしても、もっと大きな物品を〈せしめて〉もいいくらいなのに、請い求めたものがこれというのが何とも高城らしい。

車椅子はかえって不便になりそうだと言われたので預かってもらうことにし、高城が文樹をおぶってタラップを上がる。並んで中部区画を抜け、前甲板へと歩き進む。案内してくれる若い少尉はジェルマンの配下の者らしく、にこにことほほ笑みながら艦の構造を説明してくれる。

「……うわあ！」

前甲板に着いた途端、文樹が歓声を上げた。海に向かって斜めに突き出した堂々たる主砲が、その姿を現したからだ。

船首に二門備え付けてある主砲は、最大射程十二粁《キロ》、砲弾の重さは四百瓩《キロ》にも及ぶ。これを操作し発射するためには、四十名もの人員が必要だ。

少尉の説明を適宜通訳してやる。文樹は頬を紅潮させてうなずき、食い入るようにその偉容に見入っていた。

主砲の後ろには、厚い鋼板で囲まれた司令塔があり、そこから最上艦橋に上がる。

「さあ、文樹。ここが、司令長官が戦闘の指揮を取る場所だぞ」

「えっ、ここ……？」

彼が目を丸くするので、無理もないと苦笑する。特に身を守る覆いがあるわけでもないし、説明されなければ、ただの吹きさらしの展望台にしか見えない一角だからだ。

文樹が肩を竦め、怯《おび》え顔をする。

「ここにいる時に敵の軍艦が見えたら、僕なら逃げ出してしまいそうです」

「敵もきっとそう思うはずだぞ、文樹」

小さな肩にぽん、と優しく触れてやる。

「だからまずは落ち着いて、相手の動きや数を確認することだな」

「兄様、すごいなあ。軍人さんはどうして、そんなに勇敢な心を持てるのですか？」

子供らしい質問に、今度は高城がほほ笑む。そして、何とも彼らしい答えを口にした。

「毎日鍛錬しているからだよ、文樹君。備えがあれば怖いものはないんだ」

甲板から内部に戻る。少尉が『今は誰もいないから』と、艦長専用の寝室や浴室を特別に見せてくれた。まばゆいほど豪華な内装に、三人でまぶたを見張ってしまう。ジェルマンもそうだが、海軍には洒落男《しゃれ》が多いのだろうか。

その他に機関室なども見せてもらって、見学は終了した。「ありがとうございました」と文樹が丁寧に頭を下げると、少尉たち下士官兵らが笑顔で見送ってくれた。

「兄様、今度はあっちに行ってみたいです」

文樹が指す方に、車椅子を押して歩いて行く。港には軍艦の見物客を当て込んでか、出店がずらりと並んでいた。焼いた魚介類の匂いや、菓子などの甘い匂いも漂ってくる。

綿飴《あめ》、鼈甲《べっこう》飴、カルメ焼き。針金細工や木工細工や輪投げ。水ヨーヨー、ガス風船。季節を先取りして、かき氷やアイスキャンディの店もある。どの店の前でも子供たちがたむろしており、たいそう賑《にぎ》やかだ。

「文樹、何か欲しいものはあるか？」

「ええと、……あっ、あれは何ですか？」

指さす先を見ると、店頭で、杏《あんず》やみかんや桃などを景気よく切っている若者がいた。それを串に刺し、見目よく台に並べている。

「あれは、果物に水飴を絡めてくれるんだよ」

高城が教えてくれる。確かに、水飴をたっぷり入れた硝子《ガラス》鉢も台に並んでいた。しかし高城は、文樹に向かってそっと耳打ちする。

「でも、食べている時に手がべたべたになるから、やめた方がいいかもしれないな」

「詳しいんだな」と感心すると、彼が苦笑いする。

「いやあ、五つか六つの時、兄と一緒に縁日で食べて、えらい目に遭ったんですよ。肘の方まで垂れてきて、浴衣まで汚してしまって……」

少年時代の高城を思い浮かべてみる。「竹刀《しない》ばかり握っていましたよ」といつか言っていたが、ごく普通に遊ぶ時間もあったようだ。兄が二人いるそうだから、彼らと一緒にやんちゃな遊びに明け暮れていたことだってあったかもしれない。

屋台はまだまだ続く。きょろきょろと目移りしている文樹のためにゆっくりと車椅子を押してやりながら、高城が話しかけてくる。

「大佐殿は、祭りや縁日に行ったり、そこで何か買って食べたりなどは？」

文樹がいるからか、今はそう呼んでくれる。綾瀬は、はて、と首を傾《かし》げ、遠い子供時代を眼《ま》裏《うら》に浮かべる。

「うんと小さい頃、女中だったかばあやだったかに、手を引かれて縁日に行ったことがあるような……」

社会見学も兼ねて連れて行ってやれ、と家の者が言うので、浴衣を着せられ、からからと下駄を鳴らしながら、生温《なまぬる》い夜風が吹く道を歩いて行った気がする。人いきれでむっとしている境内と、夏闇に浮かぶ橙《だいだい》色の提灯《ちょうちん》の列をぼんやり覚えているが、それ以外はとんと記憶にない。

「何か食べた覚えはないな。ただ眺めていただけだったんだろう」

あっさりした返答に、高城が眉を下げる。

「じゃあ、ニッキ棒とか、氷ボンボンとか、見たこともないですよねえ……」

「何だ、それは?」

初めて聞いたかもしれない単語に、目を白黒させる。

「ニッキ棒というのは、駄菓子のひとつで……えーと、何かの木の根らしいんですが……噛んでいるとほんのり甘い味がするんです。俺は結構好きなんですよ、歯ごたえがあって……」

味が今ひとつ想像できないが、一生懸命に棒を囓《かじ》っている少年時代の彼を想像すると、何だかほほ笑ましかった。甘い菓子は、家にあった舶来物のチョコレートやビスケットや、女中が命じられて買ってくる羊羹《ようかん》や金平糖など食べていた記憶があるが、買い食いなどはほぼしたことがない。

「氷ボンボンというのは、ゴムでできた入れ物の中にジュースが入っていて、それを凍らせたものです。手のひらで溶かしながら吸うんですよ。食べ終わった後は、ゴムに水を入れて水爆弾にして遊ぶんです」

「楽しそうだな」

「野村だったかな、赤く色をつけた水を入れてきた奴がいて、それでびしょ濡《ぬ》れになったまま帰ったら、親が腰を抜かしまして」

高城の話しぶりを聞いている方がずっと面白い。いきいきした横顔を、綾瀬は胸ときめかせながら眺めた。いわゆる庶民の子供の遊びを、自分はほとんど知らない。そうだ、〈普通〉の子供時代などなかったし……と、高城との育ちの差を感じて胸が軋《きし》んだが、つまらない感傷は今は捨て置こう。

「あっ、兄様。見て、あれ」

文樹が、とある出店を指さす。白い団子のようなもので作られた干支《えと》や動物が、竹串に刺されてずらりと台上に並んでいる。頭上の垂れ幕には〈しんこ細工〉とあった。

人の良さそうな老店主が、文樹に声をかけてくる。

「坊や、好きな動物を言ってごらん。何でも作るよ」

「兄様、いいですか？」

こちらを見上げる相手にうなずいてやると、彼がぱあっと顔を輝かせる。

「じゃあ、犬を作ってください」

「黒犬にしようかね。強そうなやつを」

店主がしんこを鋏《はさみ》でちょきんと切り、黒い色粉を入れて軽く練る。黒く染まったそれに指先や鋏を入れ、瞬く間に一匹の犬を仕上げていく。

「すごい！　手品みたい！」

「首輪もつけようか。身体に映えるよう、赤いのにするよ」

今度は赤い色粉を混ぜ、細く均一に指で伸ばしていく。何かを手本にしているわけではなく、その場で即興で作り上げていくらしい。まさに職人技だ――と見入っていたその瞬間、記憶の蓋がぱちんと開いた。

そうだ――いつだか自分も、どこかの縁日でしんこ細工の出店を見たことがあった。ただの白い団子を、鋏を器用に操って龍や虎のかたちにしていく姿は、子供の目にはまるで魔法のように見えた。

一緒にいたばあやの袂《たもと》を引いてねだってみるが、しかし、反応は淡々としたものだった。あいうのは大して美味《うま》くはない、見ているだけが一番いいのだとこちらを諭す。ただのお団子ですよ、とも。

もしかしたら、下々の者らの風俗に染まりすぎては困ると、わざとそう言ったのかもしれない。だがあの時は、反論のすべもなかった。

期待がたちまちしぼんでしまい、しゅんとして相手に従う。が、未練は拭えず、遠いところからしばし屋台の様子を眺め続けていた。台に並べられた小さな動物たち。どこか儚《はかな》く見えるそれが、眼裏にじんわりと白く焼き付いて、やがて消えていった。

「……どうかしましたか?」

ぼうっと立ち尽くしているこちらを見、高城が心配そうに問いかけてきた。はっと我に返る。

「いや、懐かしくて……」

「じゃあ、大佐殿も買いませんか。せっかくだし」

朗らかに言われて面食らってしまい、つい、可愛くない言い方が口から飛び出す。

「こ……こんなの、子供が買うものだろう」

子供扱いするなと、内心では赤面の至りだった。それに、幼い頃の出来事を、今さら解消したいわけではない。あんなもの、ひっかき傷程度の傷だ。

「そうですか? 別にいいじゃないですか。たまには童心に返ったって」

高城はしかし、あっけらかんと言い放ってくる。そして自ら店頭に立ち「馬がいいですかね?」と問いかけてきた。

動物の好みまで把握されているとは。趣味が少ない人間だが、乗馬なら気分転換によくしているからだ。

「……じゃあ、頼む」

お手上げの気分でうなずくと、高城がにっこりと笑む。老店主は「はいよ、馬だね」と言うが早いか、あっという間に白馬を一頭こしらえてしまった。黒ごまの目がちょんちょんとつくと、小さな馬にたちまち表情が宿る。文樹が黒犬を片手に持ちながらも、その手際に釘付《くぎづ》けになっている。

「さあ、できたよ。黒蜜をかけるかい？　そのままでも甘くて美味《おい》しいけどね」

「じゃあ、このまま……」

竹串の先に刺したものを手渡される。小さな白馬と対面すると、気恥ずかしいような、照れ臭いような気持ちで胸がいっぱいになる。

買ってしまった。いや、高城が買ってくれた。はっと気づいて財布を出そうとすると、笑顔でかぶりを振られる。

「兄様、見せて」

「文樹、食べるか？」

譲ってやろうとすると、彼は「いいえ」と続ける。

「兄様のものだから、兄様が食べてください」

高城もまた、期待感を込めた目でこちらを見つめてくる。〈庶民の食べ物〉を口にするところを見物したいらしい。

期待には応えたい。ので、思い切って尾の先をかじってみる。柔らかな生地の甘みが、ほん

のりと口に広がった。素朴な、しみじみとした味が舌上をくすぐり、ほろ苦かったあの縁日での出来事が、ほどけるように消えてゆく。

「……おいしい」

つい幼げな言い方になってしまった。高城が「よかったです」とほっとした顔をする。

「優しい味でしょう。大福や団子とも違って、独特の風味で」

「ああ。どこか懐かしいような味わいだな」

尾が短くなった白馬を見つめる。時を経てこれを口にすることがあるとは、夢にも思っていなかった。しかも、高城の計らいで。それだけでもう、お釣りがくるような気さえした。胸がきゅうと引き絞られ、彼への想いがますます深くなっていく。

「……ありがとう、高城」

「いえ、気に入っていただけたようで、嬉しいです。しんこ細工は、出来たてが一番美味しいんですから」

彼がにこにこと笑う。それだけでさらに、胸が甘いものでいっぱいに満たされてゆく。

文樹が「今日の記念になるものを」と、玩具《おもちゃ》の屋台で絵葉書を買い求めた。「お母様に送るの」と言う彼がいじらしくなり、ブリキ製の軍艦も一緒に買ってやる。文樹は精巧な造りのそれを手にし、いたくご満悦の様子だった。

「少し休憩しましょうか。あれ、食べませんか」

高城が指さす先に、人形焼きの屋台があった。焼きたてを紙袋に入れてもらう。

何か飲み物もと、人形焼き屋のちょうど隣で店を出していた、ラムネ屋に立ち寄る。

三本くれ、と言うと、捻《ねじ》り鉢巻きの親爺《おやじ》が、氷水を満たした金盥《かなだらい》から瓶《びん》ラムネを取って拭《ふ》き上げ、シュポン、と小気味いい音を立てて栓を抜いてくれる。

「ちょっと待ってな、レモンを入れるよ……ん、どこにいった？　おう、あった、あった」

親爺が、切ったレモンを入れた容器を背後から取り出す。「俺も耄碌《もうろく》したかねえ。こんなところに置いた覚えはないんだが……」とぼやきながら、レモンを飲み口の上で軽く絞ってから中に押し込む。ぷつぷつと気泡をまとうレモンとビー玉を眺め、文樹が「きれい」とはしゃぐ。

竹を組んだ横長のベンチがあったので、そこで並んで座る。周囲では家族連れや若者たちが、思い思いに飲み食いしながらのどかな休日を愉しんでいた。三人で瓶を鳴らして乾杯し、海を前にして人形焼きを頬張る。

「いい景色ですね」

「ああ。よかったな、今日は気持ちよく晴れて」

眩しい水平線を、高城と二人で眺める。こんなにゆったりした気持ちで休日を過ごすのは久しぶりかもしれない。海風も太陽も、何もかも心地がいい。

「文樹、このあとはあそこまで行くぞ」

岬にある博物館を指す。特徴ある石造りの建物が、ここからでも見えるのだ。そのあと、近くの洋食店で昼食を——と算段をつけていると、横の高城が急に咳《せ》き込んだ。

「どうした、むせたのか？」

苦笑し、自分のラムネを分け与えてやろうと、綾瀬は瓶を手渡す。高城は「すいません」と咳き込みながら、口許を手で覆って向こうに身を背ける。

しかしなかなか咳は止まらず、彼が苦しげな表情で胸を強く押さえる。背をさすってやろうと腰を上げるが、どうも、様子がおかしい。

「高城。大丈夫か？」

相手をのぞき込むと、瞬間、高城は、呻《うめ》くような声を上げて喉から胸を掻き毟った。押さえた口許から激しく吐き戻すさまを見、そこでやっと、彼の身に尋常でない事態が起こっているのに気づく。

「高城！」

近くにいた家族連れが、うわっと声を上げる。文樹も「高城さん！」と悲鳴を上げ、それによって周囲の人々が一斉にこちらを向く。

「誰か、医者を——」

綾瀬も青褪《あおざ》めた。食べたものに何か異常が？　しかし我々は何ともないのに——と思った瞬間、目の端に黒い影が映った。

はっとそちらを向く。数十米《メートル》先に、黒い衣服を着込んだ背の高い男がいた。皇国人——では、ない。男は帽子の庇《ひさし》を摑んで目深に被り直すと、騒ぎに紛れるような恰好でこの場から離れようとする。口許に、こちらにだけ分かるよう歪んだ笑みを乗せて。

（あいつ……！）

逆上に、かっとこめかみが燃える。

「あの男を追ってくれ！　黒い服に黒い帽子の男だ！」

自分も男に向けて一歩踏み出そうとするが、その時、高城が地面に倒れ伏した。全身に脂汗を浮かべ、胃を吐き戻さんばかりに嘔吐《おうと》し続けている。

「おい、兄さんがた、大丈夫かい？」

「医者だ、医者を呼んでくれ、早く！」

しっかりしろ、と高城の肩を叩くが、意識が朦朧《もうろう》としているのか、呼びかけに反応してくれない。綾瀬はとっさに、彼が吐瀉物《としゃぶつ》で窒息しないよう、指を押し込んで無理矢理に口を開けた。目の前の光景は悪夢のようで、手も指も震えてろくに動かない。

「高城さん、高城さんっ……！」

文樹が涙声で叫び、よろめく脚で立ち上がって必死に背をさする。周囲にたちまち人垣ができる。黒服の男の姿がそれに遮《さえぎ》られてしまい、歯ぎしりして呻く。

「高城、しっかりしろ。聞こえるか？　お願いだ。高城ィッ……！」

綾瀬は相手にすがりつく。声がいつしか「死ぬな」「目を開けてくれ」と、悲鳴じみたものに変わってゆく。なのに、いくら叫んでも喚いても、意識を失った高城が呼びかけに応えてくれることはなかった。

高城は近場にある病院へと担ぎ込まれた。点滴などの処置を受け、ようやく意識を取り戻したのは、陽《ひ》がすっかり落ちた頃だった。

個室の寝台に横たわる高城の枕許で、文樹と並んでまんじりともせず彼を見守る。

文樹も自分も何ともなかったが、身体がずっと、小刻みに震え続けていた。止めようとしても、どうしても止まらない。

と、閉ざされていた高城のまぶたがぴく、と震えた。

「高城ッ、……！」

弾かれたように椅子から立ち上がり、文樹と二人、固唾《かたず》を飲んでその様子を見守る。

身を乗り出し、かすれた声でもう一度、高城、と呼びかけてやると、まぶたがごく薄く開いた。

かすかに開いたまぶたの間で、黒目が左右に動いた。何かを探しているようだ。覆い被さらんばかりの体勢で、相手に呼びかける。

「わたしはここだ。文樹もいる。二人とも無事だ」

「高城さん、大丈夫ですか？　高城さんっ……」

文樹とこちらを、高城は目だけで交互に見つめた。眼前が潤む。胸が、喉奥が震える。痛いほどに締め付けられる。

高城は無理にも起き上がろうとしたが、まだ身体に力が入らないようだった。苦しげに眉を寄せるさまにはらはらしてしまう。いいんだ、寝ていろ、とかぶりを振って伝える。手が震え、言葉も上手く出てこない。

彼の乾いた唇が、かすかに動く。はっとして身を寄せると、かすれた声で高城がつぶやいた。

「……で、……よか、っ……」

言い切ったところで、まぶたがふっと細くなった。やがて閉じられる。それに合わせて吐息がすうすうと、規則正しいものに変わっていく。

再び寝入ってしまったことが分かり、かく、と膝から力が抜けた。椅子にへたり込む。ぎりぎりのところまで張り詰めていた気が、ふつりと途切れかける。

「……文樹」

しかし、気持ちをぐっと引き締める。容易なことでそれがばらばらにならないように今一度感情を絞り上げてから、傍らの小さな肩に触れる。

「もういいだろう。大丈夫だ。高城はこのとおり、意識を回復した。さあ、帰る時間だぞ」

意識が戻るまではそばにいたいと言い張る文樹の気持ちを尊重して、遅い時間だが留まるのを許してやったのだ。文樹は素直に目許を拭い、「はい、兄様」とこくりとうなずく。

「あの、でも……」

もじもじと、彼がこちらを見上げてくる。

「兄様……兄様は？　お一人でも大丈夫ですか？」

こちらを案じる大きな瞳を目の当たりにし、思わず瞬きしてしまった。その自覚は多少あるが、子供から見ても、よほど酷《ひど》い顔をしているのだろうか。

「……わたしなら大丈夫だ」

しかし、無理矢理に気丈な顔を作る。文樹の不安を煽《あお》りたくはない。だから「ほら」と相手を促す。

「もう出るぞ。高城をゆっくり休ませてやれ。頑丈な男だ。きっとすぐ元気になってくれる」

自分に言い聞かせるように言う。文樹も口許を結びながらうなずいてくれたので、ぽん、と彼の背に触れて病室をあとにする。しかし車椅子の背後で、そっと眦《まなじり》を拭うのだけは抑えられなかった。

迎えに来てもらったばあやと共に車に乗り込んだ文樹《ふみき》を見送り、再び病室に戻る。

高城《たかぎ》はよく寝ているようだった。薬が効いているらしく、港で苦しんでいた姿と比べると、実に安らかな寝息を立てていた。

目を閉じている時でも生真面目な印象がある寝顔と、毛布の下で規則正しく上下する胸をしばし眺め、静かに立ち上がる。その前に、少しだけ肩先に触れて。

廊下に出る。すでに遅い時間だ。暗い廊下を歩く者は、綾瀬《あやせ》以外誰もいなかった。端の方に長椅子が置いてある一角を見つけたので、そこに、沈み込むように腰掛ける。

「……、」

静まり返った中、さっき高城がこぼしたひと言が、耳に強く蘇《よみがえ》ってくる。

――自分でよかった。

彼はそう言った。そして深く息をつき、心から安心した様子で眠りに落ちた。

「――っ、～ッ――……!」

喉奥がひくりと波打つ。鼻の奥につんと差し込みがき、嵐のような感情に横殴りにされた。呻《うめ》く声はすぐに嗚咽《おえつ》となり、喉奥を思うさまこじ開けて哮《たけ》り狂う。

さっきは文樹がいた手前、どうにか堪《こら》えたが、一人になったらもう駄目だった。肩震わせてうつむき、地団駄を踏み、涙も洟《はな》も流れるままにする。

自分でよかっただと? そんな台詞《せりふ》はやめてくれ。この馬鹿者が。どうしてそう、いつもいつも自分を犠牲にすることをよしとするんだ。なぜいつも、わたしなどを気遣ってくれるんだ。わたしは……わたしは、貴様が思うほど上等な人間ではないというのに。

自責と申し訳なさと、そして、激しい怒りが身を襲う。自分たちは〈狙《ねら》われた〉のだ。あの黒服の男、これはガヴィークによる、スパイ摘発への報復行為だ。

おそらく、あのレモンに毒物が仕込まれていたに違いない。高城がこうなったのは三分の一の確率だったにしろ、まったく見抜けず油断していた自分が悔しい。こんな手段を使ってきた敵が憎い。感情がぐちゃぐちゃになり、喚《わめ》き散らすように泣き続ける。

「うぅ……っく……、うぅ……～っ……！」

何よりもそして――大きな安堵《あんど》も胸を包む。高城はああ言ってくれたが、自分だって同じ気持ちだった。愛する相手の無事を祈らない者はいない。高城が助かってくれてよかったと、もうそれだけで、泣けて泣けてどうしようもなくなる。

涙を絞り尽くしたのちも、その場でぼうっとうなだれる。これほど泣いたのは赤子の時以来かもしれない。頭もまぶたも熱く、すぐには立ち上がれそうにない。

と、廊下の向こうから、軍靴の足音が近づいて来た。

硬質な音がしばし廊下をうろうろしていたが、こちらを見つけたらしく、速度を速めて真《ま》っ直《す》ぐに向かって来る。

『話は聞いたぞ、モトキ』

息せき切った声が耳に落ちてきた。軍靴の爪先が、そして軍服の白い膝が、うつむいたままの視界に入って来る。彼ほどの高位軍人が膝をついてくれるとはと、他人事《ひとごと》のようにそれを眺める。

『大丈夫か？　……おお、何て痛々しい顔だ』

ゆるりと顔を上げる。目の前のジェルマンが息を飲み、少々大げさに眉を下げる。

ジェルマンは、そんな場合ではないと思ったのか、隣には掛けずに横で壁を背にして立った。

こちらが落ち着くのを待ってから、話し出す。

『現場から立ち去った黒服の男だが……そのまま、行方をくらましたそうだ』

分かってはいたが唇を噛《か》む。迂闊《うかつ》に正体を摑《つか》ませるような奴《やつ》ではないだろう。ガヴィークがその目的で手配した、その筋の玄人《くろうと》だ。

腹底で、再び怒りが煮えてくる。ベズルコフを摘発したことが、向こうはよほど業腹だったらしい。その意趣返しがこれか。考えれば考えるほど、腹立ちが劫火《ごうか》になって燃え盛っていく。

高城は一命を取り留めたのだからそれでいい、とは到底思えない。怒りは恨みとなり、腹の中で黒々と渦を巻き始める。このまま終わらせてなるものか。目には目を。歯には歯を。そうだ、ガヴィークの奴めに、今度はこっちから――

『……何を考えている？　モトキ』

じっとこちらの横顔を窺《うかが》っていたジェルマンが、硬い声音で問うてくる。

『君ほどの人が、まさかとは思うが――』

答えず無言を貫くが、それが答えになってしまった。ジェルマンが身を乗り出し、眉を寄せて諭してくる。

『君の無念はよく分かるが、報復の報復などよした方がいい。きりがないぞ。やったのなら、またやり返される。何倍にもなって返ってくる。それが繰り返されたらどうなる？　行き着く先は――戦争だ』

打ち込まれる斧《おの》のように重々しい響きだった。そうだ、適当な大義名分のもとに、その火蓋《ひぶた》は容赦なく切って落とされる。

もし、大帝国ガヴィークが海を越えて攻め込んできたら、小さな島国である皇国はひとたまりもないだろう。同盟国の助けがあったとしても、勝敗の行方はほぼ見えている。だから中立の立場を保ち、紳士的な外交に努める。それが皇国軍の基本方針だし、平和を望むならそれしか策はないのだ。だが、だが――

『……わたしとて、愚かな真似《まね》はしたくない』

ぽつりと言葉が落ちる。そうだ、取るべき態度はおのずから決まっている。だがそれを振り払うかのように、激情が爆発した。

『しかし……、それではわたしの気が済まんのだッ！』

廊下に響き渡るほどの大声だった。軍人としての理性など吹き飛んでいた。高城への想《おも》いと怒りとで、何もかもがぐちゃぐちゃだ。

ジェルマンが息を飲む。圧倒されたのか、呆《あき》れたのか。または、ついに愛想を尽かしたか。

気まずい沈黙が落ちる。しかし、ややして、返ってきたのは意外な言葉だった。

『……変わったんだな、君は。本当に』

つくづく、という声音をこぼし、彼が続ける。

『私の目に映っていた君は、感情をあらわにするという無駄なことはしない人だった。常に冷静でいて、それでいて強気の塊で、この私ですら容易にどうこうできない存在だと――そんな風に思っていた』

そこまで言って、彼がふう、と物思うようなため息をこぼす。

強気の塊と聞いて、思わず乾いた笑いが漏れた。外見はそのように装えても、中身はまったく違う。偽りの強さで糊塗《こと》していたのは、愚かで弱々しい自分だ。もう誰からも弄《もてあそ》ばれたくないと、ただただ必死に虚勢を張り、弱気を隠していただけに過ぎない。

『……要するに、悪い方に変わったとでも言いたいのか？』

メッキが剝《は》がれたと言われたも同様だ。もうどうにでもなれと投げやりに言い捨てると、相手が笑う気配がした。

『おやおや。君にしては珍しく、そそる姿を見せてくれるじゃないか。そんなしおれた顔も、私は嫌いではないがな』

最大級の皮肉を寄越して、ジェルマンが笑う。酷《ひど》い男だ。こちらは涙も出ない。もはや、取り繕うことだって出来やしない。

『……冗談さ、モトキ』

しかしジェルマンは一転して肩を竦《すく》め、いたわるような声音で続ける。

『以前の君なら、こう言われたら絶対に、眉を吊《つ》り上げて言い返してきただろう。そもそも、弱い姿など人前では絶対に見せなかったはずだ。違うか？』

そうかもしれない。強がることだけは得意だった。それは、本当の強さではないのに――

『君だって分かっているはずさ。メッキが剝げたにしろ何にしろ、その下から現れ出たのは本来の自分だ。倫理や社会通念や、軍人としての立場を打ち壊しにしてでも剝《む》き出しの想いをさらけ出せるのは――弱々しいだけの人間にはできないことだぞ』

とん、と胸を突かれた。励ましとも取れる言葉に、打ちのめされた心が少し上向く。

自分は変わったのだろうか。ジェルマンの言う、悪くはない方向に。本来の自分をさらけ出すことなど今までほとんどなかったから、その点ではきっと、多少は変わったのかもしれないが。

黙ったままのこちらを穏やかに見つめ、相手はさらに続ける。

『誰にでも弱い部分はある。だから、いいじゃないか。たまには弱気になって取り乱しても。だが君は、そこに飲み込まれて終わってしまう人ではない。自分で立ち直れる力だって、きちんと持ち合わせている人だ。そうだろう？　モトキ』

情ある言葉が、ゆっくりと身に沁《し》み入ってくる。それを咀嚼《そしゃく》するうち、背が自然と伸びた。そこに一本芯《しん》を入れるような心地で、握った拳《こぶし》をしっかりと両膝に置く。

分かっている。自分はそれほど強い人間ではない。しかし――ただ弱いだけの人間でもない。その自負はもちろんある。弱いから、愚か者だという自覚があったから、今まで人一倍苦しみもがいてきたのだ。それは――強さとは言えまいか。

長い、長い間、心を圧していた重石《おもし》が、ふっと軽くなった気がした。顔も自然と上がる。きっと、弱さという裏打ちがあるからこそ、自分は強さを獲得できたのだ。

『……貴様から励まされるとはな』

顔を洗い立てのような、こざっぱりした気分で口を開く。憑《つ》き物が落ちた、とは、こういった心持ちのことをいうのだろう。おかげで、以前の皮肉めいた言い方まで復活してしまう。

『いや、違うな。こんな言い方ではなく……ありがとう、ジェルマン。おかげで少し、気持ちが落ち着いた』

ジェルマンが、文字どおり目を丸くする。

『君から礼を言われたのは初めてだな。……ふふ、君とこういうやり取りができるとは、まったく、五年前は思ってもみなかったことだ』

感慨深そうにこぼしたのち、彼は、いたずらっぽい表情で付け加える。

『会わない間に何か……思うところでもあったのかな？』

綾瀬も小さく鼻を鳴らす。この五年、自分の身に起こった大きな変化といえば、ひとつしかない。ジェルマンは認めたくないのか、自分の口では絶対に言わないつもりらしいが。彼もなかなかの負けず嫌いのようだ。

『話を戻すが……私は、反撃ぐらいはしてもいいと思うぞ』

はっとする。ひとつ瞬《まばた》きすると、ジェルマンは口調は軽くとも、真剣な顔で続けた。

『君への欲目だけで言っているのではない。やられっぱなしではやはり、憎き敵に付け上がる隙《すき》を与えるようなものだからな。この際だ、手段を選ばず、やれることをやってやらないか？』

胸がにわかに騒ぎ出す。そうだ、やられっぱなしで終わりたくない。高城のためにも、何とかして一矢報いてやりたい――

コツ、と軍靴を鳴らし、彼が一歩近づいてくる。そして軽く身を折り、実に優雅な仕草で胸に手を当てて言った。

『協力しよう。いや、協力させてくれ。同盟国の軍人として――君の友として』


翌日。

二国で会議を行ったあの西洋料理店に高官たちを呼び集め、再びの会合を開く。

早めに会場入りした綾瀬は、手洗いで顔を洗って気を引き締める。昨夜から今朝方にかけて〈共同作戦〉のための話し合いをしていたのでほぼ寝ていないが、頭はきりきりと冴《さ》え渡っていた。

腹に気合いを据《す》え、奥の特別室へ向かう。と、向こうから、群青色の軍服を着込んだ男がやって来た。

後藤田《ごとうだ》だ。たちまち眉が寄る。呼んだ覚えはないが、なぜ来たのか。

話すこともないのでそのまま脇に逸《そ》れる。が、すれ違いざまに奴は、半笑いで口火を切った。

「……可愛《かわい》い副官の弔い合戦か？　綾瀬大佐」

「――ッ！」

かっと頭が燃える。よりによって、その言い方は。

逆上しては相手の思う壺《つぼ》だ。が、それでもひと言くらいは言い返さんと口を開きかけると、

「無礼だぞ、後藤田大佐！」

鋭い叱責が飛んできた。後藤田がびくっと身を竦《すく》ませる。

海軍の伊東《いとう》大佐だ。階級は同じだが、年齢も席次も後藤田より上だ。叩《たた》き上げで昇進してきた気骨ある男で、海外在留経験が豊富ということもあって、会議に参加を願った。

廊下の向こうから大股でやって来た伊東は後藤田を睨《にら》みつけ、厳しい口調で続ける。

「我々海軍の不始末のせいで、陸軍の副官が報復の標的となったのだ。これを何と心得る！陸軍に対して申し訳ないとは思わんのか！」

怒気の激しさに、綾瀬もつい圧倒されてしまう。

海軍の不始末——確かにそうだ。横井《よこい》がスパイ行為のかどで逮捕されて新聞沙汰《ざた》になり、横井の義父も引責降下。よって海軍内は今、上を下への大騒ぎなのだ。少し前まで陸軍を嗤《わら》っていた面々も、表を歩けないような心地でいるに違いない。

伊東は続けて言い放つ。

「副官の身を案じるのも、上官として至極当然のこと。それを、言うに事欠いて貴様は！　人の命を何だと思っているのだ！　恥を知れ、恥を！」

真正面から叱責《しっせき》され、さすがの後藤田も立つ瀬がないようだった。肢《あし》の間に尾を挟む犬のような顔をし、一人おろおろとうろたえる。

綾瀬は後藤田からは顔を背け、伊東に目礼を返す。誠意ある言葉はありがたいものだった。

そして不愉快な男のことは忘れ、会議に向けてきっぱりと頭を切り替える。

時間になり、面々がずらりと並ぶ。綾瀬はジェルマンと共に前に立ち、将校たちを見渡して口を切る。

『本日はご多忙の中、急な招集に応えてくださって感謝に堪《た》えない。このとおり……深くお礼申し上げる』

丁寧に身を折り、まずは感謝の気持ちから伝える。

しばしののちに顔を上げると、痛ましげな、同情を寄せるかのようなまなざしがこちらに注がれた。さっき伊東大佐も言ってくれたが、高城が入院していることは、皆すでに知っている。

胸の奥で彼を想う。今から話すことは、半分ほどは彼のために知恵を絞って考えたことだ。

高城を害したガヴィークへの反撃は――他の誰でもない、この自分が行う。

きっと表情を引き締め、勇ましく先陣を切る尖兵《せんぺい》さながらに口を開く。

『ではさっそく、ロワイユと大和皇国《やまとこうこく》による、〈共同作戦〉を発表する』

広げてあった地図を指し、そこに引かれた一本の線――いつかジェルマンが話してくれた、ガヴィークの補給線を指し示す。

『ご覧のとおり、ガヴィークの輸送船団がたどる補給線のそばに、センバル諸島という島々がある。ロワイユ領であるサルワジ沖に位置しており、つまり、ここもロワイユの所領地であるということ』

『……ふむ』

ヴァランタン少将が身を乗り出す。さすが、歴戦の将校はすぐに気づいてくれたらしい。

『センバル諸島は、小さな島はいまだに道路が舗装されておらず、学校や病院なども不十分であるから、そこに、インフラ建設の支援のためという名目で、ロワイユ軍と皇国軍が、共同で進駐する』

室内のあちこちから、そういうことかとため息がこぼれる。久我山《くがやま》などは「ほっほ」と愉快げに口許《くちもと》を緩めたほどだ。

綾瀬は、ひと言ひと言に力を込めながら説明を重ねていく。

『サルワジの隣国は、ガヴィークの支配地域のひとつになっているゆえ、輸送船団は必ずここの港を使うはず。つまり、この港を目指すなら、センバル諸島周域を通る以外ない』

センバル諸島へ進駐すれば、ロワイユと皇国の二国の軍艦が、島の周域を警護することとなる。つまり——ガヴィーク側からすれば、補給線上に複数の軍艦が立ちはだかるわけだ。よって、輸送船がそれ以上進めず、補給が極めて困難になる。センバル諸島周域を避ければさらに遠回りとなり、ますます目的地からは遠ざかっていく。

『補給を断たれれば、ガヴィークは中東地域で孤立する。タルディナや、他の支配地域から無理矢理に食糧を供出させたとしても、いずれ限界がくる。主力軍四十万が、食糧や武器弾薬を得る手段もなしに、砂漠地域で干からびていく——そんな最悪の事態は、ガヴィークも避けたいはず』

そう。この〈共同作戦〉の狙いは、ガヴィークを中東から撤退させることだ。

ガヴィークの補給線上の〈障害物〉となることで、物資を主力軍に届かなくさせる。さすれば、タルディナ始め各国に侵攻していくことは不可能になるだろう。ガヴィークの南下政策は、すべてが頓挫《とんざ》する。

『なるほど……』

将校らが幾度もうなずく。

『戦わずして、相手の戦闘力を削《そ》ぐ作戦か』

『要するに兵糧攻めだろう？　まったく、立場が逆ならこれほど嫌なものはない』

メロー大佐が、言葉どおりに顔をしかめる。横にいるヴァランタン少将も。

『サルワジに停留させている軍艦は〈フェロス〉だったな、大佐？』

上官の問いに、ジェルマンがうなずく。

『〈フェロス〉は我が国が誇る軍艦です。その名のとおり、獰猛《どうもう》な戦いぶりで大暴れしてくれるでしょう』

『皇国はいかがか？　もしこの作戦が実行されるとして、現在動かせる艦隊は？』

ヴァランタンの問いに、伊東がかしこまって答える。

『戦艦〈雷神〉でしょう。魚雷発射管が一番多い艦だから、適切であると思う』

綾瀬は内心で息を飲んだ。海軍将校らが、さっそく話を進めようとしてくれている。この流れに乗って――と意気込むが、しかし、声がひとつ上がった。

『そ……、そう上手《うま》くいくものかッ！』

後藤田が息巻く。そして、こちらを憎々しげに睨みつけてくる。

『いきなり進駐しろと言われてもできるか！　陸軍の……いや、貴様の都合で軍艦を動かそうとするなど言語道断！　そもそも、インフラ建設だのは建前だろう？　貴様は自分の副官可愛《かわい》さに、皇国海軍を顎で使おうと……』

『ええい、まだ言うかッ、後藤田大佐！』

伊東がいきり立つ。

『貴様に問うが、では、他に何か案があるか？　タルディナを苦境から救い、ガヴィークと戦闘せずして矛を収めさせる方法は？』

『そ、それは……』

後藤田にさっそくの一撃を加え、伊東が続ける。

『確かにこれは、綾瀬大佐の私情によって立案された作戦かもしれん。だが、そこにはもうこだわるな！　そこに固執することは貴様の〈私情〉ではないのか？』

ずばりと言ってのける。後藤田がたじたじと後ずさったところで、伊東は大きく息をつく。

『いや、失敬した。水を差して済まない。ロワイユの皆様にも深くお詫《わ》びする』

きびきびと身を折って頭を下げる。ロワイユの面々は、後藤田が一人喚くのは二回目とあって慣れっこになっているのか、鷹揚《おうよう》な表情で謝罪を受け止めてくれた。完全に面目を失った後藤田が、がっくりとうつむく。

『……では、同盟国ザイドリッツにも、支援を頼めばいいのではないかな？』

雰囲気を一新するかのように、久我山が提案する。

『ザイドリッツも、タルディナの状況には危機感を感じているはず。ガヴィークが中東から去れば、あちらもさぞ気が晴れるのでは』

伊東もうなずく。

『そうだ、ザイドリッツからは潜水艦でご協力願おう。彼《か》の国の潜水艦は世界一だ。賛同してくれるのなら、何とも心強い話ではないか』

『ええ、そのとおり』

綾瀬も気を取り直し、さらなる説明を重ねる。

『この作戦の要点は、動くのはロワイユと皇国の二国だけではないというところ。同盟国ザイドリッツはもちろんのこと、独立運動を行っているタルディナや、その周辺の反ガヴィーク国家をも、我々が動くことによって味方につけることができるはず……』

西域から中東、そして東域の国々が、瞬く間にガヴィークに対して反旗を翻《ひるがえ》してゆくさまを、眼裏《まなうら》に思い描く。さすれば、止められるかもしれない。これ以上の侵攻を、殺戮《さつりく》を。

『皇国だけ、ロワイユだけでは、大帝国ガヴィークには敵《かな》わない。だが、他の国々と協力し合えば、勝ち筋が生まれる』

そうだ、一人でできないのなら、誰かに協力を頼めばいい。この発想も、今までにはなかったものだ。そう気づいた時、ふと――高城の姿が眼裏に浮かんだ。常に自分を助け、支えようとしてくれる存在だからだろうか。彼のその真心が、献身が、自分を心底から変えてくれたのだろうか。

『同盟とは、苦しい時にも協力し合ってこそ、初めて真価が発揮されるもの。世界の平和を守るためにも、まず、我々から動き出さなければなりません』

眼裏で彼の人を思う。そばにいなくても、彼の存在はいつも心を支えてくれる。

『そのためには、なにとぞ……皆様の力をお貸しいただきたい。平和のために戦い抜くことが、自分の使命。不肖の身ながら、それだけは全うしたく思います』

再度、深々と身を折る。憎き後藤田に言われなくとも、これが自分の個人的報復に端を発していることは承知だ。だが、それを達成したいがために、多忙を極める将校たちに参上してもらったわけではない。

この共同作戦には、綾瀬の強い意志が——戦渦を引き起こす事態は避けるべきだという信念が詰まっている。まずはそれに賛同してもらわなければ、話が進まない。

腹底をおののかせながら、綾瀬は恐る恐る顔を上げる。と、卓に向かって身を乗り出していたヴァランタン少将と目が合った。

歴戦の将官が、目尻に皺《しわ》を溜《た》めてつぶやく。

『大佐のお心はよく理解した。さすが、あの副官……タカギ大尉の上官なだけはある』

思わず虚を突かれ、驚き顔で相手を見返す。相手はほほ笑み、そしてさっそく『では、具体的な話に移ろう』と、自ら進行役となって細部を詰めようとしてくれる。周囲もそれに倣《なら》い、あちこちから意見が上がり始める。

「……、」

頬でもつねりたくなる光景だった。ぽかんとして、しばし立ち尽くす。間接的に高城をも誉《ほ》められたせいか、気持ちがちょっと現実に追いつかない。

『……君が立てた作戦なのだから当然さ。私から少将への根回しは、やはり不要だったな』

ジェルマンが囁《ささや》き、そっと身体《からだ》をつついてきた。それでようやく、安堵の笑みを返せる余裕が出てくる。が、本心としては、その場にへたり込んでしまいそうなほどだった。やったぞと、遅れに遅れて喜びが湧いてくるくらいに。

渾身《こんしん》の〈共同作戦〉は、話し合いの末、無事に概略が決まった。

そしてその日のうちに、久我山を始めとする陸・海軍の将官らによって、大皇陛下に上奏されることとなった。

綾瀬は、参謀本部内にある久我山の執務室にいた。上奏文の清書を手伝うためだ。

筆で書き終えた上奏文を久我山は風呂敷に包み、さらに革鞄《かばん》に入れた。そしてそれを両腕で抱え、「よし」と立ち上がる。

「よろしくお願いいたします」

綾瀬もまた襟を正して立ち上がり、万感の思いを込めて身を折る。すると相手は胸を叩き
「あとは任せておきなさい」と、頼もしくも温かい言葉をくれた。

大皇陛下は陸・海軍の大元帥を務めるが、称号のみの名誉顧問のような存在なので、よほどのことがない限り、作戦はこのまま承認されるはずだ。

久我山は、今日はゆっくり休むように、と言い残し、部屋を後にした。その背中を、深々と頭を下げて見送る。しばしののちに顔を上げ、ほう……、と長い吐息をつく。

(――……敵は討ったぞ、高城)

肩からゆっくり力が抜けた。とりあえずの安堵が胸いっぱいに広がる。愛《いと》しい相手を思い浮かべることで潤んでしまった視界を、瞬きでやり過ごす。

建物を出たところで中山《なかやま》副官補が待っていた。横付けにしてあった車に乗り込む。

「病院でよろしいですか？　大佐殿」

「ああ、頼む」

すでに遅い時間だが、帰宅前に寄って行きたかった。高城はもう休んでいるにしろ、顔だけでも見ていきたい。

「……高城副官は幸せ者ですね」

中山が、彼にしては珍しくつぶやきを寄越した。バックミラーに慈しむような目が見え、綾瀬はひとつ瞬きする。

「……そうだろうか？」

「ええ。もちろんですよ」

　ふっと眉を下げることで返事に代えた。少し泣きそうになる。高城も、そう感じてくれているといいのだが。


　病院に着く。帰りは流しの車を拾うと告げ、中山を先に帰宅させる。

　すでに消灯している受付を抜け、階段を上がって病棟へ向かう。看護婦詰め所に人影はなく、どうやら出払っているらしい。その前を通り過ぎて、静まり返った廊下を歩いて行く。

「っ、……！」

　その時だった。背後から口許を覆われ、そのまま強引に引きずられる。

「動くな」

　慌てて抵抗するが、こめかみに硬いものが当てられる。拳銃だと察し、身の裡《うち》が瞬時に竦んだ。

　奥まったところにある、手洗いに連れ込まれた。タイル張りの壁に向かされ、顔をそこに強く押しつけられる。

「どこまでも、人を小馬鹿にしくさって、ッ……！」

怒り心頭の声音で、後藤田が凄《すご》んでくる。やはりこいつか。ここを訪れるとみて、待ち伏せしていたのか。

「貴様のせいで俺の面目は丸潰れだ。センバル諸島への進駐からも外されるだろう。どうしてくれる。伊東の奴にも馬鹿にされ、副官までも転属願を出してきやがった」

自業自得だろう？　と言ってやりたかったが、拳銃を手にしている相手を刺激するのはまずい。この場はとりあえず、息詰めて後藤田の様子を窺《うかが》う。

「すべて貴様のせいだ。許さん、決して許さんぞ。そのきれいな顔、ふた目と見られないようにしてやろうか」

至近距離から生臭い息がかかり、綾瀬は顔をしかめた。後藤田は鼻息を荒らげ、怒りのためか小刻みに震える手で、拳銃をこめかみに押しつけてくる。

「そうだ、かつてのあだ名は〈男喰《ぐ》い〉だったな？　綾瀬大佐。では、犬のように犯してやろうか。たった今ここで」

嫌悪感に眉間が狭まる。〈男喰い〉――そんなあだ名があったことは初耳だが、そう呼ばれてもしかたのないことばかりしていた。怖いもの知らずの愚か者だった。そうだ、高城という相手が現れるまでは。

「はァ、はッ……」

後藤田の呼吸が淫猥《いんわい》に弾んでいく。自分の台詞ですっかりその気になったらしく、空いている方の手で下半身をまさぐってきた。不快感が総身を這《は》い、こめかみまでひりひりと引き攣《つ》り上がる。

奴のこれは性欲というよりも、征服欲によるものか。力尽くで迫って屈辱を与えれば、誰でも簡単に屈服させられると思っているのだろう。奴のことだ、初年兵を嬲《なぶ》り者にするくらいのことはしているのかもしれない。

綾瀬は奥歯を食い縛り、相手からじりじりと身をずらしていく。こんな奴の思いどおりにさせてたまるか。だが――そっちがその気ならあえて乗ってやろうという、好戦的な際どい気持ちも湧いてくる。そうだ、やられっぱなしでは気が済まない。

「どうした、逃げないのか？　娼婦《しょうふ》め。そんなに犯されたいのか？」

後藤田がさらに迫ってき、後頭部の髪を無理矢理摑んで自分の方に向かせた。恥辱に歪《ゆが》む顔でも鑑賞したいのか。痛みに眉を寄せつつ、綾瀬は相手と対峙《たいじ》する。

「ふふ、そこまで男が好きとはな。いいだろう。この俺が、めちゃくちゃに啼《な》かせてやる。貴様はただ、女のようにみっともなく喘いでいればいい」

後藤田は膝で逃げ道を妨害し、もう片方の膝を脚の間に入れ込んでくる。本当にここで今すぐ、ことに及ぶつもりでいるのか。だったら――

「……、ふっ」

綾瀬はなるべく挑発的な表情を作り、相手の股間《こかん》に向かって手を伸ばした。こうすればいくらか、後藤田の奴も油断するだろう。その隙をついて逃げ出してやる。

意を決し、ことさらに淫猥な手つきで股間をまさぐろうとする。が、しかし——思うように身体が動かない。

「……っ、……?」

息を飲み、瞬きを繰り返す。慌てて下方を見ると、意識の上では奴の股間に手を伸ばしたはずが、実際には腕はぴくりとも動いていなかった。いや、腕だけではなく、全身が硬直したままだ。

慌てるが、どれだけ腕に力を込めても同じだった。まったく動かない。頭は必死でそれを命じるのに、身体が嫌だと拒否するのだ。

今まではこんなことはなかった。男など誰でも同じ。自分を含めて、ただの肉欲の塊に過ぎない。だからただ、淫蕩《いんとう》な身体を駆使してそれを煽《あお》り立て、発散させてやれば済んだ。

なのに今は、心がそうさせてくれない。心が叫んでいるのだ、こんなことはしたくないと。こんな男の身体には触れるのもおぞましいと、嫌悪感で怖気《おぞけ》立っているほど。

（ああ、わたしは——）

ちゃんと、変われていたんじゃないか。

高城以外の男は受け入れたくない、そんな、当たり前の身体になっていたんじゃないか。

頭ではなく、身体ですべてを理解した。眦《まなじり》が勝手に濡《ぬ》れていく。何の涙なんだろう、これは。やっと、ようやくまともになれたんだという安堵か、喜びか。それとも、屈辱か、恐怖か。

「ふぅッ……、ふぅッ……」

後藤田は、こちらが抵抗しないのをいいことに、身体のあちこちを好き勝手にまさぐり続ける。動けない。逃げ場はない。まるで人形にでもなったかのようだ。悪夢さながらの状況から、目の前のその男が次第に、兄やと重なっていく。

兄や。幼い自分を、優位な立場から言葉巧みに騙《だま》した男。性的快楽によって自分を呪縛《じゅばく》し、陥れた男。目の前の男もまた、薄汚い獣欲でもって、こちらを意のままにしようとしている。

（嫌だ……）

肌だけがざわざわと騒ぐ。自分が自分でなくなっていくような感覚。そう、何かがおかしいと思いながらも、秘された密室で兄やに陵辱《りょうじょく》されていた時のように。

顎が、膝が、がくがくと震える。絶望と無力感が、意識を容赦なく喰い荒らしていく。その時だった。風のように、何者かが手洗いの中に入って来た。

入院用の浴衣姿のその男は、後藤田の襟首を引っ摑むと、顔面目がけて思うさま拳を打ち込んだ。後藤田が勢いよく吹っ飛び、横ざまに床に倒れ込む。

「が、……ッは、……！」

吐き散らした血反吐《ちへど》が床に散る。殴った男はこちらに背を向け、気が収まらないのか、拳を握り肩を怒らせたまま、呻く後藤田を見下ろす。

奴の頭がそして、がくりと床に落ちた。それを見届けたのち、男が深く息をつく。

「――基己様《もときさま》」


相手が振り向いた。こちらを真っ直ぐに見つめ、心から安心したような表情を浮かべる。

「……た、たか、ぎ……」

安堵よりも、驚きの声がこぼれた。どうしてここに来れた――いや、違う。そんな細かいことはどうだっていい。高城だからここに来れたのだ。三月事変のあの時もそうだった。来られるはずがないと思っていても、高城だったら必ず、自分を助けに来てくれるのだ。いつだって、どこにいたって。

「大丈夫ですか？　お怪我《けが》は？」

壁を背にして半ばへたり込んでいるこちらへ、相手が心配そうに近づいて来る。差し伸べられた手を取ろうとするが、一時的に記憶が混乱したせいで、身動きがまだ覚束ない。身体は大人なのに、意識だけが子供の頃に置き去りになったままだ。

「もう、大丈夫ですよ。基己様。ほら、ね」

こちらが無言でいるせいか、幼児にでも話しかける口調で高城が身を屈《かが》めてくる。じわ、とふいに視界が潤んだ。幼い頃の悪夢から、彼が自分を助け出してくれたように思えて。

「高城、……」

ようやくしっかりした声が出た。彼が言うとおり、もう本当に、自分は大丈夫だ――

その時だった。高城の背後で、後藤田が首だけを起こした。執念深く摑んで離さなかった拳銃をそして、震える腕で高城に向ける。

「危ないッ……！」

相手を守ろうと前に出るが、そこへ高城が覆い被《かぶ》さってくる。乾いた発砲音ののち、壁のタイルに亀裂が走る。

「く、くそッ……！」

二発目を放とうとした後藤田の腕に、高城が鋭い蹴《け》りを食らわせる。銃口が逸《そ》れたと同時に拳銃が吹き飛び、目を血走らせて立ち上がった後藤田が遮二無二、高城に摑みかかろうとする。

「があぁぁぁッ！」

雄叫《おたけ》びを上げる後藤田の胸倉を、高城が摑んで絞り上げる。そして足許を払い、一本背負いの体勢で投げ飛ばした。後藤田が今度こそ、もんどり打って床に倒れる。

きゃあっ、と廊下で悲鳴が上がった。巡回の若い看護婦が、惨状を見て青褪《あおざ》める。そして、婦長を呼ぶためか慌てて走り去って行った。

「やれやれ……」

高城が深い吐息をつき、床で横たわる後藤田を眺める。

奴は投げ飛ばされた拍子に個室の便器に頭を突っ込んで、そのまま気絶していた。溜まり水に顔半分を埋め、完全に白目を剝《む》いている。

「大丈夫でしたか、基己様」

高城が、改めて問うてくる。腰に腕を添えて支え、そっと頬に触れ、慈しむような仕草でこちらをいたわってくれる。

「え？」

「貴様は、……」

「貴様は、大丈夫なのか？」

ようやく思い出し、それを訊《き》く。昨日の今日だ。起きるのにも難儀するくらいだと思っていた。しかし高城は「まあまあ、ですかね」と胃の辺りをさすりながら呑気《のんき》に言ってのける。

「まだ重湯しか食べていませんからね。でも、やろうと思えばやれるものです。身体なんて勝手に動くものですよ。特に、あなたが大変な目に遭っている時には」

「う、……」

はにかむようなその顔を見ていたら、急に鼻の奥がつんとした。よろめくように相手に腕を伸ばすと、すぐにしっかりと抱き留めてくれる。

「高城……高城っ……」

言いたいことはもっとあるのに、それしか言葉が出てこない。大丈夫ならばよかった、助けに来てくれて嬉《うれ》しかった——様々な想いが渦を成して、喉奥を締め付ける。

何も言わずに、高城はこちらを抱きしめてくれた。温かい。それだけで、もう充分だった。

ぐす、としゃくり上げると、相手の腕の力がゆっくりと強くなる。

変な遠慮は振り捨て、綾瀬は、愛しい男の背にしっかりと腕を回した。弱々しく思われたっていい、今くらいは高城に甘えてしまいたい。そんな姿も、きっと自分の一部だから。


ありとあらゆることが湧き起こった一ヶ月間だった。ふと気づけば、ロワイユの使節団らが帰るその日を迎えていた。

ジェルマンとは、出航の前に少しだけ話す機会があった。彼の泊まっているホテルを訪ね、庭を望む喫茶室にて差し向かいになる。ここならば周囲にほどよい人目があるから、静かな気持ちで話ができる。

『すっかり落ち着いたようじゃないか、モトキ』

運ばれて来た紅茶をひと口啜《すす》ってから、ジェルマンが話し出した。例の共同作戦のことがあって多忙なので、彼と会うのはあの会議の日以来だ。

『そう……か？　何だ、貴様こそ変わったんじゃないか？』

ジェルマンの穏やかな目が妙に照れ臭く、少々素っ気ない言い方をしてしまう。彼がほほ笑む。

『君が変わったから、きっとそう見えるんだろう』

そうかもしれない——と、小さくうなずく。ジェルマンといても、今は穏やかな気分でいられる。以前は、彼と接するだけで後ろめたかった。男漁りに勤しんでいた愚かな過去を、ジェルマンがいることで黙殺できない気持ちにさせられたから。

『私はいつか君に言ったな。人間、そうそう変われるものではないと』

彼が態度を改め、膝上に拳を置く。

『撤回させてくれ。このとおりだ。実に無礼な言い様だった。私が、ただそう思い込みたかっただけだ』

真摯に詫びられ、かえって驚いてしまう。そして、ジェルマンだってやはり変わったのだなと、しみじみと感じ入る。以前の彼ならば、このように身を折ってまでは謝らなかったはずだから。

『だから、非常に残念だが……君のことは、あの男に譲るしかないようだ』

むしろ晴れやかな表情で、ジェルマンは言った。

『あの男ばかりが君にのぼせ上がっているんだと……そう思い込みたかったが、どうやら違うらしいな。まったく、恋というのは本当に厄介だ。一個の人間を根こそぎ変えてしまうのだから』

少々のからかいに照れ臭さを覚えながら、綾瀬は目の前の相手を見つめた。と、彼がぽつりとつぶやく。

『……君のように私もいつか、本気の恋ができるだろうか？』

そう憂う気持ちは分かる。本気の恋はほんの少し怖いものなのだ。自分がどんな風に変わっていくか、まったく分かるものではないから。だから、背中を押してやる気持ちで言ってやる。

『わたしはそう願っているぞ。ジェルマン、貴様の友人として』

『……ふふ』

彼が穏やかに笑ってくれる。そして紅茶を飲み干してカップを置き、こちらに手を差し伸べてきた。互いに、しっかりと握手を交わす。

ジェルマンは、碧眼《へきがん》で真っ直ぐにこちらを見つめた。

『モトキ、君と再会できてよかった。このたびまた離れることにはなるが、私はどこにいても、ずっと、君の幸せを願っている』

彼がほどいた握手の手を取り、甲に恭しく口づけを落とす。親愛を示すそれを、綾瀬は静かに受け入れる。

ジェルマンが颯爽《さっそう》と立ち上がった。

『では、あの男……タカギにもよろしく伝えておいてくれ。せいぜい、己を磨くことを怠るなとな。世界情勢はたちまち変わる。モトキの一番そばにいるお前がしっかりしていないと、またぞろ横槍《よこやり》を入れてくる奴が現れないとも限らないのだからな、と』

最後まで彼らしい台詞を口にして、ジェルマンはそして母国へと帰って行った。次に会うときは友人として、共に平和のために戦う軍人として会えればいい。そんな日を願っている。

前歯を三本折った後藤田は、海軍の名誉を汚したとして降格、加えて、地方の連隊に飛ばされたそうだ。もともと敵が多い男だったことからすれば、当分戻っては来れないだろう。

海軍といえば、先日、伊東大佐から申し入れがあった。いがみ合うのはもうよそう、と。彼曰《いわ》く、これを機に、陸軍と海軍の双方で、歩み寄りの姿勢を見せていくべきだと。「つまらない小競《こぜ》り合いは、お互いもうたくさんでしょう?」と。さらには、「いつ有事が発生するか分からない世界情勢の中、国内での揉《も》め事は先に解消しておきたい」とも。

綾瀬としてももちろんうなずけるところだったので、親善のために力を尽くすことを約束した。皇国軍の未来は自分たちで創る、そう心に誓って。


帝都を代表する繁華街を、綾瀬は高城と二人で歩いていた。歩道の両側を柳が彩る大通りは、今日も格別に賑《にぎ》やかだ。

そろそろ日暮れ時だが、行き交う人の数は予想以上に多かった。洒落《しゃれ》た洋装の紳士淑女が目立つのは、場所柄か。

「あっちです、基己様」

隣を歩く高城が、向こうの通りを指した。彼の体調はすっかり回復し、この休暇ののちに復帰することが決まっている。後遺症も何もなかったのが幸いだ。

また彼と一緒に職務につけることが何よりも嬉しいが、その前に骨休めも必要だと、二人で食事にでも行かないかと誘ってみた。あの日は結局、約束を果たすことが出来なかったから。

すると高城が「じゃあ、とっておきのところに行きましょうか」と、すぐに行き先を提案してくれた。彼もきっと、一緒に出掛けられなかったのを心残りに思っていたのだろう。だからさぞ、豪勢で気張った店に連れて行かれると思ったのだが――

「ここです、基己様」

彼が指したのは、三階建ての煉瓦《れんが》造りの建物だった。電飾看板には〈ビヤホール〉の文字が光り、会社帰りらしい背広姿の面々が、次々と入り口へ吸い込まれていく。

「入ったことはありますか？　ビヤホール」

「いや、ない。話には聞いたことがあるが……」

「よかった。ここは朋友たちと一度来たことがあるんです。とても雰囲気がいいんですよ」

大衆的な酒場兼レストランだということだけは知っている。少しどきどきしながら、高城に連れられて店内に入る。

黒いエプロン姿の店員が笑顔でやって来、二階席に案内してくれた。吹き抜けになっている螺旋《らせん》階段を上がり、ちょうど一階が見下ろせる露台のような席に通される。

「いい店だな」

階下をのぞき込みながら、綾瀬はほほ笑んだ。ジョッキをぶつけ合って労働の憂さを晴らす会社員たちや、その合間をきびきびと動き回る給仕人たち。活気あるそれは、眺めているだけでも面白い光景だ。天井付近に洒落たタイル画があしらってあるのも、目に愉しい。

向かいの高城が「よかった」と相好を崩す。

「こういった庶民的な店の方が、気楽に楽しめるのではないかと思いまして。最初は、もっと高級店を考えていたのですが……」

続けて、訥々《とつとつ》と説明してくれる。

「金に飽かして豪華な店に行くのは、かえって野暮かと。それに、そういうところは基己様の方がお詳しいでしょうし……」

微妙に口ごもる様から言いたいことを察し、「高城」と呼びかけてやる。

「それは違うぞ。華族だからといって、外食に明け暮れているわけではない。中にはそういう家もあろうが……綾瀬家は、一家が揃《そろ》って食事に行くような、和気藹々《あいあい》とした家ではなかったからな」

高城がはっと目を見張った。そのまなざしに哀れみが滲《にじ》む前に言ってやる。素直に、と自分に言い聞かせながら。

「だから、今回の食事は……楽しみにしていたんだ、とても」

高城が瞬きする。ややのち、その口許がいかにも嬉しそうに綻んでいく。うん、素直に気持ちを伝えるのも、悪くはない。

雑談しながらくつろいでいると、揚げたてのカツレツが運ばれて来た。この店の看板メニューらしい。ビールで乾杯し、箸《はし》で切れるほど柔らかい肉を頬張る。人気があるのも納得の美味《うま》さだった。こんな風に二人でくつろぐのは久方ぶりのことなので、話もたいそう弾む。

デザートのアイスクリームを平らげたのち、店を出る。夜半になってもまだまだ人通りが盛んな大通りを、ほろ酔い気分でぶらつく。

「今度はあっちに行きましょう。今の時間は〈夜店通り〉になっているので」

「何だ、それは？」

高城の案内で交差点を曲がる。ここの通りは舶来品を扱う高級デパートが立ち並ぶ界隈《かいわい》だが、そのデパートが店仕舞いしたのち、様々な露店が集まって来るらしい。

「おお、すごいな」

人の流れがにわかに増し、その先に軒を連ねる店々が見えた瞬間、思わずまぶたを見張る。玩具《おもちゃ》や古本、盆栽や骨董、切手や古銭……雑多なものを商う露店が、歩道の片側をぎっしりと埋め尽くしている。シャツやズボンや下駄など、各種日用品を扱う店もあった。どこも大賑わいだ。

「子供の頃、父が、兄たちと一緒に連れて来てくれたことがあったんです」

高城が、懐かしそうに話し出す。

「その時は虫屋があって、鈴虫を買ってもらいました。店の親爺《おやじ》がいい人で、三人に一匹ずつ、竹の虫籠《むしかご》に入れて手渡してくれて」

「生き物まで売っているのか。大人のための縁日のようなところだな」

並んで露店を冷やかして行く。行き交う客も、会社員から夫婦者、親子連れまで実に様々だった。角帽の学生が、古本を並べている親爺に熱心に値引きの交渉をしている。その横では中年の男が、小間物を扱う店で扇子をあれこれ見繕っていた。これからの季節には必需品だろう。

「……夜店通りがこれほど賑わっているのなら、景気も少しは回復していると思っていいのだろうな」

「そうですね。でも今夜だけは、難しい話は抜きにしましょう」

夜店が途切れたところに小さなバーがあったので、そこでウイスキイを一杯だけ飲んだ。そののち、車を拾ってうちに帰る。今夜は、綾瀬の家に高城も泊まることになっているのだ。

「ただいま。……」
鍵を開け、ひっそりした屋内に二人で上がり込む。
三和土《たたき》で革靴を脱いでいる相手を、そっと窺う。高城がうちに泊まるのは何度もあったこと
だが、今日は少し気持ちが違った。共に玄関から入ったせいか、彼を迎え入れるというよりは、

〈同じ家に帰って来た〉という感覚が強くあった。まるで、長年起居を共にしている家族のように。

「早めに……休むか」

ちら、と相手を窺う。このまま客間に案内するのは、何だかよそよそしすぎる。

「ええ。その前に……」

高城がうなずく。まなざしからすると、彼もこの流れは望むところのようだ。

「風呂に入りませんか、一緒に」

思ってもみないことを言われて驚く。しかし高城は、ずい、と迫るように言い重ねる。

「この家の風呂なら、ぎりぎり二人で入れるはずです。いいじゃないですか、たまにはこういうのも」

勢いに押されたのもあって、綾瀬はうなずいた。寝室に入る前にどうせ入浴するのだし、断る理由は特にはなかった。

内見した時も驚いたのだが、この家には珍しく、内風呂があるのだ。銭湯まで少し距離があるからか、それとも、家主がかなりの風呂道楽だったのか。小判型の木桶《きおけ》の浴槽に薪焚《まきだ》きの釜が組み込まれており、焚《く》き口は裏手にある。その横には枯れ枝や薪も積んである。

高城は手早く水を汲み、火を起こして、すぐに風呂を沸かしてしまった。「いいですよ」と呼ばれて湯殿に行ってみると、浴槽からはいい具合に湯気が上がっている。

季節柄、しばらく冷めることはないだろう。共に着ているものを脱ぎ、そろそろと湯の中に身を沈める。

「はは、ぎゅうぎゅうだな」

「基己様は脚を縮めて、俺にもたれかかってください」

そのとおり、高城に背中から抱かれる恰好《かっこう》で浴槽に身を納める。やろうと思えばできるものだ。ほとんど隙間もないが、そのおかげでぴったりと密着していられる。

「ふふ……」

湯も気持ちがいいが、肌の感触がこそばゆい。後ろの高城が、くっついているのをいいことにそちこちに指を添わせてくるので、ゆったりと背中を預けて好きにさせてやる。一緒に風呂に入るなど、身も心も許し合った恋人同士でしかできないではないか。

「いつかは、これをやろうと思っていたのか？」

笑いながら問うと、高城は、「ええ、まあ……」と照れ臭そうにはにかむ。

「あ、あの人とは一緒に風呂に入ったのに……と思ったら、ものすごく悔しくなりまして」

「う、……」

ぎくっとした。いつその話を、と身が強張《こわば》る。

ジェルマンから、どんな話をどれくらい聞いたのか。彼のことだから、きっと面白おかしく誇張して話したに決まっている。たちまちいたたまれなくなり、湯の中で一人うつむく。

「別に、怒ってませんよ。もう昔の話ですから」

高城が笑って、慰めの言葉をくれる。

「ほら、こっちを向いてください。寂しいじゃないですか。せっかくのひとときなのに」

腕が伸びてきた。ためらったが、逞《たくま》しいそれにおずおずと身を任せる。

「高城。もう何度も言ったが……本当にすまなかった」

言っても詮のないことだが、言わずにはいられなかった。相手が心苦しくなると分かっていても、謝罪の言葉を口にしてしまう。すると「いいんですよ」と、高城がまた鷹揚に笑ってくれる。

「……少し、変わられましたか？　基己様」

腕でこちらをすっぽりと包み、彼が穏やかに問うてくる。

「以前のあなたであれば、平手打ちのひとつもくれそうな勢いで、何か言い返したりしたはずですが」

「……これでも猛省しているんだ。悪いのは、明らかにわたしだからな」

己の膝を抱える体勢で、ぼつぼつとつぶやく。

「それに、もう虚勢は張りたくない。こ……恋人の前で偉ぶったり、上に立とうとしたりするのは、可笑《おか》しなことだと気づいたのだ、ようやく」

もうすべて打ち明けてしまう。すると高城が瞬きし、軽く顔をのぞき込んでくる。

「それでこうして、控え目になさっていると？」

「……似合わないだろうか、やはり」

前髪から、雫《しずく》がぽたりと落ちる。うなだれているせいもあって、自嘲《じちょう》が強まっていくようだ。すると高城が「そんなことは」と身を乗り出して来る。

「そこまでお心を砕いていたとは知りませんでした。俺はもう本当に、あのことは気にしていないんです。だからそんなに、気に病まないでください。よくないと思っているところを改めたいと言うのなら、もちろん止めはしませんが……でも、」

抱く腕に、ぐっと力がこもる。

「強気なあなたも、弱気なあなたも、俺はどちらも、とても好きですので」

ふっ、と鼻を鳴らす。高城ならもしかして、そう言ってくれると思ったのだ。しかし、

「……わたしは貴様に、甘やかされてばかりだな」

不甲斐《ふがい》なさと、感謝と。ふたつが混ざり合った複雑な感情が胸を浸す。彼の懐が広いのはよく分かっているが、恋人がこんな風では、いい加減手に余るのではなかろうか。しかし高城は、ぱしゃ、と水音を立てて、こちらを囲い込む腕に力を込める。

「そんなことはないです。俺が、好きでやっていることですから。だって……甘やかさずにはいられませんよ、こんなに可愛くて、頑張り屋のあなたを」

そっと顔を上げ、振り向いてみる。と、穏やかにこちらを見つめる高城がいた。言葉どおり、

甘やかで慈愛を含んだまなざしに、包み込まれてしまいそうになる。

そんなに優しい言葉を言ってくれるのは高城だけだ。嬉しいが、何だかこそばゆくもある。

だから小さくうつむくと、顎先を指ですくわれた。

「ん、……」

唇に、唇が重なってくる。そのまま軽くついばまれれば、甘い感覚が身の裡にまで広がっていく。

高城は感触を確かめるかのように、幾度も唇をついばんでくる。そういえば、口づけ合うのだって久しぶりだ。繰り返し重ねられる唇を感じていると、湯の中にいるというのに、ぞく、と背筋におののきが走る。

「……基己様」

唇がほどかれる。それが名残惜しくて、つい潤んだ視線で相手を見つめてしまう。身体が内側から、じんわりと熱くなってきているのが分かる。

高城は、瞳の中をのぞき込むようにして言った。

「甘やかされるのが心苦しいと言うのなら……俺のことを甘やかしてください」

どうやって……？　と問う間もなく、唇が降ってくる。今度は深く、ぴったりと重ね合わせるように。

「ん、……」

緩やかに舌が入ってくる。肉厚のそれを感じるのもずいぶんと久しぶりだった。さっそく舌をすくわれると、淫猥な水音が互いの間で立つ。いつになく積極的だなと思った途端、そういうことか、と気づく。高城だって、たまには自分から攻めたいだろう。それが彼の切なる欲求ならば、しっかりと受け止めてやらねばなるまい。

こんなところで歳上《としうえ》の矜持《きょうじ》が出た。口づけやすいように湯の中で体勢を変え、相手と向かい合う。そして、彼の首を抱え込むように腕を回してやる。

改めて、丹念に唇を吸われる。そうしながら高城は、手をしっかかと細腰に回してきた。浮力で浮いてしまうからか、いつもより力が強い。協力するために脚を絡めてやると、肌と肌がひたと吸着し合う。唇もますます離れがたくなり、舌遣いがいっそう深く濃いものになってゆく。

「んふ、ん……、っは……」

どれだけそうしていたのか。唇がようやく離され、綾瀬はかすれた吐息をこぼす。

くらくらするほど、頭も身体も熱くなっていた。腕に抱かれたまま、潤んだ瞳で目の前の相手を見つめる。高城も汗をしたたらせ、上気した目でこちらを凝視していた。まだ足りない、まだ満足していない、そんな表情だ。

「……ふっ」

愛《う》い奴よ、と思わず頬に手を添える。と、がっしと抱き竦められた。とっくに隆起しているものが下腹に当たってき、それによってこちらの淫心もかき立てられてしまう。

寝室は、湯殿から出てすぐのところにある。

身体を拭くのもそこそこに、糊《のり》のきいた敷布に折り重なった。すぐにしわくちゃになってしまうだろうそれの上で、改めて唇を合わせる。

「っ、ふ……んぅ……」

いつもであれば自分から上にのしかかって唇を奪うのだが、高城を甘やかすべく、彼の好きにさせてやる。高城だったらいい。この男にだったら、押し倒されたって何をされたっていい。

「んッ、んふ、……っ……」

口づけは、先ほどのものよりもさらに深く、濃厚だった。渇いた喉が水を求めるように、飢えた獣が肉に喰らいつくように、動き回る舌がこちらを欲してやまない。

「ふぁ、……んぅ……んっ、ん……」

こちらがそう教え込んだからだが、舌遣いはまったく、勘どころを心得たものだった。そればかりではなく、力強さと巧みさが、いっそう進化しているようにも感じられる。一途《いちず》な想いと熱意とが混ざり合った、高城にしかできないそれだ。

彼への愛おしさが大きく膨らみ上がり、綾瀬は相手に腕を回した。こうすることが自分でも心地がいいのは、彼が、かけがえのない恋人だからだ。

舌は絶え間なくあちこちを探る。弱い箇所である上顎を刺激されると、快感のあまり「ンッ、」と喉声がこぼれた。すると高城がさらにのしかかってき、舌でちろちろとその部分を狙い撃ちしてくる。

「んぅ……ぁ、……ッふ……」

呼吸が、はっきりと喘《あえ》ぎ声に変化する。綾瀬は眉根を寄せた。快い、快すぎる。こちらの予想を遥《はる》かに上回る成長ぶりだ。快すぎてもう、喘ぐことしかできなくなってしまう。

早くも蕩《とろ》けているのが自分でも分かるのだから、相手に分からないはずもない。高城は色よい反応に気をよくしてか、さらなる快感を与えんと、胸肌に手を伸ばして肉粒にも刺激を加えてくる。指先でそこを軽く引っかかれ、快感が身を走り抜ける。

「ン、……んンッ！」

綾瀬は呻いた。喉奥が震え、啼《な》くような声がそこからこぼれ出る。口づけと愛撫《あいぶ》だけで、早くも忘我の域に達してしまいそうだ。

舌も粘膜もほとんどひとつに溶け合うかと思われた頃、緩やかに唇が離された。「ッはっ、……」と解放の吐息をこぼし、背からくったりと敷布に沈み込む。

「はぁ……、はぁ……」

額に汗を浮かせたまま、強烈な余韻の中でたゆたう。くらくらする。舌の根も痛い。胸の粒だって硬くなりすぎて痛いくらいだ。なのにこの上ない満足感に包まれ、横になったままうっとりとまぶたを細める。

「……まだまだこれからですよ、基己様」

汗を含んだ前髪を上げ、高城がつぶやいた。そして横たわるこちらの上に覆い被さると、今度は首筋から胸肌へと口づけを落としてくる。

「ぁ、あぁ……」

唇が、ゆっくりと下方に降りてゆく。すでに粒立っている乳首を含まれると、弛緩《しかん》していた身体がびくん、と反った。熱い舌でれろれろとくすぐられると、仰《の》け反《ぞ》るほどの快感が身を走り抜ける。

「あ、あぁ……た、かぎ……」

思わず頭に手を回すと、もう片方の乳首も指でこねくり回される。塞がれていない唇で、綾瀬は思いきり喘いだ。さすれば舌と指の愛撫も比例して加えられ、さらにめくるめく愉悦の波が打ち寄せてくる。

胸の粒と後孔は、連動しているという。胸を丹念に刺激されたおかげで、蕾《つぼみ》が早くも疼《うず》いてきた。その内部の淫肉も、蜜を湛《たた》えていやらしくひくついているかのようだ。潤滑のための軟《なん》膏《こう》は側卓の抽斗《ひきだし》に入っているが、それすら必要ないくらい、身体は熟れていた。

「基己様……、」

高城が顔を上げた。こめかみから、つぅ、と汗がしたたり落ちる。燃える瞳には、綾瀬の姿だけが映っていた。

　ぞくぞくする。こちらの瞳だって、同じくらい情欲に濡れているだろう。だから、相手の頰に手を当てながら、真正面から訴える。

「ああ。わたしも……貴様が欲しい」

　高城がぶるっと胴震いした。興奮しきった獣のような仕草だった。彼のその部分も、すでに臨戦態勢だ。

　敷布に横たわらせられる。その状態で、高城が背後に身を添わせてきた。この体位は初めてだ――と思っていると、臀肉《しり》を割って、ぐっ、と雄が侵入してくる。

「っ、……あ、……」

　久方ぶりに雄を受け入れ、腰骨に甘い震えが走った。後孔にじりじりと挿《はい》ってくる高城を感じると、それだけで吐息が甘くかすれていく。

　背後から高城に抱きしめられたままで、深々と繫《つな》がる。彼の逸物が長大だからできる体勢だ。長いだけでなく硬くて太いので、それを感じているだけでうっとりしてしまう。

　と、高城の手が前に伸びてき、芯が入っている綾瀬の雄茎を、やんわりとあやしてきた。熱い手に包まれ、感覚がいちどきにそこに集中する。

「あ、……っは……ン……」

　触られて、心地よくないわけがない。満足の吐息をこぼすと、高城は首を伸ばし、耳たぶにも口づけてきた。そこの柔らかさを唇で確かめ、はむ、と軽く食《は》んでくる。くすぐったいと含み笑いをこぼせば、高城はわざと、舌先でそこを弄《いじ》り上げてくる。

「ふふ……、ん、快いぞ……ふふっ……」

繋がり合ったまましばし、じゃれ合うような愛撫を与えられる。綾瀬は、時には忍び笑いをこぼし、時には愉悦に喘ぎ、くすぐったさにのけぞりと、存分にそれを堪能した。高城の身体にすっぽりと包まれているからか、安心感と甘美さが段違いだ。

「快いですか？　基己様」

「ああ。こういう触れ合いもよきものだな……、っン……、ふっ……」

しかし、そろそろ、もっと激しいものが欲しくなってきた。いつものように荒々しく突いて欲しいと、仔猫《こねこ》が餌《えさ》をねだるような案配で鼻を鳴らしてみる。

だが高城は、もう少しこの時間を愉しみたいのか、細腰から太腿《ふともも》を撫《な》でさすりながら、耳たぶや頬に甘く口づけてくる。彼の方も、いつもいつも激しいばかりでは芸がないと思っているのかもしれない。

高城の意に添うべく、緩やかな愛撫に身を任せる。しかし、火照った身体は正直で、埋め込まれた雄をもっと味わいたいと、奥処からはしたない疼きを訴えてくる。

「……っふ、……っん……」

そろそろ動いて欲しい、いい加減もどかしい――そんな気持ちを込めて身をよじるが、高城は素知らぬ顔で素肌のあちこちを撫でさすっている。

分かっているんだろう、そうそう焦《じ》らすな――と、汗の浮いた顔で振り向こうとするが、その時、伸びてきた手で乳首をつままれた。紙縒《こよ》りを撚《よ》るように両側を刺激され、身体の火照りがさらに増していく。

「あんっ……、はぁ……っ……！」

思わず眉根が寄った。そこで感じると後ろも感じる。だから、もっと彼が欲しくなってしまう。

「高城、もう……」

ついに肩越しに訴えるが、相手は、聞こえなかったかのように指先での愛撫を続ける。

「た、たかぎ……、そこ、ではなっ、くて……っ……」

駄々を捏《こ》ねる子供のように繰り返す。と、高城がようやく腰を動かしてくれた。奥の感じる部分に硬い先端が当たると、声が分かりやすく愉悦に弾む。

「あッ、は……、んんっ……」

快い。だけど、もう少し強めに突いて欲しい――と、身をよじり、臀を押しつけて訴える。が、高城はそれ以上動こうとはしてくれない。どうしてだ。彼だってそろそろ、こちらが欲しいのではないのか。

焦れったさに焼き切れそうな身体をよじらせるうち、もしや――と気がついた。

綾瀬が横井の娘に嫉妬《しっと》したように、高城だって、本当は嫉妬に苦しんだのではないか。だがそれを、あえてこちらにぶつけることなく、もっと、効果的な方法で分からせてやることにしたのではないか。そうだ、綾瀬にとって一番効く方法で。

「っは……、あ……ぅ……」

だとすれば、と綾瀬は、息も絶え絶えの有様で身をよじる。もう、充分に分かった。これほどよく効く〈お仕置き〉があろうか。こんなに焼きもちを焼かれたら、逆に幸せかもしれない。だから、高城、もう、このあたりで許してくれ。でないと、身体が持ちそうにない。

「はァ、……っは……、はぁッ……」

悔しさともどかしさが膨らみ上がり、もはや言葉を発することすらできない。その時、かぷ、と肩口を甘噛みされた。柔い痛みがかえって刺激になり、「あぁッ……！」と絶え入るような声をこぼしてしまう。

「た、たかぎ……もう、……」

泣きの入った声で訴える。これ以上焦らされたら、どうにかなってしまいそうだ。

「……何ですか？　基己様」

なのに高城は、ここにきてまでも素知らぬ台詞を吐く。何と酷い男なのか。綾瀬は切実に眉を寄せ、半ば泣き声めいた声を放った。

「貴様、だって、もう……限界のくせに、っ……」

中でどくどくと脈打つ逸物の具合や、こちらの首筋にかかる熱風のような呼気からすれば明白だ。と、背後から、ふーっ、と深い吐息が聞こえてきた。降参するようなそれだった。

こちらをぎゅっとあやすように抱きしめ、高城が笑い顔で身を乗り出して来る。

「よく分かりましたね」

「貴様のことなら、っ……何でも分かっている……つもりだ」

やけくそで、かなりな大口を叩いてしまう。強がりはやはり直らないらしい。すると高城が、眦《まなじり》に滲んでいる涙だか汗だかを、唇で優しく拭ってくれる。

「じっくり攻めるのは得意ですが……俺にはやはり、基己様の求めを無視することはできないようです」

「だったら、さっさと、来い、っ……！」

叫ぶように言うと、彼が嬉しそうに「はい」と応え、一度自身を抜く。

「上になりますか？　俺は、どちらでもいいですが」

「……今日は、このままで」

迷ったが、すでに腰砕けのこの状態では、上に乗ったところでろくに動けないかもしれない。だから仰向《あおむ》けになり、軽く脚を開いて相手を受け入れる仕草を見せる。すると高城が、そこに覆い被さるかたちで挿入してきた。

顔が見えると、やはり安心する。相手へと飛び込むように腕を回すと、高城はいつもの体勢からしっかりとこちらを抱き、まずは少しずつ、具合を探るかのように腰を動かし始める。

「っあ……、ぁっ……！」

隘路《あいろ》を前後する肉幹を感じ、綾瀬は喘いだ。太さもあるそれなので、少しの動きでもいい刺激がくるのだ。みだらな身体にたちまち、満足感が押し寄せてくる。

高城は、ことさらに激しく突くのではなく、いつもよりはゆっくりめに腰を遣ってくる。大した持続力だ。自分とて、せかせかと抱かれるのは好きではない。ここでも高城に身を任せてみようと、緩やかな交わりに存分に浸る。相手の髪をくしゃくしゃにし、ひしと抱きついて愉悦を共有する。

「あ、あぁ……、あぁんっ……」

しかし、抱かれているうちに——またしても焦れったさが込み上げてきた。もっと高城が欲しくて、いつものようにがつがつと余裕なく攻めてくるところも愛しくて、そんな姿が見たくて、つい、きゅうきゅうと誘うように淫肉を引き絞ってしまう。

（——ああ、もう）

己の好色ぶりに、綾瀬は唇を噛んだ。今夜くらいは、新妻のように淑《しと》やかに抱かれていようと思ったのに。高城の首に縄をつけて引っ張っていくのではなく、高城を信頼している証《あかし》として、彼の好きなようにさせてやりたかったのに。

なのに、みだらな身体がそうさせてくれない。雄を咥《くわ》え込んでいる肉鞘《さや》だけではなく、腰だってもじもじと、焦れったそうに揺れているくらいなのだ。

恋人がこんなにいやらしくては、さすがの高城も困惑しているのではなかろうか。しかし、

「……そうこなくちゃ」

彼がつぶやく。そしてこちらをあやすように、噛みしめていた唇を軽くついばむ。大丈夫、とでも言うがごとく。そして、ぐっ、とひときわ強く腰を打ち込んできた。

「ああっ……！」

綾瀬は仰け反った。快感の強大さに、呼吸が一瞬飛んだほどだ。それと同じものが、続けて二度三度と送り込まれる。

「んあぁっ……！　っあ、あぁっ……！」

今までは相当手加減していた、そのことが分かるほどの荒々しさだった。ということはつまり、高城もよほど辛抱に辛抱を重ねていたということだ。何て健気な奴なのか——と思う間もなく、立て続けに内部をかき混ぜられる。

「ひあッ、あっ……あっ……！」

口腔《こうこう》内と同じで、後孔だって快い部分はすべて知られている。どこをどう刺激すれば、綾瀬が一番悦《よろこ》ぶのかも。

「あっあっ……！　ッあぁっ……！　っや、ぁ、あぁっ……！」

そこを的確に突かれ、綾瀬は髪を乱して喘いだ。すごい。何という激しさか。嵐の中で揉ま

れているようだ。

なのに身体は貪欲《どんよく》で、快感をひとかけらでも手放すものかと、高城の腰に脚を絡めてひしとしがみつく。こうなったらもう、止められない。止まるものではない。

「すごく……快いです、基己様っ……！」

快感に溺《おぼ》れ伏している綾瀬の耳に、高城の熱い呼気が流れ込んでくる。彼は言葉どおりの表情でこちらを抱き潰すと、額から頬からまぶたから、そこら中へめちゃくちゃに口づけを落としてくる。抑えきれない感情を丸ごと、叩きつけるかのように。

（――そうか）

こんなにいやらしいわたしでも、好きだと言ってくれるのか。

気持ちを受け止めた瞬間、眦からほろりとこぼれ落ちるものがあった。汗ではない、心から溢《あふ》れ出したものだった。

何を恥じ入ることもない。高城の前でなら、どんな自分だってさらけ出せる。綾瀬は己の軛《くびき》を断ち切って、思うさま相手に溺れた。そして、相手をも溺れさせようと、悶《もだ》えるように身をくねらせる。

「基己様、基己様……っ！」

「あ、あぁっ……！　勇士《ゆうし》……勇士、ッ……！」

二人で熱く絡み合う。互いのどんな動きも、愉悦を煽り立てるそれになった。頂点が見えてくる。そこへと身体がせり上がる。腹の奥で大きなものが膨らみ上がり、眼裏で、しぶきが白く砕け散る。

「あぁあっ……！」

ほぼ同時に高みへと駆け上がり、文字どおり、互いがひとつになる。そして、抱き合ったまま共に、極めたあとの甘美な墜落をも味わい尽くす。ゆったりと弛緩していく身体を重ねたまま、あとは深い余韻にたゆたう。

「はぁ……、はぁ……」

相手の重みが愛しい。汗ばんだ肌も、弾んだままの吐息も、何もかもが。

心の底から満たされ、相手をも満たすひととき。これほどの愉悦はない。ただただ、相手への想いが胸を甘くまろやかに、身体を芯からとろとろと蕩けさせる。

「……基己様」

高城が囁いてくる。このまま、ずっと離れたくない――と。綾瀬もうなずいた。相手に腕を回せば、本当に、互いの身に蕩け込みそうな気がしてくる。

綾瀬はまぶたを閉じた。幸せだ――と、素直に、愛しい相手の耳許に囁きかけながら。

執務室から見える木々の葉叢《はむら》が、どんどん濃さを増してゆく。空の色も盛り上がる雲も、もう初夏の気配だ。

「……今日は、十一時から参謀本部で会議です。情報課の課長は所用で遅れることになっているので、先に始めていて欲しいとのことです」

「ああ、分かった」

本日の連絡事項を受け、綾瀬はうなずいた。高城は書類挟みをぱたんと閉じると、今度は各部隊からの報告書の束を持って来てくれる。いつものことだが、ちょっとした量だ。

「これで全部だな？　ありがとう、高城」

「はい、左様です。こちらもどうぞ」

「ああ、済まないな。ありがたい」

硝子《ガラス》茶碗《ちゃわん》に入った冷たい緑茶を受け取り、にっこりとほほ笑む。最近ではもう、何も言わずとも茶も書類も出てくる。だが、当たり前だとは思わない。高城の献身と愛情のたまものだ。それに応える意味でも、自分ももっと己を高めていかなければいけない。張りぼての強さではなく、裡から生まれ出る確かな力が自分には備わっていると、そう信じながら。

「さて、もうそろそろ出るか」

十時半より少し前、緑茶を飲み干し、立ち上がる。会議までまだ時間はあるが、気が急《せ》いているせいか、早めに参謀本部へ着いておきたくなったのだ。

「そうですね、行きましょう」

すると高城も、準備万端の表情で立ち上がる。さすが、会議に必要な資料も、すでにまとめてくれていたようだ。

並んで、近衛《このえ》師団の庁舎から出る。陽射《ひざ》しはもう夏のように強く、思わず額の前に手で庇《ひさし》を作る。

参謀本部の建物はここから徒歩十分ほど、宮城《きゅうじょう》の杜《もり》を囲む濠《ほり》の橋を渡ってすぐだ。車よりも、歩いて行く方が早い。

いつものように、一番近い橋へと足を向けようとすると、

「あの、あちらを通りませんか。時間もまだありますから」

声をかけられ、瞬きする。高城の手は、少し遠回りになる向こうの橋を指していた。

「暑いですから、少しでも涼しいところを……」

気遣い顔に、そうか、と察する。向こうの橋へと続く道の左右は青葉が繁《しげ》る並木になっており、よい日陰を作り出しているのだ。

並んで歩いて行く。並木道に足を踏み入れた途端、濃い葉蔭《はかげ》が顔を覆った。

思わずほっと吐息をこぼす。と、ちょうどいい具合に涼風が吹き抜けていく。

「おお……、涼しいな」

「そうですね。これほどとは思いませんでした」

高城もまた気持ちよさそうな顔をする。彼の心遣いに感謝だ。多忙な中でこんな風に気分転

換することも大事だなと感じ入りながら、風にそよぐ青葉を眺める。

「まるで、青い桜のようだな」

ここは桜並木なのだ。毎年春には淡い色の花が両側に続き、勤務中でも見事な桜を愉しめる。今年は慌ただしかったから、この路《みち》をこうしてゆっくり歩く暇もなかった。

「来年は、ここの桜が眺められるといいですね」

高城が、同じように木々を眺めながらつぶやいた。綾瀬は「ああ」とほほ笑み、飾らず続けた。

「わたしも、同じことを考えていた」

素直に気持ちを伝える試みは、今も継続中だ。口に出せば出すほど、頑《かたく》なだった心が柔らかくなってゆくように感じられる。高城の前でだけなら、想いを言葉にする時なら、温順になったって構わないだろう。

高城が瞬きし、くすぐったそうに笑う。

「きっときれいでしょうね。隣にいる人が基己様なら、格別でしょう。……今、『口が上手くなったな』と思いませんでしたか?」

「なぜ分かる?」

「分かりますよ、基己様のことだったら、何でも」

高城がくしゃりとはにかむ。濃い緑陰の下でも、頬がほんのりと染まっているのが分かった。

綾瀬もとびきりの笑顔を相手に向けながら、そして、戯れのようなやり取りを重ねて歩いてゆく。

願わくば、来年の春も、こうして二人で肩を並べていたい。支え合い、笑い合い、互いをただ一人の伴侶として。春も夏も、秋も冬も、巡る季節の中を、いつまでも――

あとがき

ツンとした受が好きです。北《きた》です。こんにちは。

すみません、ツンとした受が好きなあまり、挨拶の順番を間違えました。そして、ツンとした美人受と同じくらい、一途で一生懸命な歳下攻も好きです。ヘタレ気味だとなお良し。そして軍服も好き。昭和の陸軍も好き。つまり今回のお話も、北の好きなものを詰め込みまくった一冊ということです。読んでくれた皆様も、この世界観を束の間楽しんでいただけたらとても嬉しいです。

この話は、まだデビューする前、とある新人賞に投稿を終えて、久しぶりにゆっくり風呂に浸かっていた時に思いつきました。「そうだ、歳下下士官の童貞を奪う美人ツンデレ受だ！」と雷が落ちたかのようなひらめきがあり、さっそくその日の夜からプロットを練り始めたのでした。原稿が終わったんだから休憩したいという気持ちが吹っ飛ぶくらい、興奮していた覚えがあります。受はスケベな方がいいと全世界の攻も言ってますので（北調べ）、スケベなシーンも頑張りました。

しかしなかなか発表の機会に恵まれず、長年プロット箱の中で眠らせるだけの話になっており、綾瀬と高城にはずっと申し訳なく思っていました。なので、貴重な機会を与えてくださった担当編集者様には深く感謝いたします。前半の雑誌掲載分からして多大なご迷惑をおかけしましたが、こうして無事に一冊の本にすることができ、感無量です。長期に亘る熱く丁寧なご指導、どうもありがとうございました。

イラストは、みずかねりょう先生にお願いすることができました。

雑誌掲載時に引き続いて、素晴らしいイラストを多数いただき、心よりお礼申し上げます。長年、北の頭の中だけで生息していた綾瀬と高城が、みずかね先生の手により、こんなに素敵な姿で生まれてきたことに感激しております。重ねまして、ありがとうございました。

読んだあと、何か心に残るものがあれば幸いです。では、またどこかでお会いできることを願っております。

二〇二三年　九月　北ミチノ

この本を読んでのご意見、ご感想を編集部までお寄せください。

《あて先》〒141-8202　東京都品川区上大崎3-1-1　徳間書店　キャラ編集部気付
「将校は高嶺の華を抱く」係

【読者アンケートフォーム】
QRコードより作品の感想・アンケートをお送り頂けます。
Chara公式サイト http://www.chara-info.net/

■初出一覧

将校は高嶺の華を抱く……小説Chara vol.46（2022年7月号増刊）

将校は愛に抱かれる……書き下ろし

将校は高嶺の華を抱く……【キャラ文庫】

2023年10月31日　初刷

著者　北ミチノ

発行者　松下俊也

発行所　株式会社徳間書店

〒141-8202　東京都品川区上大崎3-1-1

電話　049-293-5521（販売部）

03-5403-4348（編集部）

振替　00140-0-44392

印刷・製本　図書印刷株式会社

カバー・口絵　近代美術株式会社

デザイン　カナイデザイン室

ISBN978-4-19-901114-6

キャラ文庫最新刊

将校は高嶺の華を抱く

北ミチノ

イラスト✦みずかねりょう

皇国陸軍で、クーデターの疑い!?　亡国の危機に、内偵を任じられた高城《たかぎ》。任務に同行するのは、密かに想いを寄せる上官の綾瀬《あやせ》で!?

或るシカリオの愛

砂原糖子

イラスト✦稲荷家房之介

天国に近いと言われる南米の街で、小道具屋を営む元殺し屋のジャレス。ある日、不用品と一緒にルカという青年を売りつけられ…!?

花嫁に捧ぐ愛と名誉　砂楼の花嫁5

遠野春日

イラスト✦円陣闇丸

祖国で首相を狙ったテロ事件が発生！　祖父母の身を案じた秋成《あきなり》は、再びイズディハールと共に帰国、図らずも汚名を濯ぐ機会を得て!?

11月新刊のお知らせ

海野 幸　イラスト✦ミドリノエバ　[年下上司の恋(仮)]

尾上与一　イラスト✦yoco　[花降る王子の婚礼3(仮)]

菅野 彰　イラスト✦二宮悦巳　[毎日晴天！19(仮)]

11/28（火）発売予定